Jostein Gaarder

Ein treuer Freund

Roman

Aus dem Norwegischen
von Gabriele Haefs

dtv

Von Jostein Gaarder ist bei dtv außerdem lieferbar:
Das Kartengeheimnis (12500 und 62077)
Sofies Welt (12555 und 62000)
Der seltene Vogel (12876)
Durch einen Spiegel, in einem dunklen Wort (12917 und 62033)
Maya oder Das Wunder des Lebens (13002)
Der Geschichtenverkäufer (13250 und 25392)
Das Orangenmädchen (13396 und 62312)
Hallo, ist da jemand? (62603)
2084 – Noras Welt (62602)
Das Weihnachtsgeheimnis (62615)

Ausführliche Informationen über
unsere Autorinnen und Autoren und ihre Bücher
finden Sie unter www.dtv.de

MIX
Papier aus verantwortungsvollen Quellen
FSC® C019821

3. Auflage 2020
2018 dtv Verlagsgesellschaft mbH & Co. KG, München
Lizenzausgabe mit Genehmigung des Carl Hanser Verlag

Die Originalausgabe erschien 2016 unter dem Titel
›Dukkeføreren‹ bei Aschehoug in Oslo.

Umschlaggestaltung: dtv nach einem Entwurf von
Peter-Andreas Hassiepen unter Verwendung
eines Bildes von Quint Buchholz
Gesamtherstellung: Druckerei C.H.Beck, Nördlingen
(Satz nach einer Vorlage des Carl Hanser Verlag)
Gedruckt auf säurefreiem, chlorfrei gebleichtem Papier
Printed in Germany · ISBN 978-3-423-14664-7

EIN TREUER FREUND

GOTLAND, MAI 2013

Liebe Agnes, erinnerst du dich: Ich hatte versprochen, dir zu schreiben. Jedenfalls wollte ich es versuchen.

Ich sitze hier auf einer Insel in der Ostsee, und auf einem kleinen Schreibtisch vor mir steht mein Laptop. In einer Zigarrenkiste daneben befindet sich alles, was ich an Gedächtnisstützen brauche.

Mein Hotelzimmer besitzt einen Boden aus Kieferndielen, und ich brauche neun Schritte, um es zu durchqueren, was ich mehrmals getan habe, bis ich wusste, wie ich meinen Bericht beginnen soll. Mitten im Raum steht eine Sitzgruppe aus zwei roten Sesseln, einem roten Sofa und einem Teakholztisch, und ich musste jedes Mal durch einen der zwei schmalen Korridore zwischen Tischkante und Polstermöbel hindurch.

Ich habe ein Eckzimmer und kann in zwei Richtungen aus dem Fenster schauen. Vom einen Fenster, dem nach Norden, sehe ich von oben auf die typische gepflasterte Straße einer alten Hansestadt, aus dem anderen, das nach Westen geht, blicke ich über Almedalen und weit hinaus aufs Meer. Es ist warm, und ich habe beide Fenster geöffnet.

Ich stand eine halbe Stunde am Fenster und beobachtete die Menschen, die unter mir durch die Straße gingen, die meisten in Röcken oder kurzen Hosen und lockeren, kurzärmeligen Blusen oder Hemden. Pfingsttouristen. Viele von ihnen sind paarweise unterwegs, oft Hand in Hand, manche auch in großen, lärmenden Gruppen.

Es ist ein Märchen, dass Jugendliche mehr Krach machen als Leute meines Alters. Treten sie im Rudel auf und haben womöglich noch getrunken, können Menschen in mittleren Jahren ebenso laut sein wie Teenager. Man könnte auch sagen, ebenso menschlich. *Seht mich an! Hört mir zu! Amüsieren wir uns nicht königlich?*

Wir wachsen aus unserer menschlichen Natur nicht heraus. Wir wachsen mit ihr mit. Und wir wachsen in sie hinein.

Mir gefällt der Blick auf das Straßenleben anderthalb Stockwerke unter mir. Die Entfernung ist so gering, dass ich den Vorübergehenden ziemlich nahe bin. Sogar Gerüche steigen zu mir hoch, denn auch Menschen riechen, vor allem an windstillen Sommertagen in engen Gassen. Zudem halten manche brennende Zigaretten in der Hand, und ich spüre den beißenden Rauch in der Nase. Ich befinde mich gerade so weit über der Straße, dass die Objekte meiner Aufmerksamkeit in der Regel nicht zu mir hochschauen, mich also auch nicht bemerken, besonders dann nicht, wenn ich halb versteckt hinter dem blauen, bei gelegentlichen Windstößen aus dem Fenster flatternden Vorhang stehe.

Ich genieße es zu beobachten, ohne beobachtet zu werden.

Dabei behalte ich auch die Segelboote weit draußen auf der glitzernden See im Auge; es ist die sanfte Brise von Westen, die hin und wieder den Vorhang des Nordfensters bewegt.

In der vergangenen halben Stunde habe ich drei weiße Segel gesehen. Es ist ein strahlend schöner Tag und, von den gelegentlichen Brisen abgesehen, nahezu windstill. Also nicht das allerbeste Segelwetter.

Es ist nicht nur Pfingsten. Es ist auch der 17. Mai, der norwegische Nationalfeiertag. Der Gedanke daran macht mich fast ein bisschen wehmütig, denn es ist, als hätte man Geburtstag und befände sich unter Fremden, die davon nichts wissen. Niemand gratuliert einem oder singt ein Geburtstagslied.

Die norwegische Nationalhymne singt hier natürlich auch niemand, und ich habe keine einzige norwegische Flagge gesehen. Obwohl: Die Häkeldecke auf dem Hotelbett leuchtet so weiß wie der Glittertind, die Polstermöbel sind rot und die Vorhänge an den Fenstern blau – die norwegischen Farben. Mehr kann man nicht verlangen.

Beachte bitte das Datum! Im Augenblick, da ich dies schreibe, ist seit unserer Begegnung in Arendal genau ein Monat vergangen.

Ein paar Stunden später hast du auch Pelle kennengelernt. Ihr habt euch gut verstanden, anders kann man es nicht sagen.

Wir waren uns vorher nur ein einziges Mal begegnet, etwas mehr als ein Jahr zuvor, zwei Tage vor Heiligabend 2011; im Folgenden möchte ich versuchen, dir den Hintergrund dieser ersten Begegnung zu schildern. Ich tue es, weil du mich um eine Erklärung für mein damaliges Verhalten gebeten hast. Die werde ich nach bestem Wissen zu geben versuchen. Allerdings halte ich es in diesem Zusammenhang für angebracht, auch dir eine Frage zu stellen. Ich hatte mich blamiert, und du hast mich zurückgehalten, als ich aufspringen und davonlaufen wollte. Warum du das getan hast, ist für mich ein Rätsel, über das ich mir bis heute den Kopf zerbreche. Und es hat an jenem Nachmittag ja nicht nur mich überrascht, sondern offensichtlich alle, die mit uns am Tisch saßen. Ich bin mir sicher, viele von ihnen haben sich dieselben Fragen gestellt wie ich: Warum tut sie das? Warum lässt sie ihn – beziehungsweise mich – nicht laufen?

Wo soll ich anfangen?

Ich könnte mit meiner Kindheit in Hallingdal beginnen, um zu zeigen, wie ich zu dem Menschen wurde, der ich heute bin. Oder ich könnte das genaue Gegenteil versuchen und zwei bemerkenswerte Ereignisse an den Anfang stellen, die sich erst heute Nachmittag hier auf der Insel zugetragen haben, aber durchaus zu meinem Bericht dazugehören. Von da könnte ich zu unserer Begegnung vor einem Monat in Arendal zurückblenden, um von dort den Faden erst zu dem verstörenden Nachmittag im Dezember 2011 zurückzuspinnen – einem der schwersten Tage deines Lebens, Agnes – und schließlich zur Beerdigung Erik Lundins zu Beginn des neuen Jahrtausends. Mich Schritt für Schritt in die Vergangenheit begebend, könnte ich dir am Ende von Erfahrungen erzählen, die ich schon als Junge gemacht habe und aufgrund derer ich auf ein gewisses Verständnis hoffen könnte, um nicht zu sagen, auf eine Art Vergebung wie nach einer Beichte.

Wie können wir unsere Lebensläufe am ehesten verstehen? Erzählen wir sie vom Beginn her, oder nehmen wir besser das Hier und Jetzt, das uns natürlich am deutlichsten vor Augen steht, und bewegen uns, davon ausgehend, an den Beginn zurück? Die Schwäche der zweiten Vorgehensweise liegt darin, dass es in einem Menschenleben ja keine zwingenden Abfolgen von Ursache und Wirkung gibt, wir vielmehr immer wieder schicksalhafte Entscheidungen treffen müssen.

Es gibt keinen schlüssigen Nachweis, dass man nur so werden konnte, wie man ist. Viele haben ihn versucht, aber herausgekommen ist kaum mehr als ein Schlussstrich unter ihre Existenz.

Ich war wieder am Fenster. Die drei Segelboote kommen bei der Windstille nicht vom Fleck. Ich weiß, dass es ein abstruser Einfall ist, aber ich muss dabei an *uns* drei denken, an dich und mich – und an Pelle, denn er gehört unbedingt dazu.

Es ist mir fast peinlich, aber weit hinten in meinem Kopf hat sich ganz von selbst ein altes Lied aus der Sonntagsschule angestimmt: *Mein Boot ist so klein, und das Meer ist so groß …*

Und hiermit fasse ich einen Entschluss: Ich werde meinen Bericht sozusagen mitten auf der Reise beginnen lassen. Ich werde von dem Augenblick an erzählen, als ich auf Erik Lundins Beerdigung deinen Vetter kennenlernte. Danach werde ich den Fäden folgen, die direkt zu unserer ersten Begegnung etwa zehn Jahre später führen. Zur Last, die ich aus Hallingdal mitgeschleppt habe, komme ich später.

†

Mein geliebter Erik, unser lieber Vater und Schwiegervater,
unser guter Großvater und Urgroßvater

Erik Lundin

geboren am 14. März 1913
eingeschlafen am 28. August 2001 in Oslo

Ingeborg
Jon-Petter Lise
Marianne Sverre
Liv-Berit Truls
Sigrid, Ylva, Fredrik, Tuva, Joakim und Mia
Urenkel und übrige Angehörige

Der Trauergottesdienst findet am Mittwoch, dem
5. September, um 14.00 Uhr in der Vestre-Aker-Kirche statt.

Alle, die Erik zum Grab geleiten, sind danach zu
einem Beisammensein ins Gemeindehaus eingeladen,
um seiner zu gedenken.

ERIK

WIR WAREN VIELE an jenem Nachmittag Anfang September 2001, als wir Erik Lundin das letzte Geleit gaben. Unter uns war auch dein Vetter Truls, deshalb lasse ich meinen Bericht hier beginnen. Zehn Jahre später traf ich ihn zusammen mit Liv-Berit und den beiden Töchtern wieder. Dabei bin ich dir zum ersten Mal begegnet.

Die Vestre-Aker-Kirche war bis auf den letzten Platz gefüllt, und wir gingen dicht gedrängt hinter der Bahre her zur Grabstätte. Die Sonne spielte im Laub der Bäume, aber sie brannte uns auch in den Augen – für manche eine willkommene Gelegenheit, die Sonnenbrille herauszuholen. In mir klangen noch immer Chorgesang, majestätische Trompetensoli und berauschende Orgeltöne nach.

Nachdem wir Erde auf den Sarg geworfen hatten, gingen wir zurück zur Kirche und zum Gemeindehaus. Es war mild für die Jahreszeit, um die zwanzig Grad. Erst als sich die Sonne hinter eine Wolke verzog, spürten wir den frischen Wind, der vom Fjord und vom Tiefland heraufkam.

Bei einer von so vielen Menschen besuchten Beerdigung fällt es nicht weiter auf, wenn jemand allein unter den Bäumen dahinwandert und keinen Kontakt zu den Angehörigen aufnimmt. Die Familie im engeren Sinne ist ohnehin mit sich selbst beschäftigt. Wie sollten sie da jemanden bemerken, der sich, auch vom Rest der Trauernden abgesondert, im Hintergrund hält?

Einige der auf dem Friedhof Versammelten waren mir allerdings schon früher begegnet, und einem davon, einem ehemaligen Schüler, nickte ich sogar zu. Aber wir hatten nie wieder miteinander zu tun gehabt; er brauchte mich also nicht zu kümmern. Dann war da noch ein großer dunkler Mann, dem ich schon öfter über den Weg gelaufen war, aber auch er war ein Außenstehender und damit kein Problem. Mir fiel nur ein, dass ich einmal von ihm geträumt hatte, wie er mit einer Sense um sich schlug.

Auf dem geräumigen Platz vor der Kirche winkte man einander zu und umarmte sich zum Abschied, manche begrüßten sich aber auch erst und stellten sich einander vor. Einige der ganz Alten wurden zu wartenden Autos geleitet, die danach eins nach dem anderen den Motor anließen und langsam den abschüssigen Weg hinunterfuhren, auf dem es bereits von schwarz gekleideten Menschen wimmelte.

Ich selbst war fest entschlossen, zu bleiben und mit ins Gemeindehaus zu gehen. In der Anzeige hatte ja gestanden, dass alle, die Erik zum Grab geleiteten, dort willkommen seien. Mir war klar, dass das Beisammensein mit den Angehörigen und Freunden eine Herausforderung werden würde, aber nicht mitzugehen schien mir keine Alternative zu sein.

In der Kirche hatte ich mich fast ganz nach vorn und direkt an den Mittelgang gesetzt, auf die rechte Seite, denn so hatte ich den Pastor im Blick, der die Trauerfeier damit begann, dass er die Stufen vom Altar herunterkam und nicht weniger als vier Generationen der Familie Lundin mit Handschlag begrüßte: zuerst die Witwe Ingeborg Lundin, danach die drei zwischen vierzig und fünfzig Jahre alten, von ihren Ehepartnern begleiteten Kinder und zum Schluss die Enkel und Urenkel.

Ich versuchte zu erraten, welche der Töchter Marianne und welche Liv-Berit war. Ich wusste, dass Marianne die Ältere war, und stellte fest, dass zwischen den beiden Schwestern ein beträchtlicher Altersunterschied bestehen musste. Die Sache war also einfach. Liv-Berit war vielleicht Anfang vierzig, und ihre Schwester, Marianne, mochte in meinem eigenen Alter sein, also um die fünfzig. Jon-Petter, das älteste der Kinder, saß dicht neben seiner Lise, die leicht als die Schwiegertochter zu erkennen war, denn Jon-Petter, Marianne und Liv-Berit waren blond und konnten als Paradebeispiele einer eindrucksvollen Geschwisterähnlichkeit gelten, während Lise ein vollkommen anderer Menschentyp mit dunklen Haaren war. Ich kombinierte weiter, dass Marianne und Sverre zusammengehörten, denn sie hatten Hand in Hand gesessen, bis der Pastor sie begrüßte. Wenig später beobachtete ich, dass der Mann, den ich von Anfang an für Truls gehalten hatte, Liv-Berit ein Taschentuch reichte.

Dann waren da die jungen Leute. Ich brauchte lange, um herauszufinden, wer von ihnen wer war, aber bis wir die Kirche verließen, hatte ich mir auch hier einen Überblick verschafft. Ylva und Joakim hatte ich auf Bildern im Netz gefunden; heute hätte ich sie sicher alle bei Facebook und Instagram ausfindig machen können. Die Anzeige in der Zeitung hatte mir nützliche Informationen über die Altersreihenfolge gegeben. Es konnte deshalb keine unlösbare Aufgabe sein, auch Sigrid, Fredrik, Tuva und Mia zu identifizieren. Die Frau, die einen drei oder vier Jahre alten kleinen Jungen auf dem Schoß hielt, musste Sigrid sein, das älteste Enkelkind, vielleicht Ende zwanzig. Sie saß neben einem Mann, bei dem es sich sicher um den Vater des Kleinen handelte, und ein Mädchen von vielleicht fünfzehn war dann wohl Mia, das jüngste Enkelkind, denn das zweitjüngste war Joakim. Tuva, vermutlich zwei Jahre älter als Joakim, war eine junge Dame, die offensichtlich schon aus dem Teenageralter heraus war.

Diesen Menschen also reichte der Pastor die Hand. Aber welche der jungen Leute waren Geschwister, welche Vettern und Kusinen? Bei der Beantwortung dieser Frage war mir die Todesanzeige keine Hilfe, deshalb musste ich sie fürs Erste auf sich beruhen lassen. Ich versuchte auch gar nicht erst zu ergründen, wer die Eltern welches Enkelkindes waren. Vieles würde sich bei dem Zusammensein im Gemeindehaus von selbst klären.

In der Anzeige, die in der Innentasche meines Jacketts steckte, waren die Kinder und Enkelkinder namentlich aufgeführt. Die darauf folgende Zeile lautete »Urenkel und übrige Angehörige«. Ich konnte also nicht wissen, wie viele der jungen Leute schon eigene Kinder und wie viele Urenkel folglich der alte Professor gehabt hatte. Es konnte nur einer, es konnten aber auch mehrere sein. In vielen Sprachen wäre das ganz deutlich gewesen, aber es gibt eben Wörter bei uns, die im Singular und Plural gleich sind, meist maskuline Substantive wie »Enkel«, »Tischler«, »Kaiser« oder »Finger«.

Ich konnte zudem nicht wissen, welche eventuellen Geschwister, Schwäger und Schwägerinnen, Neffen und Nichten von norwegischer und welche von schwedischer Seite in der Kirche waren, denn sie alle fielen unter den Sammelbegriff »übrige Angehörige«. Trotzdem war es erstaunlich, wie viel man einer Todesanzeige entnehmen konnte, und schon bei den ersten Worten des Pastors füllten sich die ersten Lücken:

Wie ich vermutet hatte, war es Sigrid, die einen fast vier Jahre alten Sohn bei sich hatte, Morten, aber Sigrid und Thomas hatten auch eine Tochter von einem Jahr, Miriam, der allerjüngste Spross des Stammes.

Der Pastor zeichnete ein schönes Porträt des schwedischen Stipendiaten, der im Herbst 1946 nach Oslo gekommen war, um seine Doktorarbeit zu vollenden, in der er die Eddagedichte und den altnordischen Mythenschatz im Lichte der Studien betrachtete, die Magnus Olsen über ein halbes Jahrhundert hinweg angestellt hatte. Hier lernte Erik Ingeborg kennen und gründete eine Familie. Er war zunächst Doktorand, dann Universitätsdozent, um schließlich viele Jahre als Professor für Altnordische Philologie zu wirken. Diesen Aspekt von Eriks Leben repräsentierte ich. Auf entsprechende Fragen würde ich der Familie erzählen, dass ich in seinen Vorlesungen gesessen hätte und wir danach noch lange in lockerem Kontakt geblieben und schließlich zu dem geworden seien, was man treue Freunde nennen könne. Es seien nur leider zu viele Jahre verstrichen, seit wir zuletzt miteinander sprachen.

Ich versuchte, nicht unter den Ersten zu sein, die sich ins Gemeindehaus begaben, ich wollte aber auch nicht zu den Letzten gehören. Als wir nicht weit voneinander entfernt eintraten, traf mich unerwartet ein Blick des großen dunklen Mannes, aber ich schaute sofort in eine andere Richtung und machte einen Schritt zur Seite. Zur Strafe war ich dann doch einer der Letzten.

Als ich aus der Garderobe kam, saßen die meisten schon an den Tischen, und im Hintergrund war jemand emsig damit beschäftigt, für die zuletzt Gekommenen zusätzliche Gedecke aufzulegen. Ich weiß noch, dass ich ein wenig hilflos stehen blieb, und jetzt war es Tuva, die sich erhob, mich im Namen der Familie begrüßte und mich fragte, ob ich schon einen Platz hätte. Ich weiß nicht mehr, was ich geantwortet habe oder wo man mich überall unterzubringen versuchte, aber es endete damit, dass man mich zu einem freien Stuhl am Tisch der jungen Leute führte. Dort saßen Tuva und Mia jeweils am Tischende, dazu, mir schräg gegenüber, Ylva, eingerahmt von Fredrik und Joakim, die sich als ihre Vettern erwiesen und beide eine Spur jünger waren als sie. Fredrik war der Ältere von beiden, und ich erfuhr bald, dass er Jura studierte und Joakim kurz vor dem Abitur stand. Ich erfuhr zudem, dass sie Sigrids Brüder und die Söhne von Jon-Petter und Lise waren. Rechts von mir saßen Liv-Berit und dein Vetter Truls, die du ja beide gut kennst und die ich dir deshalb nicht weiter vorzustellen brauche. Mir ging bald auf, dass sie die Eltern von Tuva und Mia waren, deren Kindheit und Jugend du miterlebt hast. Ich sah sofort, dass dein Vetter eine alte Narbe über der ganzen rechten Stirnhälfte hatte. Diese Narbe war so auffällig, dass ich mir noch länger den Kopf darüber zerbrach, was ihm wohl passiert sein mochte. Die Geschichte hast du mir dann mehr als zehn Jahre später erzählt.

Lass mich hier schnell einschieben, dass es mir natürlich klar ist, von wie vielen Menschen hier die Rede ist; es sind sicher zu viele, als dass man sie auf Anhieb auseinanderhalten könnte. Aber du wirst ihnen allen wiederbegegnen. Denn in den Jahren nach Erik Lundins Beerdigung bin ich sämtlichen Kindern, Schwiegerkindern und Enkelkindern des alten Professors in anderen Zusammenhängen wieder über den Weg gelaufen, nicht allen auf einmal wie bei dieser Trauerfeier, aber in unterschiedlichen Kombinationen immer wieder. Am besten, du betrachtest dieses erste Kapitel meines Berichts als kleine Einführung in die Verhältnisse der Familie Lundin. Wie oder warum ich ihnen allen wiederbegegnet bin, lasse ich vorerst beiseite. Ich brauche nicht alles auf einmal zu erzählen. Es wäre ohnehin unmöglich.

Und gar so umfangreich ist dieses Familienalbum ja auch wieder nicht. Wer weiß, vielleicht kennst du all diese Namen schon von Truls? Um es noch einmal kurz zu rekapitulieren: Erik Lundin hatte drei Kinder, *Jon-Petter* war bei seinem Tod Mitte fünfzig, *Marianne* einige Jahre jünger und *Liv-Berit* Mitte vierzig. Die Altersreihenfolge geht auch aus der zitierten Todesanzeige hervor. Jon-Petter und Lise hatten die Tochter Sigrid und die Söhne Fredrik und Joakim, und vor allem von Sigrid wird noch oft die Rede sein. Marianne und Sverre hatten nur die Tochter Ylva, die damals Mitte zwanzig war, und auch diese drei werden in meinem Bericht noch eine wichtige Rolle spielen. Das reicht für den Augenblick. Liv-Berits Mann ist schließlich dein Vetter, und wie du mir viele Jahre später anvertraut hast, habt ihr beide euch schon als kleine Kinder sehr gemocht. Seine Frau wurde dir in späteren Jahren eine Freundin, und die beiden Töchter, Tuva und Mia, hast du aufwachsen sehen. Bei der Beerdigung ihres Großvaters an jenem Septembertag mag Tuva zwanzig gewesen sein und Mia um die fünfzehn, aber das weißt du besser als ich.

Ich schaute mich um und kam zu dem Schluss, dass wir mehr als hundert Menschen in diesem Raum sein mussten. Ich selbst hätte nie gedacht, dass ich hier den Angehörigen so nahe kommen würde, und es war auch wirklich nicht meine Absicht gewesen. Ich hatte mir einen eher versteckten Platz an einem Tisch weit hinten im Lokal vorgestellt, zusammen mit Kollegen und Bekannten von Erik Lundin vielleicht oder allenfalls einer Nichte oder einem Neffen, mit oder ohne Ehepartner, je nachdem. Ich fühlte mich nicht wohl in der Situation, in die ich geraten war. Ich fror, und mein Magen rebellierte.

Obwohl alle am Tisch schwarz gekleidet waren, hatten die Lundins nichts pietistisch Strenges an sich. Sie trugen eng anliegende Kleider und schicke Anzüge besten Fabrikats, und die jungen Damen sparten nicht an Wimperntusche, Lippenstift und Nagellack. An ihren Ohren und um ihre Handgelenke funkelten Gold und Edelsteine, und ich weiß es noch wie heute, dass Ylva bei dieser ersten Begegnung eine Kette mit einem saphirblauen Anhänger trug, der irritierenderweise wie ein drittes Auge in ihrer Halsgrube lag. Jedenfalls war er von genau der gleichen Farbe und hatte fast die gleiche Form. Was mich auch irritierte, waren die vielen Düfte am Tisch, eine bunte Mischung aus Parfüms, Eaux de Cologne und Rasierwassern aller Art. Ich bin für solche Sinneseindrücke vielleicht besonders empfänglich, da ich allein lebe. In meinem Badezimmer und meiner Küche zu Hause in Gaupefaret gibt es keine anderen Gerüche als meine eigenen.

Am Nachbartisch hatte sich der Rest des engsten Familienkreises niedergelassen. Sigrid, Thomas und der kleine Morten saßen mit den Eltern der jungen Mutter zusammen, Jon-Petter und Lise, und lange war es der Opa, der sein Enkelkind auf dem Schoß hielt. Am einen Tischende saß Ingeborg, eine schöne alte Dame mit silbergrauem Haar, und schließlich waren da Marianne und Sverre, die Eltern von Ylva, dem einzigen Einzelkind in der großen Familie.

Eine Art Déjà-vu-Erlebnis hatte ich, als ich Marianne und Sverre aus der Nähe beobachtete. War ich ihnen etwa schon früher begegnet? Wenn ja, musste das lange her sein. Sverre trug einen kleinen roten Stein im linken Ohrläppchen, der mich auf die Spur hätte bringen können, denn mit ihm hatte es etwas auf sich. Ich hatte ihn schon einmal gesehen, und als ich über den Tisch hinweg Ylva anschaute, war mir zudem, als sähe ich ihre Mutter in jungen Jahren vor mir. Etwas später registrierte ich, dass Sverre mit einem deutlichen südnorwegischen Akzent sprach, was mich aus irgendeinem Grund nicht überraschte. Aber vielleicht war das auch alles nur Einbildung. Ich war schließlich schon vielen Menschen begegnet.

Am selben Tisch saßen noch zwei weitere Gäste, eine Frau und ein Mann, die, wie die Kinder des Professors, um die vierzig, fünfzig Jahre alt waren. Sie sprachen Schwedisch, genauer gesagt Gotländisch oder Gutnisch, wie dieser Dialekt auch genannt wird. Man erkennt ihn an den charakteristischen Diphthongen.

*

Sigrid erhob sich am einen Ende des großen Familientisches und klopfte mit einem Teelöffel an ihre Kaffeetasse, was aber in dem Gesumme und Gesurre so vieler Stimmen unterging. Sigrid räusperte sich und schlug um einiges energischer an ein Weinglas, dann begann sie laut und deutlich zu den Anwesenden zu sprechen.

»Liebe Familie! Liebe Freunde und Kollegen von Erik Lundin, liebe ehemalige Studierende …«

Ich bemerkte wieder, dass mir kalt war, und mein Magen signalisierte mir, was ich hier machte, könne noch böse enden.

»Ich heiße Sigrid und bin Eriks ältestes Enkelkind, die Tochter von Jon-Petter, der Eriks ältester Nachkomme ist und hier rechts von mir sitzt. Auf seinem Schoß seht ihr einen Vertreter der allerjüngsten Generation mit Namen Morten … *Nein, nicht jetzt, Morten! Bleib du schön brav bei Opa!* … Die Familie möchte gern allen danken, die heute das letzte Stück Weges mit Erik gegangen sind. Wir sind glücklich, dass sich so viele von euch hier eingefunden haben. Wir hatten gehofft, dass viele kommen würden, aber wir hätten nicht erwartet, dass es *so* viele sein würden. Und doch gibt es einen, der nicht mehr bei uns sein kann … Mein Großvater hätte sich über jede und jeden von euch gefreut!«

Viele der Anwesenden schluchzten an dieser Stelle auf, aber Sigrid ließ sich davon nicht aus dem Konzept bringen.

»Gleich wird ein Imbiss serviert werden, dann lasst uns zusammen essen und versuchen, uns ein wenig besser miteinander bekannt zu machen! Es soll auch Gelegenheit sein, ein paar Worte zu sagen, aber dann bitte ich um ein Zeichen, denn, wie ihr seht, spreche ich hier heute Nachmittag im Namen der Familie. Wenn wir Eriks gedenken, darf auch die Kultur nicht zu kurz kommen, das versteht sich von selbst, aber zuerst gibt es Räucherschinken mit Sauerrahm, Rührei, Kartoffelsalat, Knäckebrot, Bier und Mineralwasser. Wir wissen nicht, ob das in diesem Haus gestattet ist, aber wir haben auch Schnaps für alle, die ihn vertragen können und alt genug dafür sind …«

Sigrid warf einen Blick zu unserem Tisch herüber, und vielleicht galt er Mia, der Fünfzehnjährigen, doch dann bemerkte sie mich, den Fremden, und fuhr fort:

»Es ist traurig und macht wehmütig, dass unser Großvater nicht mehr da ist, aber ich möchte euch etwas erzählen: Ich habe Opa versprochen, euch alle zu grüßen, euch alle zusammen, aber später auch jede und jeden für sich. Er wusste, dass er bald sterben würde, und er wollte so gern, dass eins seiner Enkelkinder hier als Toastmaster fungiert, wie er es nannte. Bei unserem allerletzten Gespräch schaute er zu mir auf und sagte: *Du machst dann den Toastmaster!* Ich nickte, schließlich bin ich die Älteste unter uns Enkeln, und damit war die Sache in der Familie beschlossen. Er sagte auf Schwedisch: *Grüß alle! Vergiss nicht, alle meine Freunde und Bekannten ein letztes Mal von mir zu grüßen!*

Opa hatte seit fünfundvierzig Jahren in Norwegen gewohnt, und ich hörte ihn zum allerersten Mal Schwedisch sprechen. Ich nickte noch einmal, und vielleicht musste ich mir auch eine Träne abwischen. Dann fügte er, immer noch auf Schwedisch, hinzu: *Und dann müsst ihr singen! Es muss gefeiert werden! Ich wünsche mir ein Gelage, Sigrid. Ein richtiges altnordisches Leichenbier! Versprichst du mir das?*

Mit diesen seinen eigenen Worten heißen wir euch zu unserer kleinen Gedenkfeier für Erik Lundin willkommen. Bleibt, solange ihr könnt und mögt! Wir haben das Haus bis zum späten Abend für uns.«

Eine mit Räucherschinken üppig bestückte Platte wurde gebracht, und alle außer Mia füllten ihre Gläser aus den Bierflaschen, die schon auf dem Tisch gestanden hatten, als wir uns setzten. Das Bier war warm, aber bald wurden zwei Flaschen Mineralwasser durch neues, diesmal eisgekühltes Bier ersetzt, und ein junger Mann ging umher und schenkte Aquavit ein. Es gab keine Gläser dafür, aber der junge Mann hatte eine Einkaufstüte voller Schnapsgläser aus Plastik bei sich, und man musste ihm nur ein Zeichen geben, dann kam er an den Tisch. So wirkte die Einladung zum Aquavit, typisch norwegisch, wie etwas, das sich neben der offiziellen Bewirtung abspielte. An unserem Tisch waren Ylva und ich allerdings die Einzigen, die das Angebot annahmen.

Liv-Berit schaute mich an, lächelte freundlich und sagte: »Sigrid hat uns ja aufgefordert, uns ein wenig besser miteinander bekannt zu machen …«

Sie stellte der Reihe nach erst sich und ihren Mann vor, also deinen Vetter Truls, dann ihre beiden Töchter und die Nichte Ylva und zum Schluss die Neffen Fredrik und Joakim. Sie sagte über alle etwas mehr als nur den Namen und den Verwandtschaftsgrad. Zum Beispiel erfuhr ich jetzt, dass Fredrik Jura studierte und Joakim am Ende des Schuljahres Abitur machen würde. Außerdem, dass Tuva an der Hochschule der Oper Gesang studierte und dass Ylva bereits ihren Master in Religionswissenschaften in der Tasche hatte. Bei dieser letzten Mitteilung wurden mir die Ohren ein bisschen heiß, vielleicht so, wie ein Hypochonder plötzlich das Blut in den Ohren hämmern hört, wenn ihm aufgeht, dass er mit einem Arzt am Tisch sitzt; aber ich nickte interessiert und tat so, als wären mir die Namen in meiner Runde und ihre enge Beziehung zu dem Verstorbenen bis zu diesem Augenblick vollkommen fremd gewesen. Als einer der zuletzt Gekommenen saß ich ja nur hier, weil es einen freien Stuhl gegeben hatte. Ich musste nicht wissen, dass ich bei den engsten Anverwandten des Professors gelandet war.

Alle starrten mich natürlich an. Niemand außer mir hatte seinen Blick um den Tisch wandern lassen und den oder die angesehen, die jeweils genannt und mit einigen Worten vorgestellt wurden. Man kannte sich schließlich.

»Und Sie?«, fragte Liv-Berit. Sie lächelte warm und als gehörte ich dazu.

»Jakop«, sagte ich. Ich hätte auch Jacobsen sagen können. Ich sage nur selten beides: Jakop Jacobsen. Wie ich diesen komischen Namen immer gehasst habe!

Niemand fragte mich nach meinem Nachnamen, aber es wandte auch niemand den Blick von mir.

»Und woher kannten Sie meinen Vater?«, fragte Liv-Berit.

Ich erzählte, dass ich in den siebziger Jahren bei Erik studiert hatte, und fügte einige Worte über seine hervorragenden Vorlesungen und zwei kleine Anekdoten aus dem damaligen akademischen Milieu hinzu. Aber sie sahen mich immer noch an, und ich musste weitermachen.

»Auch als ich längst das Examen in Norwegisch hinter mir hatte – oder in *Nordisch*, wie das Fach und das Institut ja eigentlich heißen –, blieben wir in Kontakt und trafen uns mehr oder weniger regelmäßig zu Gesprächen über die alte germanische Religion. Es waren informelle Kolloquien, könnte man sagen, die ich natürlich ungeheuer zu schätzen wusste …«

Hier fiel mir Ylva ins Wort. Sie war eine schöne junge Frau mit einem sensiblen, fast zarten Aussehen. Sie sagte: »*Germanische* Religion? Darüber wissen wir doch kaum etwas. Wir haben Tacitus und die Wochentage, aber das ist auch so ziemlich alles …«

Ich sah mich von einer Sekunde auf die andere mit fachlichen Spitzfindigkeiten konfrontiert, und damit hatte ich nicht gerechnet. Ich war davon ausgegangen, bei dem Beisammensein nach dem Begräbnis als einziger Fachkollege am Tisch zu sitzen. Worauf sich diese Annahme gründete, wusste ich nicht, und es war noch zu früh, um sich zurückzuziehen. Oder vielleicht auch zu spät.

»Ihr Großvater war noch von der alten Schule«, sagte ich. »Oder, wie der Pastor richtig sagte: Er hatte das Erbe Magnus

Olsens angetreten, so wie Magnus Olsen ein halbes Jahrhundert früher Sophus Bugge nachgefolgt war.«

Ylva nickte, was Zustimmung bedeuten konnte, aber auch die Aufforderung weiterzureden.

Alle am Tisch hörten jetzt aufmerksam zu.

Ich sagte: »Ich habe versucht, Erik die Augen für Georges Dumézils großen Durchbruch zu öffnen. In Übereinstimmung mit Dumézils Forschungen habe ich versucht, Eriks Aufmerksamkeit auf die indogermanische Perspektive zu lenken, wobei das indogermanische Pantheon als Widerspiegelung der drei Klassen oder Stände in der Gesellschaft zu verstehen ist. Dumézil sah eine Parallele zwischen Odin und Tyr – als Herrschergöttern – und Varuna und Mitra aus der vedischen Tradition, Thor mit dem Hammer als Kriegsgott wäre analog zum vedischen Donnergott Indra und seinem *vajra* oder Donnerkeil zu sehen, und die Wanen Njörd, Frey und Freya als Gottheiten des Ackerbaus und der Fruchtbarkeit ließen sich analog zu den vedischen Zwillingsgottheiten, den Nasatyas oder Ashvinen, deuten. Solche Parallelen findet Dumézil überall im indogermanischen Raum, in der alten iranischen Religion, bei den Griechen, Römern, Germanen …«

Ylva machte ein nachdenkliches, fast verärgertes Gesicht und erinnerte mich an Renée Zellweger in einem Film, den ich erst kürzlich im Sara-Kino gesehen hatte. Noch kurz zuvor hatte sie gelächelt und mit leuchtenden Augen genickt, als ich ihren Großvater in eine große fachhistorische Perspektive gestellt hatte. Jetzt aber wandte sie ein:

»Dumézil hat die religionsgeschichtliche Forschung zweifellos bereichert. Aber heute repräsentiert doch wohl eher er die alte Schule. Er war ja auch eigentlich kein Religionswissenschaftler. Er war Philologe, Sprachhistoriker …«

Ich nickte.

»Wie Erik Lundin und Magnus Olsen«, sagte ich. »Denn wie Sie ja andeuten, kann gerade die Philologie eine von vielen Quellen der Religionswissenschaft sein. Dort, wo sich die schriftlichen Quellen verlieren und die Archäologie nicht weiterhilft, kann die Vergleichende Sprachwissenschaft uns in vielen Fällen einen Schritt weiterbringen. Erik, Ihr Großvater, und ich haben jedenfalls über viele Jahre beide von unseren informellen Kolloquien profitiert. Auch als ich schon längst unterrichtet habe, trafen wir uns weiter, und wenn es nur zu einem Mittagessen war. Viele Jahre lang habe ich ihn immer wieder in seinem Büro an der Universität aufgesucht, wo wir uns nicht zuletzt in Dumézils Deutung der altnordischen Texte vertieft haben. Manchmal sind wir auch zusammen um das Sognsvann gewandert und haben unsere Gespräche im Grünen fortgesetzt. Ich war am Ende ja Lehrer am Gymnasium geworden. Ich schäme mich zwar nicht, es auf der akademischen Leiter nicht weiter gebracht zu haben, aber im Herzen habe ich die Hoffnung auf eine Forscherlaufbahn nie ganz aufgegeben. Damals fingen Ihr Großvater und ich mehr aus Spaß an, ein wenig Sanskrit zu lernen. Wir lasen im Rigveda und beugten uns über eine zweisprachige Ausgabe der ›Bhagavad Gita‹. Altnordisch und Vedisch sind ja wie zwei Seiten derselben Medaille, oder jedenfalls wie zwei Zweige desselben Baumes, jeder an einem anderen Ast natürlich, aber am selben Baum.«

Ich dachte, das müsse reichen. Ylva schaute mich offen an, und sie nickte, wenn auch eher abwartend. Zu dem Zeitpunkt war mir noch nicht bekannt, dass sie bei ihrem Großvater studiert hatte.

Sie sagte: »Sie haben den Ausdruck ›germanische Religion‹

benutzt. Können Sie noch ein wenig genauer erzählen, worüber Sie und mein Großvater gesprochen haben? Er hat Dumézil mir gegenüber nämlich nie erwähnt. Wir haben nur oft über Magnus Olsen diskutiert und sind dabei natürlich auch auf Anne Holtsmarks Vorlesungen über die ›Völuspá‹ und ihre vielen inspirierenden Fußnoten zu P. A. Munchs Götter- und Heldensagen gekommen – sie bezieht sich ja auch einige Male auf den französischen Guru, den Sie so zu schätzen scheinen.«

Einige am Tisch hörten inzwischen nicht mehr zu. Fredrik und Joakim unterhielten sich mit ihrer Kusine Mia, und sicher fanden sie alle, dieser ehemalige Student, dem man den einzigen freien Platz an einem der Familientische angeboten hatte, spiele sich dort höchst unpassend in den Vordergrund.

Ich setzte mich gerade, schaute Ylva fest in die Augen und sagte: »Wir sprachen vor allem über Odin, weil ich ernsthaft über eine Doktorarbeit über Odin in einer germanischen und womöglich sogar indogermanischen Perspektive nachdachte. Es besteht schließlich Grund zu der Annahme, dass Odin – oder Wotan/Wodan – ebenso gemeingermanisch gewesen sein könnte wie die Runen und außerdem mindestens ebenso alt.«

»Schön«, sagte Ylva. »Odin ist in der Tat eine spannende Gestalt, jedenfalls wenn man ihn in dem altnordischen Kontext belässt, der nachweislich auch der historische ist. So gesehen könnte sicher noch allerlei über ihn geschrieben werden. – Und warum haben Sie Ihren Plan aufgegeben?«

»Wie gesagt, Dumézil hat diese germanische Gottheit analog zum vedischen Gott Varuna gesehen und darüber hinaus auf die etymologische Verwandtschaft zwischen Varuna und dem griechischen Gott Uranos hingewiesen.«

Ylva nickte. »Das ist bekannt, aber auch reichlich weit hergeholt ...«

Jetzt war ich endgültig nicht mehr zu bremsen. Ich sagte: »Dazu bringt er auch Odins Runen mit Varuna und Uranos in Verbindung.«

Ylva lachte. »Ich weiß. Und das ist Bullshit. – Bitte entschuldigen Sie die Hindu-Metapher, aber ich bin nun mal dafür, die Dinge beim Namen zu nennen.«

Sie schenkte sich Bier nach, schaute einmal in die Runde und lachte wieder, herzlich, aber auch herablassend.

Liv-Berit hatte offenbar gesehen, dass ich mich an meinem Platz nicht mehr wohlfühlte. Was dachte *sie* wohl über den Studenten, der nach fast dreißig Jahren bei der Beerdigung seines Professors auftauchte? Vielleicht hat sie dir ja davon erzählt. Jedenfalls wandte sie sich mir jetzt zu und sagte belustigt und mit versöhnlichem Blick: »Ylva ist immer so. Schon in der Schule ist sie keinem Streit aus dem Weg gegangen.«

Ylva selbst stellte sich taub. Sie lachte einfach nur weiter.

Mir missfiel die Rolle als alternder Lehrer, der von einer blutjungen Akademikerin in seine Schranken gewiesen wird, und es machte die Sache nicht besser, dass ich sie als ebenbürtige Gesprächspartnerin erlebte, im Gegenteil. Aber ich ließ mir nichts anmerken. Um meine Blicke nicht allzu hektisch umherschweifen zu lassen, meiner Widersacherin aber auch nicht in die Augen sehen zu müssen, konzentrierte ich mich auf den saphirblauen Anhänger in ihrer Halsgrube. Doch dieses dritte Auge schaute mindestens so kritisch wie die beiden anderen, weshalb ich mich umso mehr gedemütigt fühlte. Es hätte das eine Auge sein können, das Odin in Mimirs Brunnen zurückließ.

Varuna und der Runengott Odin! Wie idiotisch! Von dieser Theorie hatte ich im Grunde selbst nie viel gehalten. Es war fast vierzig Jahre her, dass ich mir als Schüler am Gymnasium von Hallingdal eine dänische Übersetzung von Dumézils »Les Dieux des Germains« von meinem Norwegischlehrer ausgeliehen hatte. Schon damals war mir aufgefallen, dass es sich der gute Monsieur mit manchen Etymologien gar zu leicht machte.

»Hättest du geschwiegen!«, war der alte Spruch, der mir dazu einfiel.

Hätte ich geschwiegen, wäre ich vielleicht als guter Sprachwissenschaftler durchgegangen.

Stattdessen saß ich da und wusste als Einziger, dass ich sehr wohl ein guter Sprachwissenschaftler war, sogar ein sehr guter, wenn es um indogermanische Etymologien ging; das Studium der Herkunft der Wörter hatte ich schon als Teenager zu meinem Hobby gemacht. Dumézil und die Mythenforschung hatten mich nur für eine kurze Zeit in den siebziger Jahren interessiert. Mir hätte doch klar sein müssen, dass die Vergleichende Religionswissenschaft längst neue Wege ging. Ich kam mir vor wie ein alternder Baumeister Solness, und Ylva war die junge Hilde Wangel, die das Herz auf der Zunge trug.

Ich merkte, dass mir Skrindo fehlte. Du bist ihm ja begegnet, Agnes. Peder Ellingsen Skrindo hätte sich von der jungen Akademikerin mit den drei Augen nicht so leicht aus der Fassung bringen lassen, selbst wenn das eine Auge tatsächlich das Odin'sche gewesen wäre. Pelle ist bei dem Thema Experte und hätte uns beide an die Wand geredet. Aber er war nicht in der Nähe und konnte mir also auch nicht beispringen.

Der gute Skrindo war mein bester Freund, um nicht zu sagen, mein einziger Freund, aber zu einem solchen Anlass hätte ich ihn nicht mitnehmen können. Dazu war er zu undiszipliniert. Er hätte sich garantiert nicht angemessen benehmen können, und die Konsequenz war, dass ich mich in diesen Fällen auf mich selbst verlassen musste. Ich sagte mir, dass sich irgendwie schon die Gelegenheit für eine kleine Revanche fände.

Sigrid klopfte an ihr Glas, und ich bemerkte, dass die links von mir am Tischende sitzende Tuva unauffällig einen kleinen Schminkspiegel und einen knallroten Lippenstift hervorholte.

Sigrid schaute einmal in die Runde, ehe sie sich Ingeborg zuwandte und sagte: »Oma, du warst die tragende Säule in Opas Leben. Opa hat dich geliebt. Ich glaube, er hat dich als das eigentliche Urbild des Norwegischen betrachtet, dem er ja ohnehin sein Leben gewidmet hatte. Wir, die wir euch nahestanden, wissen, dass er zwei Namen für dich hatte. Ingeborg war nur der eine, der andere war der Kosename Veslemøy, nach Arne Garborgs ›Haugtussa‹. Manchmal hat er dir übers Haar gestrichen oder, wenn du irgendwo anders im Zimmer warst, die Hand nach dir ausgestreckt, und man hörte ihn die bekannten Verse sagen:

Unter der Stirn, wie in der Tiefe
Leuchten Augen gleichsam verstohlen
Es ist, als ob dies Auge riefe
um in ein anderes Gemüt uns zu holen.

Tuva, du willst etwas aus ›Haugtussa‹ für uns singen. – Bitte!«

Tuva trat auf das Podium, das sich vorne im Raum befand, und sang drei Lieder aus Garborgs von Edvard Grieg vertontem Gedichtzyklus. Sie begann mit »Veslemøy«, aus dem Sigrid ja zitiert hatte, dann folgten das muntere »Blaubeerlied« und der »Zickleintanz«. Es war beeindruckend und schön.

Nach dieser künstlerischen Einlage wurde an unserem

Tisch über alles Mögliche geredet. Fredrik und Joakim begannen, mit Liv-Berit und Truls über Politik zu diskutieren, und ich hatte den Eindruck, dass es hier um Schwarz gegen Rot ging. Ich selbst sprach auf etwas lehrerhafte Weise mit Tuva über »Haugtussa« und das spätere Visionsgedicht »In Helheim«, in dem uns Veslemøy noch einmal begegnet.

In »Haugtussa« besitzt Veslemøy hellseherische Fähigkeiten und sieht Wichtel und Huldren, während sie in dem Visionsgedicht durch Helheim, das Totenreich, reist. Ich wies Tuva auf die Wörter *Huldra* und *Hel* hin. *Hel* hießen sowohl das altnordische Totenreich als auch die dort herrschende Göttin, und das Wort geht zurück auf das indogermanische Wort für verstecken, von dem sich auch Wörter wie *verhüllen*, *Hülle* und *einhüllen* ableiten.

Auch Ylva hörte aufmerksam zu, und in der Tat waren meine Ausführungen nicht zuletzt für ihre Ohren gedacht. Unterschwellig arbeitete ich wohl schon an der Revanche. Ich redete mit Tuva und wusste, dass mich über den Tisch hinweg drei saphirblaue Augen anstarrten.

»Das Wort *Huldra* finden wir in europäischen Märchen und Sagen als Mutter *Hulda* oder Frau *Holle*, nach der ja ein in ganz Europa bekanntes Grimm'sches Märchen benannt ist. Verwandt sind übrigens auch Wörter wie *Hehler*, also jemand, der Diebesgut versteckt oder weiterreicht, und *Helm* und *Hülse*. Solche Wörter gibt es im gesamten germanischen Sprachraum …«

Ylva hatte den jungen Mann mit dem Aquavit herbeigewinkt, und kurz darauf saßen sie und ich zum zweiten Mal vor bis an den Rand gefüllten Gläsern. Der erste Schnaps hatte meinen Magen bereits beruhigt. Ich merkte zudem, dass er auf mein Gedächtnis wie eine Vitaminspritze wirkte.

Tuva war ganz Ohr, aber jetzt wollte auch Ylva mitreden. Sie war dabei nicht unfreundlich, nur ein wenig angriffslustig.

»Und jetzt wollen Sie uns wohl erzählen, dass es die Huldra auch in der altvedischen Religion gibt?«

Sie lachte, und ich lachte mit, obwohl mein Blick noch immer auf Tuva gerichtet war.

Ich sagte, das sei nicht unvorstellbar. Die indogermanische Wurzel sei **kel-*, und die fänden wir in dem lateinischen Wort *celare* in der Bedeutung von etwas verbergen oder verschweigen. Dazu gebe es das englische *conceal*, verwandt mit *Zelle* und *Keller*, und aus derselben indogermanischen Wurzel stammten germanische Wörter wie das altnordische *holl*, das norwegische und englische *hall* und das deutsche *Halle*. Dieselbe Wurzel gebe es in *okkult* und *Okkultismus*, womit man etwas Geheimes oder Verborgenes bezeichne, und durch das griechische Verb *kalúptein* – bedecken oder verbergen – auch in *Apokalypse*, dort in der Bedeutung von Entlarvung oder Offenbarung.

Bei dieser letzten Offenbarung meinerseits schaute ich zu Ylva hinüber, da wir uns nun wieder auf religionsgeschichtlichem Boden befanden. Sie hatte auch wieder diesen fast empörten Renée-Zellweger-Blick, änderte den Gesichtsausdruck aber, als ich sie ansah. Sie sagte: »Und wir finden keine mythischen Frauengestalten, die etymologisch mit *Huldra* oder *Hel* verwandt wären, wenn wir uns auf griechisches oder indisches Gebiet begeben?«

Das war eine schwierige Frage, auf die ich keine schnelle Antwort hatte; ich musste erst überlegen. Für eine Sekunde musste ich wieder an Pelle denken. Er hatte ein viel besseres Gedächtnis für solche Dinge als ich. Er brauchte keinen Schnaps, um sich an irgendetwas zu erinnern, was natürlich daran liegen konnte, dass er keinen Alkohol anrührte. Wie gesagt, ich dachte nur an ihn, aber überraschenderweise war es plötzlich, als befände er sich im Raum und könnte mir etwas ins Ohr flüstern.

»Aber sicher doch! Die griechische Gebirgsnymphe *Kalypso* ist eine etymologische Verwandte der Huldra. *Kalúptein* für verdecken oder verbergen geht, wie ich schon sagte, auf dieselbe indogermanische Wurzel zurück.«

Ylva hob ihr Schnapsglas an den Mund. Sie leerte es auf einen Zug, und als Mann von Welt musste ich wohl oder übel ihrem Beispiel folgen. Wir prosteten uns nicht wirklich zu, aber es war eben doch eine Art von Versöhnung.

In scherzhaftem Ton teilte Ylva der Runde mit: »Dieser Mann ist entweder hochgelehrt – oder ein grandioser Hochstapler.«

Es war vor der Zeit der Smartphones. Heute müsste die junge Akademikerin keine Zweifel mehr hegen. So reden wir nicht mehr über Fragen, für die es eindeutige Antworten gibt. Wenn wir uns beim österlichen Skiausflug ins Gebirge über irgendetwas nicht einigen können, brauchen wir keine ganze Woche auf eine Klärung zu warten. Wir googeln. Fachliche Meinungsverschiedenheiten müssen wir heute kaum länger als einige wenige Sekunden aushalten.

Sigrid klopfte erneut an ihr Glas, und nun holte Ylva ihr Schminkspiegelchen heraus.

»Liebe Familie und liebe Freunde. Erik hat sich ein ganzes Leben lang mit dem altnordischen Weltbild beschäftigt, mit dem prekären Machtgefüge zwischen Göttern und Trollen, Asen und Riesen. Daran wollen wir uns noch einmal erinnern, ehe Zeit ist für Worte des Gedenkens und was euch sonst in den Sinn kommt. Bitte sehr, Kusine Ylva! Du hast dich bereiterklärt, uns das gesamte monumentale Gedicht ›Völuspá‹ aus der Edda vorzutragen – wir sind ganz Ohr.«

Ylva trat aufs Podium und gab erst eine kurze Einführung in das Gedicht, dessen Entstehung sie ans Ende der Wikingerzeit datierte, als das Christentum sich eher unterschwellig im Asenglauben bemerkbar machte und darin noch keine deutlichen Spuren hinterließ. Sie erklärte der überwiegend uneingeweihten Gästeschar, »Völuspá« bedeute »Weissagung der Seherin« und die Seherin trage ihre Apokalypse im Auftrag Odins persönlich vor. Beim Wort »Apokalypse« warf sie einen vielsagenden Blick zu mir herüber und grinste.

Es folgte die dramatisch vorgetragene Geschichte der Urzeit der Welt voller verwickelter Intrigen, bis zu deren Ende und in einer neuen Welt, in der die Äcker zusammenwachsen sollen, und während ich zu Ylva aufs Podium schaute, verschmolz ihre Stimme mit der der Seherin zu etwas Neuem, Höherem.

Ich war hingerissen. Ich war wie gelähmt.

»Allen Edeln gebiet ich Andacht,
Hohen und Niedern von Heimdalls Geschlecht;
Ich will Walvaters Wirken künden,
Die ältesten Sagen, derer ich mich entsinne.
…
Einst war das Alter, da Ymir lebte:
Da war nicht Sand nicht See, nicht salzge Wellen,
Nicht Erde fand sich noch Überhimmel,
Gähnender Abgrund und Gras nirgend.
…«

Nach einem dröhnenden Applaus kehrte Ylva an unseren Tisch zurück. Fredrik und Joakim umarmten sie nacheinander, und ich sagte nur: »Phantastisch!«

Die temperamentvolle junge Dame winkte sich einen weiteren Aquavit herbei, während ich dankend ablehnte. Ylva brauchte mich nicht, wenn sie sich noch einen genehmigen wollte. Auch diesmal leerte sie ihr Glas auf einen Zug, und ich merkte, wie mir Liv-Berit einen Rippenstoß versetzte. Es war wie ein vertrauliches: »Na, siehst du jetzt, was sie für eine ist?« Der Blick auf Truls war mir durch seine Frau versperrt. Ich konnte daher nicht sehen, was *er* für ein Gesicht machte.

Im Hintergrund sah und hörte ich einen Wortwechsel zwischen Marianne, Ylvas Mutter, und ihrer Schwägerin Lise. Mit lauter Stimme und scharfem Bergenser Akzent rief Lise: »Sie ist fabelhaft! Und dieses Gedicht ist so ergreifend!«

»Es ist vollkommen … psychedelisch!«, sagte Marianne atemlos.

Als sie »psychedelisch« sagte, schien sie für einen Sekundenbruchteil zu mir herüberzuschauen, bevor sie sich schnell wieder ihren Tischgenossen zuwandte. Damals hielt ich diesen kurzen flackernden Blick für einen Zufall.

Nun aber passierte das vielleicht Überraschendste an diesem Nachmittag. Wir saßen zu acht um den Tisch, aber Ylva wandte sich an mich und fragte: »Und was meinen Sie?«

»Ich meine, das haben Sie ganz phantastisch gemacht«, sagte ich.

»Danke! Aber ich rede von dem Gedicht selbst. Finden Sie nun eher das Nordische, etwas Urgermanisches oder vor allem etwas Indogermanisches in der ›Völuspá‹?«

Ich glaube, ich schaute zu Liv-Berit hinüber. Durfte ich es wagen, ihre Nichte herauszufordern? Liv-Berit verdrehte die Augen, was ich als Warnung deutete, trotzdem sagte ich:

»Ich sehe eine klassische indogermanische Kosmologie, eine dualistische Wirklichkeitsauffassung von fast iranischem Format und eine Apokalypse, die natürlich von ihrer Entstehung auf nordischem Boden geprägt ist. Es mag auch schon eine Prise Christentum hinzukommen, eine Spur christlicher Eschatologie, wie Sie Ihren Ausführungen nach anzunehmen scheinen. Aber der Urriese *Ymer*, der Ursprung der Welt, der in der dritten Strophe der Götterdichtung vorgestellt wird, hat vermutlich denselben Götternamen wie der vedische *Yama* und der iranische *Yima*. Ist das nicht auch faszinierend? Womöglich haben wir es hier mit verstreuten Resten uralter mythischer Vorstellungen zu tun, und wenn ja, müssen sie in ihren frühesten Formen von den Indogermanen stammen, die vor fünf- oder sechstausend Jahren vermutlich in den Steppen nördlich des Schwarzen und des Kaspischen Meeres lebten. Dasselbe gilt für eine Reihe zählebiger Erbwörter wie dem, das wir im Namen meines Mentors und Ihres Großvaters finden: *Erik* ist verwandt mit dem keltischen Wort für *König*, **rix*, lateinisch *rex*, im Sanskrit *raja*, im heutigen Irisch *ri*, das wir auch in der schwedischen Bezeichnung für Schweden, *Sverige*, finden. Das alles leitet sich, vorausgesetzt, wir wollen uns in gerader und richtiger Linie bewegen, vom indogermanischen **reg-* her, wie in *recht* und *richtig* oder in den Fremdwörtern *Rektor*, *regieren* und nicht zu vergessen: *korrekt*.«

Ich hatte keine Ahnung, worüber Ylva nachdachte, während sie mir tief in die Augen schaute und sich eine passende Antwort überlegte.

»Oder wie in E*rektion*, ja?«

Ich gab keine Antwort. Ich hätte es natürlich tun können, aber ich hatte den Verdacht, dass sie sich über mich lustig machte, deshalb sagte ich nur: »Ich passe.«

Ich dachte, ihr Schnapsglas sei leer, aber es war noch etwas übrig, und sie schleuderte mir die letzten Tropfen ins Gesicht. Ich zuckte zusammen, doch mir fehlte die Kraft zu einer heftigen Reaktion. Sie selbst sprang auf und verließ den Tisch.

Die Vettern lachten, sie kannten Ylva, und ich glaube nicht, dass ich ihnen auf irgendeine Weise leid tat. Aber Liv-Berit und Truls sahen mich besorgt an und schüttelten den Kopf.

Wieder fiel mir die markante Narbe auf, die sich auf Truls' Stirn bis zum Haaransatz hinzog. Liv-Berit hatte ihn als Gehirnforscher vorgestellt, und ich überlegte kurz, ob seine Berufswahl mit seiner Narbe zu tun haben könnte – ein absurder Gedanke.

Es war Zeit für mich aufzubrechen.

Sigrid hatte abermals an ihr Glas geklopft, das Zeichen, dass nun die Worte des Gedenkens gesprochen werden konnten. Ich bedankte mich bei meiner Tischrunde, erfand eine plausible Erklärung für meinen frühen Abschied und verließ die Tafel.

Am Eingang begegnete mir Ylva wieder, die jetzt strahlte wie eine Sonne. Sie hielt mich an und fragte mit einem herausfordernden Lächeln:

»Würden Sie einen Zehnjahrespakt unterschreiben?«

Ich begriff nicht. »Was für einen Pakt?«

»Über Ihr körperliches und seelisches Heil.«

»Darüber habe ich noch nie nachgedacht …«

»Sie könnten zehn Jahre lang ganz ohne leibliche oder seelische Kümmernisse leben, aber dann wäre auch alles vorbei. Schluss, aus.«

»Ich weiß wirklich nicht – oder ja, vielleicht würde ich einen solchen Pakt unterschreiben. Und Sie?«

Plötzlich wirkte sie verstört. Oder spielte sie nur Theater?

»Was wollen Sie jetzt wissen?«

»Stelle ich nicht genau dieselbe Frage, die Sie mir gestellt haben?«

Sie schüttelte energisch den Kopf. Dann sagte sie:

»Ich bin erst fünfundzwanzig.«

*

Ich ging mit raschen Schritten zum Kirkevei und nahm ein Taxi nach Hause, nach Gaupefaret.

Als ich die Tür zu meiner Wohnung aufschloss, fühlte ich mich miserabel. Ich war mir nicht sicher, ob es richtig war, den Nachmittag zu Hause zu verbringen. Die Wohnung kam mir stickig vor. Es roch stickig.

Ich war von der Gedenkfeier geflohen und wusste nicht, ob ich es schaffen würde, zu Hause zu bleiben, bis es spät genug war, dass ich schlafen gehen konnte.

Ich hatte es mir damals zur Regel gemacht, niemals vor dreiundzwanzig Uhr zu Bett zu gehen. Dennoch kam es immer häufiger vor, dass ich es früher tat. Gern mit einem Buch, wirklich schlimm war es also nicht.

Würden Sie einen Zehnjahrespakt unterschreiben?

Und ich war ihr auf den Leim gegangen.

Ich war nicht mehr Mitte zwanzig. Damals hätte ich natürlich keinen Zehnjahrespakt unterschrieben. Ich bin vielleicht nicht unter dem glücklichsten Stern am Firmament geboren, aber zum Selbstmord habe ich nie geneigt.

Ich musste eigentlich noch einmal aus dem Haus, mich juckte es in den Beinen, aber ich drehte nur eine Runde durch die Wohnung, machte vor dem Badezimmerspiegel halt – bald fünfzig! – und ging am Ende ins Wohnzimmer, wo ich eine Schublade in der Regalwand öffnete und mir alte Bilder aus Hallingdal ansah.

Danach stand ich lange vor dem Bücherregal und betrachtete die Bücher aus meiner Studienzeit, die ich mit kürzlich eingekaufter Fachliteratur zusammengestellt hatte. Gro Steinlands und Preben Meulengrachts nagelneue kommentierte Nachdichtung der »Völuspá« (aus der Ylva vorhin zitiert hatte) stand da ebenso wie ein gerade erschienenes etymologisches Wörterbuch von Bjorvand und Lindeman: »Unsere Erbwörter«, letzteres neben dem Faksimile von Falks und Torps »Etymologischem Wörterbuch der dänischen und der norwegischen Sprache«.

Schließlich wollte ich mir etwas aus dem Kleiderschrank im Schlafzimmer holen. In zwei Drahtkörben lagen die vielen Zigarrenkisten, die ich im Laufe der Jahrzehnte gesammelt hatte. Mit einer hatte es begonnen. Inzwischen waren es vielleicht zwanzig. Heute, da ich dies schreibe, habe ich dreißig.

Ich dachte daran, wie vieles überall auf der Welt gesammelt wird. Bei mir waren es diese Zigarrenkisten. Sie waren das Einzige, was ich sammelte.

In der Küche setzte ich Wasser auf und machte mir eine Tasse Pulverkaffee. Es war nicht schwer, die Nachwirkungen der beiden Schnäpse loszuwerden. Auch die Nachwirkungen der Begegnung mit Ylva wäre ich gern losgeworden. Aber das war nicht so leicht.

Der Tag fand trotz allem noch einen versöhnlichen Abschluss, als Pelle sich zu einem Waldspaziergang überreden ließ. Er hätte protestieren können. Nicht immer kann er sich zu solchen späten Ausflügen aufraffen oder hat überhaupt Lust auf irgendwelche Unternehmungen. Aber diesmal ließ er sich nicht lange bitten. Was meine Stimmung augenblicklich verbesserte.

Ich hatte ihm kurz von meinem Tag erzählt und ihm anvertraut, dass eine junge Dame mich beleidigt hatte. Dann kam ich zur Sache:

»Lass uns heute Abend einen schönen Spaziergang machen, Pelle! Wir haben viel zu besprechen.«

»Kommt mir wie gerufen«, sagte er. »Ich habe mich den ganzen Tag noch nicht bewegt.«

Eine knappe Stunde später waren wir auf dem Weg nach Midtstuen, von dort gingen wir weiter durch den Wald nach Frønsvollstråkka, um schließlich einem schmalen Pfad nach Fuglemyra zu folgen.

Wir waren schon oft hier gewesen. Diesmal setzten wir uns auf eine Felskuppe und schauten auf das Moor mit seinen zwei offenen Seen, die blau in der Abendsonne schimmerten.

»Hier wurden in der frühen Eisenzeit Weizen und Gerste angebaut«, sagte ich. »Das lassen Pollenanalysen vermuten.«

Ich sagte es mit einer gewissen Ironie, als ob ich Pelle wirklich etwas über die Geschichte dieser Umgebung erzählen könnte. In Wahrheit war es nur ein Vorgeplänkel, um das Gespräch in Gang zu bringen.

Pelle ließ sich auch sofort darauf ein. Er sah mich aus starren Augen an und sagte:

»Dann muss es unter dem Moor einen alten *Damm* oder

auch mehrere davon geben, die der Torf des Vergessens schon lange unter sich begraben hat. Schöne Vorstellung, dass hier einmal Kinder mit Gesang und Spiel über Wiesen gehüpft sind. Jetzt hüpft hier nur noch der Auerhahn.«

Ich wusste nicht recht, worauf er hinauswollte, denn er sprach in einem ungewohnten, beinahe wehmütigen Tonfall. Mit Pathos. Ich versuchte, das Gespräch auf die Schiene zu bringen, auf der wir uns sonst bewegten.

»*Damm* wie in *dämmen*«, sagte ich. »Von indogermanisch **demH-* für bauen. Daher auch unser *tømmer*, englisch *timber*, also das, womit man baut, und wie das deutsche *zimmern* und *Zimmer* für den Bauprozess und das, was man baut.«

Pelle nickte mit Nachdruck. »Genau. Und wo finden wir das wieder: in *fruentimmer*, deutsch *Frauenzimmer*. Verstehst du, worauf ich hinauswill, alter Junge?«

Ich sah ihn an. Frauenzimmer? An diesen Zusammenhang hatte ich noch nie gedacht. Pelle schon, und es war nicht das erste Mal, dass ich im Gespräch mit ihm etwas lernte. Er räusperte sich zweimal, dann fügte er hinzu:

»Von der Wurzel **demH-* für bauen erhalten wir zudem ein Wort für Gebäude oder Haus, indogermanisch **domHos-*, im Lateinischen dann *domus*.«

Er war wieder auf der vertrauten Schiene. Ich lachte.

»Und das soll jetzt kein Witz sein, oder?«

Die Frage war Unsinn, denn über diese etymologische Herleitung hatten wir schon wer weiß wie oft gesprochen.

Pelle packte mein Handgelenk so fest, dass es fast wehtat, schaute mich an und sagte: »Hör doch zu! Von *domus* kommen auch *Dame* – vom lateinischen *domina* für Herrin des Hauses –, das italienische *donna* für *Dame* oder Frau und das spanische *doña* für Frau. Darauf wollte ich eigentlich hinaus.«

Ich war verblüfft, denn ich hatte das Wort »Dame« noch nie mit Holz oder Bauten in Verbindung gebracht. Aber mir war sofort klar, dass alles, was er sagte, seine Richtigkeit hatte. Ich war beeindruckt.

»Dame oder Frauenzimmer – man kann es sich also aussuchen?«

»Du hast es erfasst. – Apropos Damen und aussuchen …«

»Ja?«

Er sah plötzlich aus, als fühlte er sich nicht ganz wohl in seiner Haut. Zudem atmete er schwer.

»Wie sieht's denn mit den Damen aus? Oder Frauenzimmern? Ist schon ganz schön lange her, dass da was gelaufen ist, oder? Dabei warst du sogar mal verheiratet.«

Ich zuckte nur mit den Schultern. Mussten wir ausgerechnet jetzt darüber reden? Für mich kam ein Missklang ins Spiel, passte das Thema weder zum Ort noch zur Zeit. Mussten zwei Männer auf einer Waldwanderung über Frauen reden? Aber Pelle ließ sich nicht beirren:

»Du bist zu jung, um die Suche nach einer Lebensgefährtin aufzugeben, Jakop. Du darfst nicht mutterseelenallein durch die Welt trotten.«

»Nein …«

Ich wurde immer verlegen, wenn Pelle persönlich wurde. Ich glaube auch nicht, dass er selbst Spaß daran hatte. Er schien es nur für seine Freundespflicht zu halten, hin und wieder solche existentiellen Fragen aufs Tapet zu bringen. Er hatte sich immer schon sehr für mein Wohl und Wehe interessiert.

»Du bist vielleicht kein Don Juan«, räumte er jetzt ein. »Aber was hindert dich daran, dir eine nette Freundin zu suchen? Ihr müsstet ja nicht mal zusammenwohnen. Ihr müsstet auch nicht im selben Bett schlafen. Haut und Nähe sind vielleicht gar nicht so wichtig. Aber ihr könntet zusammen verreisen, nach Stockholm oder auf die Lofoten. Oder ans Nordkap. Denkst du nicht manchmal selbst an so was, Jakop?«

Mehr möchte ich über dieses Gespräch nicht erzählen. Es könnte schnell zu privat werden, denn wir sprachen noch lange über diese Dinge. Das ist jetzt zwölf Jahre her, inzwischen bin ich über sechzig, und im Grunde hat sich wenig geändert. Pelle liegt mein Wohlergehen immer noch am Herzen. Er hat mich niemals aufgegeben, und auch nicht die unerschütterliche Hoffnung, dass ich irgendwann eine Frau finde, mit der ich mein Leben teilen kann. Ich finde das rührend. Und zudem selbstlos. Denn je mehr Zeit ich mit einer Frau verbrächte, desto wenige Zeit bliebe für ihn und mich. Ich spreche jetzt aus Erfahrung. Während der kurzen Zeit meiner Ehe haben Pelle und ich uns nur sporadisch gesehen.

Von Fuglemyra gingen wir hoch zum Vettakollen mit seiner phantastischen Aussicht über Oslo, den Fjord und große Teile Ostnorwegens. Es ist ohne Zweifel der beste Aussichtspunkt der Hauptstadt. Es war acht Uhr, und wir blieben stehen und schauten zu, wie die Sonne hinter dem Horizont im Westen versank, noch immer mit einer sommerlichen Neigung nach Norden.

So spät waren hier oben nur noch wir beide unterwegs. Wir hatten es nicht eilig abzusteigen. Wir blieben auf einem Baumstamm sitzen und redeten über alles, was uns in den Sinn kam.

Ich zeigte ihm, wo das Ufer verlaufen war, als vor neuntausend Jahren das Eis schmolz. In dieser Gegend war das zweihundertzwanzig Meter über dem heutigen Meeresspiegel, und Vettakollen wie Voksenåsen ragten als flache Landzungen ins

Meer. Dazwischen lag eine kleine Bucht, die heute Skådalen ist. Das Meer reichte bis zum Nordende des Mjøsa, und Maridalen, Sørkedalen und Lommedalen schnitten wie lange Fjordarme ins Land. Dann hob sich allmählich das Land, nachdem es durch Jahrtausende von schweren Eisdecken nach unten gepresst worden war. Als die ersten Menschen hier Felder anlegten, verlief das Ufer etwa sechzig Meter über dem heutigen Meeresspiegel. Aber das Land hob sich immer weiter, und dieser Vorgang ist bis heute nicht abgeschlossen.

Da saßen wir, Pelle und ich.

Früher am Tag wären immer wieder Menschen vorbeigekommen, und wir hätten dieses intime Gespräch nicht führen können. Wir hätten nicht so offenherzig miteinander reden können.

Wir reden beide nicht gern, wenn andere zuhören, schon gar nicht, wenn es sich um zufällig vorüberkommende Fremde handelt. Fast solange wir uns kennen, behalten wir diese Zurückhaltung bei. Je persönlicher ein Gespräch verläuft, desto klarer schließt es für uns Zuhörer aus.

Es ist vollkommen unvorhersehbar, in welche Richtung Pelle ein Gespräch lenken wird. Er scheint dabei keinerlei Hemmungen zu haben. Er hat noch immer viel von einem Kind. Wenn er erst losgelegt hat, kennt er kein Pardon mehr. Das weißt du inzwischen ja auch, Agnes.

Jetzt aber saßen wir allein auf einer Felskuppe hoch über dem Lärm der Stadt, und wir konnten ungestört miteinander reden, während im Osten ein leicht abnehmender Mond über Groruddalen aufging. Es war fast schon dunkel, eine Stunde nach Sonnenuntergang, aber schon bald wurde es wieder heller und wir konnten in bläulichem Mondlicht ins Flachland absteigen. Die langen Schatten der Bäume machten es besonders schwierig, in der steilen Landschaft den richtigen Weg zu finden.

Ich lag fast auf die Minute um elf Uhr im Bett und war alles in allem gar nicht mehr so unzufrieden mit diesem Mittwoch.

Und Ylva?

Die hatte mich verstört.

Aber ich sollte sie wiedersehen. Zwei Mal sollte ich Ylva wiedersehen.

Zuletzt hier, auf der Insel in der Ostsee. Es ist erst wenige Stunden her.

ANDRINE

AN EINEM FRÜHLINGSTAG Ende der achtziger Jahre musste ich kurzfristig eine alte Tante in Åsgårdstrand besuchen. Erst wenige Monate zuvor hatten meine Frau und ich uns getrennt, und ich wohnte wieder allein. Inzwischen weißt du ja, dass ich einige Zeit verheiratet war.

Während unserer gemeinsamen Jahre hatten meine Frau und ich uns mit einem Auto begnügt, und fürs Erste wollten wir es auch weiterhin teilen. Es war ein Dienstag, einer der Tage, an denen Reidun den Wagen hatte.

Ja, Reidun, so hieß meine Frau.

Ich hatte das Auto montags, mittwochs und freitags, ging aber davon aus, meine Fahrt nach Åsgårdstrand sei wichtiger als das, was sie eventuell vorhatte, und wäre bereit gewesen, gegen den Mittwoch zu tauschen. Aber Reidun wollte zum Friseur und in die Reinigung und danach vielleicht bei einer Freundin vorbeischauen, die einige Straßen weiter wohnte.

Es war nicht das erste Mal, dass wir wegen des Autos aneinandergerieten: Die Woche hat ja unglücklicherweise eine ungerade Anzahl von Tagen, und an einem, bei uns war es der Sonntag, konnten wir eigentlich beide keine Ansprüche auf den Wagen erheben. Später habe ich mich gefragt, warum wir ihn dann sonntags nicht einfach abwechselnd benutzten oder uns auf eine Übergabe um fünfzehn Uhr verständigten, wobei wir für Letzteres natürlich eine Art Turnus hätten einführen müssen, wonach uns der Wagen abwechselnd am Sonntagmorgen und am Sonntagnachmittag zustand, weil die Abmachung sonst jederzeit zu neuen Streitereien hätte führen können.

Vielleicht versäumten wir eine schlüssige Regelung für den siebten Tag der Woche deshalb, weil wir beide auf den Tag warteten, an dem das Gegenüber erklärte, Auto Nummer zwei ist angeschafft, du kannst den alten Corolla behalten. Er war ohnehin nicht mehr so viel wert, dass es einen Sinn gehabt hätte, den anderen auszuzahlen; ich jedenfalls hätte von Reidun niemals den eigentlich fälligen Tausender verlangt, wenn sie die Karre übernommen hätte und ich es gewesen wäre, der sich ein neues Auto zulegte. Allerdings hätte ich ihr den neuen Wagen auch niemals ausgeliehen.

Zur gemeinsamen Wohnung, in der Reidun geblieben war, gehörte kein Parkplatz, und in der Nähe meiner neuen Bleibe gab es nur Plätze mit Parkuhren. Wir besaßen beide einen Satz Autoschlüssel, aber wir hatten nur einen Stellplatz, der sich vier U-Bahn-Stationen von der von mir erst kürzlich bezogenen kleinen Wohnung befand. Das war, ehe ich mich in Gaupefaret niederließ, wo ich immer noch wohne, am Fuße des Holmenkollen.

Um die Sonntage stritten wir uns besonders heftig. Wir hatten keine Kinder, und nachdem ich ausgezogen war, blieb als einziger Konfliktstoff der alte Corolla – ein letzter Rest gemeinsamen Besitzes, voller trauriger Erinnerungen an die Tage, als wir, manchmal sie, manchmal ich hinter dem Lenkrad, noch zusammen im Auto saßen. Das fast durchgerostete Fahrzeug war das armselige Überbleibsel meiner Ehe. Dieser Teil des Lebens war auf immer vorbei.

Ich hatte davor Beziehungen gehabt und hatte sie auch danach, sprach auf Nachfrage allerdings eher von einer gemeinsamen Liebe zur Oper, zu gutem Essen oder zu langen gemeinsamen Wanderungen – verbale Ausweichmanöver allesamt. Wirklich zusammengelebt habe ich nur mit meiner Frau. Es hat etwas über zwei Jahre gehalten, so lange, bis Reidun mir den Rücken zukehrte – im wahrsten Sinne des Wortes, meine ich, also im Doppelbett – und wir uns nach zu vielen weiteren Monaten unter demselben Dach endlich trennten. Die einzige Möglichkeit, das in die Wege zu leiten, bestand darin, dass ich die Wohnung verließ, die ursprünglich einmal meine gewesen war.

Sehr viel an dieser Scheidung hatte mit Pelle zu tun. Reidun konnte den Anblick des Herrn Skrindo nicht ertragen und fand auch seine Stimme widerwärtig. Es war so beleidigend gemeint, wie es sich anhört, und sie ließ keine Gelegenheit aus, es auszusprechen. Nun denn, wenn sie es nicht ertragen konnte, mich mit Pelle zusammen zu sehen, wenn es sie sogar störte, dass wir in ihrer Abwesenheit zusammen im Wohnzimmer saßen und miteinander redeten, dann musste einer von uns ausziehen, sie oder ich. So sagte ich es ihr. Aber am Ende war ich es, der seine Siebensachen packen und gehen musste.

Ich hatte nur ganz vorsichtig gefragt, ob ich an besagtem Nachmittag mit dem Auto nach Åsgårdstrand fahren könne, stieß aber auf massiven Widerstand und gab mich sofort geschlagen. Ich könne auch ein Taxi nehmen, sagte ich.

Das Taxi kam, ein roter Mercedes, und das solide Fahrzeug erschien mir wie eine Belohnung angesichts einer derart langen und damit auch kostspieligen Fahrt. Über die auffällige Farbe des Wagens dachte ich erst nach, als ich die Tür geöffnet und auf der Rückbank Platz genommen hatte. Umso schneller ging mir auf, dass die rote Farbe ausgesprochen gut zur Fahrerin passte. Andrine Siggerud war eine anziehende Frau von Ende dreißig, vielleicht zwei Jahre älter als ich, mit braunen Augen und einer wogenden braunen Mähne.

Schon bald befanden wir uns mitten in einem angeregten Gespräch, das sich nach einer gewissen Zeit in Richtung lebensphilosophischer Fragen bewegte. Während wir sprachen, schaute sie mich immer wieder im Rückspiegel an, wodurch ich, umgekehrt, auch ihr Mienenspiel im Auge behalten konnte. Ihr Akzent verriet, dass sie an der Südküste aufgewachsen war, genauer gesagt in Mandal, wie sich dann herausstellte. Sie hatte sich zwei Jahre zuvor scheiden lassen und wohnte jetzt zusammen mit einer Tochter im Teenageralter in Tonsenhagen.

Wenn zwei Menschen zusammen in einem Auto unterwegs sind, kann schnell eine intime Atmosphäre entstehen, eine tiefere Verbindung zwischen eigentlich Unbekannten, als es unter fast allen anderen Umständen möglich wäre. Fährt man dazu noch durch immer neue Landschaften, kann es zu Gesprächen kommen, die sonst niemals stattgefunden hätten.

Sie, die Fahrerin, und ich, der Fahrgast, stellten rasch fest, dass wir ein feinmaschiges Netz gemeinsamer Bezugspunkte besaßen, auch wenn wir als Akademiker und Taxifahrerin in unserem Alltag kaum etwas miteinander zu tun hatten. Umso mehr Gesprächsstoff fanden wir jetzt. Umso mehr hatten wir einander zu erzählen.

Mir fiel ein, dass ich noch vor wenigen Monaten mit Reidun solche Fahrten unternommen und auch wir dabei intensive Gespräche geführt hatten. Aber das war, ehe Pelle auftauchte.

Während der letzten Fahrten in dem alten Corolla hatten wir beide kein Wort mehr gesprochen, waren nur beide in unser eigenes Schweigen versunken. Vielleicht dachten wir beide an Pelle, und ich bin mir fast sicher, dass uns auf einer dieser Fahrten endlich klar wurde, dass etwas vorbei war – oder alles, wie ich besser sagen sollte.

Der Besuch bei der Tante – ich brauche hier nichts ins Detail zu gehen – sollte nur eine Stunde dauern, für mehr hätten ihre Kräfte ohnehin nicht gereicht. Andrine beschloss deshalb, in Åsgårdstrand auf mich zu warten, vielleicht auch nur, damit sie auch die Rückfahrt nach Oslo bezahlt bekam. Sie hatte ein dickes Buch mit einem gelben Umschlag dabei. Es lag auf dem Beifahrersitz, ein Roman, aber ich kannte weder Autor noch Titel, es handelte sich also wohl um eine Übersetzung.

Wir mussten zudem beide mittagessen und nahmen, ehe wir die Heimfahrt antraten, in einem gemütlichen Café der idyllischen Fjordstadt eine kleine Mahlzeit zu uns. Edvard Munch hatte einige Sommer dort verbracht und »Die Mädchen auf der Brücke« gemalt. Wir wanderten lange zwischen den Holzhäusern durch die engen Gassen. Aus den Blumenbeeten stieg ein süßlicher und zugleich säuerlicher Geruch, ein Aprilgeruch, wie wir es nannten. Am Ende spazierten wir zum Meer und auf eine Mole, vor der zwei Schwäne auf dem Wasser des Hafenbeckens schwammen. »Zwei Seelen«, rutschte mir heraus, oder vielleicht sagte es auch Andrine. Einer von uns sagte es jedenfalls, und der andere nickte.

Als wir zum Wagen zurückkamen, erschien es selbstverständlich, dass ich mich neben Andrine nach vorn setzte. Hätte ich mich wie auf der Herfahrt auf den Rücksitz verkriechen wollen, wäre sie wohl gekränkt gewesen. Wir hatten diesen Tag zusammen verbracht, er gehörte uns. Es war schon sechs, bald begann der Mai, und der Nachmittag war wie ein Sommerabend.

Sie ließ den Motor an, und noch bevor ich das gelbe Buch ins Handschuhfach gelegt hatte, fing ich schon an, ihr von der Verwandtschaft zwischen einigen indogermanischen Erbwörtern zu erzählen. Pelle und ich hatten an einem der Tage zuvor lange darüber gesprochen. Jetzt, wo ich nicht mehr mit Reidun zusammen war, hatten wir schließlich freie Bahn.

Ich zeigte auf das gelbe Buch und fragte: »Wissen Sie, wo das so gewöhnliche Wort für diese Farbe herkommt?«

Andrine konzentrierte sich gerade aufs Fahren. Wenn ich mich recht erinnere, wollte sie einen Traktor überholen, der mitten auf der Straße fuhr. Aber sie nickte, und ich sagte:

»Die germanische Grundform ist **gula-*, was nicht nur dem norwegischen *gul*, sondern auch dem englischen *yellow* und dem deutschen *gelb* zugrunde liegt. Aber natürlich auch dem norwegischen *gull*, dem englischen *gold* und dem deutschen *Gold*.«

»Wirklich?«

Die bezaubernde Chauffeuse ließ für einen Moment die Straße aus den Augen und schaute zu mir herüber.

»*Gul*, *gelb* und *yellow* – darüber habe ich mir noch nie Gedanken gemacht.«

»Dabei reichen solche Ähnlichkeiten zwischen Wörtern oft tiefer, als man glaubt«, sagte ich. »Und sie können viele tausend Jahre alt sein. Wir nennen solche uralten Wörter ›Erbwörter‹.«

»Erbwörter?«

»Ja. Weil sie von einer ursprünglichen Wurzel oder einer Grundform sozusagen geerbt wurden.«

»Wie Lehnwörter?«

Ich schüttelte den Kopf. »Nein, Lehnwörter sind etwas anderes. Wenn Wörter für dasselbe – oder fast dasselbe – in zwei ganz verschiedenen Sprachen Ähnlichkeit miteinander haben, dann kann das daran liegen, dass die eine Sprache vor langer Zeit ein Wort aus der anderen entlehnt hat. Solche Wörter nennen wir ›Lehnwörter‹. Das norwegische Wort *vin* hat zum Beispiel große Ähnlichkeit mit dem italienischen *vino*, und das liegt daran, dass wir dieses Wort vor langer Zeit aus einer italischen Sprache entlehnt haben. Und wenn es auf Englisch *wine* und auf Deutsch *Wein* heißt, dann liegt das daran, dass auch das englische und das deutsche Wort aus einer anderen Sprache importiert sind.«

Sie sah mich wieder an und lächelte.

»Ein Glas Wein wäre jetzt nicht schlecht«, sagte sie.

Dann konzentrierte sie sich wieder auf die Straße, fragte aber dennoch:

»Gut – wie war das noch mal mit *gul, gelb* und *yellow*?«

Sie ist eine aufmerksame Schülerin, dachte ich bei mir.

»Das sind alte Erbwörter, die wir über Jahrtausende durch die Geschichte zurückverfolgen können. Wir können die indogermanische Wurzel **ghel-* für leuchten rekonstruieren und wissen, dass diese Silbe hinter einer Reihe lebendiger Wörter im gesamten indogermanischen Sprachraum steckt, im lateinischen *helvus* für *honiggelb* etwa, oder im norwegischen *gyllen* und im deutschen *gülden*, das wir vom *güldenen* Haar kennen. Auch in der alten Münzeinheit *Gulden* können wir es identifizieren und in der polnischen Währung *Zloty*.«

»Und alle solche Erbwörter bedeuten eigentlich dasselbe?«

»Nicht unbedingt«, sagte ich. »Aber die Wörter, die ich erwähnt habe, lassen sich alle auf dieselbe Wurzel **ghel-* für leuchten zurückführen. Dasselbe Wort hatte zudem die Bedeutung *gelbgrün*, im griechischen Wort *klorós* nämlich, dem wir das Fremdwort *Chlor* verdanken, außerdem die *Galle* und die *Cholera* sowie etliche Wörter für gelb und grün in slawischen und indoiranischen Sprachen.«

»Du liebe Güte!«, sagte Andrine. »Da haben mir die güldenen Haare besser gefallen.«

Dabei schaute sie zu mir herüber und lächelte.

Aber ich hatte nun gerade erst angefangen und fuhr fort, dass von der indogermanischen Wurzel **ghel-* noch allerlei andere Wörter im gesamten germanischen Sprachraum abstammten, unter anderem *Glut, glühen, Glanz, glotzen, glimmen, gleißen* und *glorreich*.

Sie schaute mich wieder kurz an.

»Wirklich alle diese Wörter?«

Ich nickte energisch.

»Wenn wir jemanden *anglotzen*, wenn etwas *glüht*, zum Beispiel eine *Glüh*birne, oder wenn etwas *glorreich* ist, benutzen wir Wörter, die mit *Gold* und *Chlor* verwandt sind. Wenn die Deutschen heißen gewürzten Rotwein trinken, dann trinken sie *Glüh*wein, also einen *glühend* heißen Wein, und hier in Norwegen trinken wir *gløgg*, vom schwedischen Wort für heißen Punsch: *glödgad* dryck. Das Interessante ist, dass solche Verwandtschaften quer durch die Sprachen in vielen Fällen sechstausend Jahre zurückverfolgt werden können. Das muss man sich mal vorstellen!«

Erst jetzt legte ich das gelbe Buch zurück ins Handschuhfach.

»Woher wissen Sie das alles?«, fragte sie.

Ich antwortete, dass ich mich eben *glühend* für Sprachen interessierte.

Der eigentliche Grund für meine etymologischen Ausschweifungen war aber der, dass ich testen wollte, ob Andrine etwas von meiner Faszination für Sprachen, für Wörter und ihre Herkunft mit mir teilen könnte. Sie erzählte mir, sie lese sehr gern und sie schreibe auch gern selbst. Diese Antwort reichte mir. Wer gern liest und schreibt, interessiert sich auch für Sprache.

Sie erzählte, dass sie schon seit Jahren mit dem Gedanken spiele, ein Buch mit den Geschichten zu schreiben, die sie im Laufe der Jahre von den Menschen hinten auf dem Rücksitz ihres Taxis gehört hatte. Einer Taxifahrerin wird ja nun alles erzählt, und manchmal noch mehr als das. Über die Jahre war Andrine wahlweise als Seelsorgerin, Psychotherapeutin oder juristische Beraterin in Anspruch genommen worden.

Auf langen Fahrten kam es aber auch vor, dass sie selbst den Fahrgast auf der Rückbank bat, ihr seine Lebensgeschichte zu erzählen. Manchmal aus Bequemlichkeit, weil sie nicht selbst das Wort führen wollte, aber auch, weil sie einfach gern zuhörte, wenn andere erzählten.

Sie erzählte mir, Taxifahrer – und noch mehr Taxifahrerinnen – seien oft langen und ermüdenden, unter Umständen fast verhörähnlichen Befragungen ausgesetzt. In solchen Fällen komme es unbedingt darauf an, den Ball zurückzuspielen. »Warum erzählen Sie mir nicht *Ihre* Geschichte?«, frage sie dann, und die meisten der notorischen Fragesteller könne sie dazu verleiten. Jeder hat nun mal eine Lebensgeschichte; vom Genre her gesehen, ist das Leben ein Epos. Andrine konnte ein Lied davon singen, wie leicht sich Menschen dazu bringen ließen, ihr ganzes Leben vor einem wildfremden Menschen auszubreiten.

Andrine hatte die Menschen gern und würde irgendwann

genug Geschichten für ihr Buch beieinanderhaben. Den Titel wusste sie schon: »Erzählungen von der Rückbank«.

Ich würde nicht von einer Romanze sprechen, aber in den Monaten nach der Fahrt nach Åsgårdstrand trafen wir uns hin und wieder. Sie gab mir ihre Karte, und ich rief sie einige Male an, wenn ich ein Taxi brauchte, zum Beispiel nach Mylla, als ich Nordmarka auf Skiern durchqueren wollte, oder einmal nach Drøbak. An einem Sonntag im September fuhren wir nach Sollihøgda, um in der Höhe spazieren zu gehen, und an einem anderen Sonntag sogar zum weit entfernten Norefjell, was Andrine selbst vorgeschlagen hatte. Beide Male wurde das Taxameter natürlich ausgeschaltet.

Ein einziges Mal lud ich Andrine auch in ein Restaurant in Oslo ein. Und da, an diesem Abend, hatte ich das Gefühl, dass wir vielleicht ein Paar werden könnten. Ich griff nach ihren Händen, und sie ließ mich gewähren, aber nur für einen Moment, dann zog sie die Hände langsam wieder zurück. Ein Schatten huschte über ihr Gesicht, und sie schaute mir in die Augen, ängstlich und verletzlich wie ein Beutetier. Doch dann streichelte sie meine Wange, fast wie eine Mutter, oder nein, doch eher wie eine Wanderkameradin, und erzählte, dass sie kürzlich einen Mann namens Rolf kennengelernt habe.

Danach habe ich mich nicht mehr bei ihr gemeldet.

*

Viele Jahre später fand ich ihre Todesanzeige in *Aftenposten*; es war zu Beginn des Jahres 2002. Andrine habe am Ende »den Kampf gegen den Krebs aufgeben müssen« und sei »im Kreise ihrer Familie sanft eingeschlafen«, wie zu lesen stand. Die Trauerfeier sollte am Dienstag, dem 8. Januar, um dreizehn

Uhr in der Tonsen-Kirche stattfinden, und nach der Beisetzung waren alle Trauergäste zum Kaffee ins Østreheim geladen. Natürlich ging ich, ohne zu zögern, hin.

Erik Lundins Beerdigung in Vestre Aker lag erst einige Monate zurück. Ich zuckte deshalb zusammen, als ich gleich nach dem Betreten der Kirche Ylva und ihre Eltern, Marianne und Sverre, in einer der ersten Bankreihen links vom Mittelgang entdeckte. Bei ihrem Anblick musste ich an eine Szene aus »Wenn die Gondeln Trauer tragen« denken, dem in Venedig spielenden Film mit Julie Christie und Donald Sutherland.

Die drei hatten mich noch nicht sehen können. Ich kam spät, und die Pastorin, eine junge Frau mit blonden Haaren, stand schon vor ihnen, um sie zu begrüßen. Mein erster Impuls war, gleich wieder kehrtzumachen, aber nun setzte die Orgel ein, und ich ließ mich in eine Bank weit hinten in der Kirche sinken.

Die Sitzreihen im luftigen Kirchenschiff waren fast zur Hälfte gefüllt. Mir fiel auf, dass mehrere der Anwesenden die Uniform der Firma *Oslo Taxi* trugen. Beim Eintreten der Kirche war mir ein Heftchen überreicht worden. Ich schaute auf das Bild einer gutaussehenden Frau mit braunem Haar, die Ende vierzig sein mochte. Das Foto war vor einem Taxi aufgenommen worden, einem roten Mercedes.

Bei ihrer Rede begann die Pastorin mit Andrines Jugendjahren in Mandal. Sie erzählte, dass Andrine fast dreißig Jahre lang Taxi gefahren war und nie von einem anderen Beruf geträumt hatte. Als ihr und ihrer Familie aufging, dass ihre plötzlich aufgetretene Krankheit ein tödliches Ende nehmen könnte, hatte der Arzt ihr angeboten, sie krankzuschreiben, aber Andrine hatte das nicht für nötig befunden. Von da an war sie trotz der unheilbaren Krankheit noch drei Monate gefahren, ehe sie den Wagen endgültig stehen lassen musste.

Sie hatte immer Wert darauf gelegt, dass das Taxifahren ein freier Beruf sei. In den letzten fünfzehn Jahren hatte ihr Taxi ihr gehört, immer ein roter Mercedes, den sie niemals jemand anderem überlassen hätte, auch nicht an Feiertagen oder in den Ferien, wenn sie selbst nicht fuhr.

Aber auch wenn Andrine ihre Arbeit liebte, war das Taxifahren doch nicht ihr ganzes Leben. Sie hatte einen großen Bekanntenkreis, sie liebte ihre Familie und engagierte sich in der Gesellschaft, nicht zuletzt, wenn es um die Lebensbedingungen von Frauen und den Kampf um Frauenrechte ging. Was den Respekt gegenüber Frauen betraf, die Achtung ihrer Integrität und Würde, war ihr das, was sie in ihrem Taxi erlebte, eine Art Nagelprobe der Zivilisation.

Im Übrigen blieb sie eine Leseratte und hatte immer ein Buch im Auto liegen. Wenn sie länger als zwei Minuten stand, schaute sie weder auf die Straße, noch verspürte sie besondere Lust, Radio zu hören oder sonst Musik laufen zu lassen. Nein. Andrine las. In Taxikreisen weniger bekannt war, dass sie selbst Geschichten schrieb. Schon in jungen Jahren hatte sie sich literarisch betätigt, erzählte die Pastorin. Vor vielen Jahren hatte sie mit einer Geschichte das Preisausschreiben einer Illustrierten gewonnen, und wie die Familie ja wisse, fuhr die Pastorin fort, sei es nicht bei dieser einen Geschichte geblieben. Im Laufe der Jahre sei das Schreiben – Andrines Schriftstellerei – zu einem willkommenen Nebenverdienst geworden.

Aus der Rede der Pastorin ging auch hervor, dass ihr Lebensgefährte Rolf seit elf Jahren mit ihr zusammen gewesen war; sie hatte ihn nur wenige Jahre nach ihrer Trennung von Petter kennengelernt. Die Pastorin erwähnte das einzige Kind von Petter und Andrine, die Tochter Anlaug, und deren Mann Aleksander. Die beiden hatten zwei kleine Kinder, Kenneth und Maria. Maria, das jüngere Enkelkind, hatte Andrine kurz vor ihrem Tod noch auf den Arm nehmen können.

Nach der Rede näherte sich unerbittlich der Moment, vor dem mir gegraut hatte: das Postludium und der Ausgang aus der Kirche.

Der Sarg wurde von drei Frauen und drei Männern durch den Mittelgang getragen, alle in der *Oslo-Taxi*-Uniform. Nach der Pastorin und dem Sarg folgten Rolf, Anlaug und Aleksander, dann Petter mit seiner neuen Freundin oder Ehefrau, deren Name in der Ansprache der Pastorin verständlicherweise nicht erwähnt worden war. Dahinter gingen Sverre, Marianne und Ylva. Ich hatte längst begriffen, dass Sverre offenbar Andrines Bruder war.

Ich verspürte den klassischen Wunsch, im Erdboden zu versinken, und sah dennoch keine andere Möglichkeit, als stehen zu bleiben.

Ylva entdeckte mich als Erste. Sie verdrehte die Augen. Auch Marianne und Sverre musterten mich mit scharfem Blick, aber es war nun einmal ein zu ernster Anlass für mehr, und bald war der kleine Trauerzug der Angehörigen an mir vorüber.

Danach war es an mir, die Kirche zu verlassen. Draußen wurde der Sarg in einen Leichenwagen gestellt, der davonfuhr, während sich die Trauernden in kleinen, dicht stehenden Grüppchen versammelten. Es war bewölkt, fast windstill und nur wenige Grade unter null. Auf dem Asphalt, den gepflasterten Wegen und den Rasenflächen um die Kirche lag nur eine dünne Schneeschicht, ungewöhnlich für Januar.

Was sollte ich jetzt machen? Mich an den Anwesenden vorbeidrücken und nach Sinsenkrysset hinunterlaufen?

Aber warum eigentlich? Die Frau, der ich, wenn auch nur für kurze Zeit, sehr nahe gewesen war, hatte uns verlassen. Warum sollte ich mich da bei ihrer Beisetzung nicht sehen lassen? Nur ich konnte doch ermessen, was sie für mich bedeutet hatte. Nur ich wusste, welche Trauer und Wehmut ich nun empfand oder wie sehr mich die Anzeige in *Aftenposten* erschüttert hatte.

Warum sollte ich nicht mit zum Kaffee gehen, wo in der Todesanzeige gestanden hatte, dass alle Trauergäste dazu ins Østreheim eingeladen seien? Dieses traditionsreiche Gasthaus hatte ich nur einmal in meiner Studentenzeit besucht.

Ylva war vor der Kirche nicht zu sehen, Anlaug, ihre Kusine, auch nicht. Nur Sverre und Marianne standen dort, und ich nickte ihnen aus einiger Entfernung zu. Schließlich gehörte ich nicht zu den nächsten Angehörigen.

Aber wieder dachte ich, dass ich Sverre und Marianne schon vor langer Zeit einmal begegnet sein musste. Hätte ich nur stehen bleiben und sie mir zwei, drei Minuten länger ansehen können – vielleicht wäre mir dann eingefallen, woher wir einander kannten. Natürlich konnte ich mir das nicht erlauben, nicht einmal zwei, drei Sekunden. Ich machte kehrt, und bald darauf saß ich in meinem Wagen, den ich einige Hundert Meter weiter im Travervei geparkt hatte.

Ich fuhr am Årvoll-Center vorbei in Richtung Stig, wo das Østreheim liegt. Dort, wo ein steiler Weg zur Årvoll-Schule hinunterführt, entdeckte ich Ylva und Anlaug, die eifrig gestikulierend nebeneinander hergingen. Ich fuhr an den Straßenrand, kurbelte das Fenster herunter und fragte, ob ich sie mitnehmen solle. Aber die Kusinen wollten zu Fuß gehen, verständlicherweise, vielleicht war dieser Spaziergang ihre erste Gelegenheit zu einem vertraulichen Gespräch. Anlaug hatte ihre Mutter verloren, Ylva ihre Tante. Aleksander kam sicher mit dem Auto nach, ebenso wie Sverre und Marianne.

Aber Ylva steckte den Kopf durchs Fenster und sagte: »Ich wüsste gern, woher Sie Andrine gekannt haben.«

»Ja?«

Sie roch nach Zitrone und Lavendel.

»Sie wollen doch wohl nicht behaupten, Sie wären nur einer ihrer Fahrgäste gewesen?«

Ich lachte. »Doch, das auch. Als wir einander kennengelernt haben, war ich ihr Fahrgast.«

Ylvas Miene war unergründlich.

»Einander kennengelernt ...«, wiederholte sie nur.

»Es war eine sehr ungewöhnliche Taxifahrt«, sagte ich zu meiner Verteidigung. »Aber wir sprechen vielleicht nachher weiter?«

Ich konnte nicht länger am Straßenrand stehen. Ich winkte den jungen Damen zu und fuhr weiter. Mein Gefühl sagte mir, dass sie vorher über mich gesprochen hatten. Das konnte natürlich pure Einbildung sein. Ich neige dazu, mich wichtiger zu nehmen, als ich tatsächlich bin.

Ich hielt vor dem alten Schießgelände, nur einen Steinwurf vom Restaurant entfernt, das sich nun »Østreheim Kro og Selskapslokaler« nannte. Es war einige Monate, bevor der Betrieb dort eingestellt wurde, und ein Jahr, bevor gegen den energischen Protest der örtlichen Bevölkerung das fast hundert Jahre alte Holzhaus abgerissen wurde.

Ich blieb vor dem Denkmal für Viggo Hansteen und Rolf

Wickstrøm stehen, die hier am 10. September 1941 von der Gestapo hingerichtet und auf dem Schießgelände begraben worden waren. Unter dem Relief der beiden Widerständler stand: DAS OPFER DER EINSAMEN LEUCHTETE, EHE ES TAG WURDE.

Ich fragte mich, warum man die jungen Kriegshelden als einsam bezeichnete, und mir ging auf, dass ich womöglich auch ein wenig einsam war – natürlich ohne mich mit den beiden vergleichen zu wollen.

Die Trauergäste kamen nach und nach von der Kirche her, etliche zu Fuß, während die Autofahrer immer länger nach einem Parkplatz suchen mussten. Ich betrat das Restaurant in der Mitte des Gästestroms, um einen Einfluss darauf zu haben, wo ich saß.

Ungefähr drei Dutzend Menschen hatten sich eingestellt. Noch immer waren zwei oder drei in Taxifahreruniform darunter. Ich setzte mich zu einem von ihnen an den Tisch. Es war ein Mann in meinem Alter, der sich als Rikard vorstellte und als Betriebsrat für den Norwegischen Taxiverbund tätig war. Am Tisch saß auch die Pastorin, sie hieß Regine und mochte Anfang dreißig sein.

Es war mir gelungen, nicht am Tisch der nahen Angehörigen zu landen, doch dann setzten sich die beiden Kusinen an den Nachbartisch.

Rolf hieß uns willkommen und erzählte kurz über den Krankheitsverlauf, seit Andrine anderthalb Jahre zuvor die traurige Diagnose erfahren hatte. Er schilderte Bestrahlung und Chemotherapie, sprach über Kampfbereitschaft und Mut, aber auch über Andrines Hass auf den Tod und ihre Sorge um andere als sie selbst.

Einer der Taxifahrer, nicht Rikard, spielte mit seiner Zigarettenpackung, während Rolf erklärte, was gleich serviert werden würde und dass draußen auf der überdachten Veranda das Rauchen gestattet sei. Der Gastraum war im Laufe von Jahrzehnten zur Genüge eingeräuchert worden.

Es wurden fünf Sorten Schnittchen, Kringel mit Makronenfüllung, Kaffee und Mineralwasser serviert. Rikard wollte wissen, woher ich Andrine gekannt hätte. Ob ich vielleicht zur Familie gehörte.

Ich habe dann von meiner Fahrt nach Åsgårdstrand und deren Folgen ungefähr so erzählt wie dir in diesem Bericht, Agnes. Hier habe ich nur die Reihenfolge geändert, *permutiert*, wie wir in der Sprachwissenschaft sagen, indem ich erst von unserer ersten Begegnung im Taxi und dann von der Rede der Pastorin und meiner kleinen Reminiszenz im Østreheim erzählt habe.

Rikard nickte, als wollte er meiner Geschichte zustimmen: Genau so war Andrine gewesen. Was ich erzählt hatte, war ganz typisch für sie. Er konnte alles bestätigen, was ich über lange Taxifahrten und die Gespräche sagte, die sich auf solchen Fahrten ergaben. Rikard lächelte über Andrines Idee eines Buches mit dem Titel »Erzählungen von der Rückbank« und fragte: »Und warum hat sie das Buch nie geschrieben?«

Ungefähr da registrierte ich, dass Ylva die Ohren spitzte. Rolf war von einem Tisch zum anderen gegangen und hatte die wenigen Anwesenden begrüßt, die er nicht kannte, darunter auch mich. Er war kurz an unserem Tisch stehen geblieben und hatte sich angehört, was ich erzählte.

Als ich unsere Fahrt nach Åsgårdstrand und das leise Gefühl von Gemeinschaft schilderte, das Andrine und ich dabei verspürt hatten, erschien er mir fast ein wenig verunsichert:

Es sei doch seltsam, dass sie ihm nie etwas von dieser Fahrt erzählt habe, sagte er zu mir.

Und nun kam Regine ihm zu Hilfe, besser gesagt, *uns*, denn nicht zuletzt war ich es, der Hilfe brauchte: Die Pastorin erinnerte daran, dass Andrine und Rolf sich damals ja noch nicht gekannt hätten, und ich konnte unbeschwert weiterreden. Ich hätte mich nur einmal mit Andrine in der Stadt getroffen, erzählte ich, und zwar im Theatercafé. Dort habe sie mir von einem gewissen Rolf erzählt, den sie gerade kennengelernt hätte, und das sei dann auch unsere letzte Begegnung geblieben.

Rolf legte mir daraufhin einen kräftigen Arm um die Schultern und drückte mich kumpelhaft an sich. Und genau da mischte sich Ylva ein, die aufmerksam zugehört hatte. Sie drehte sich zu uns um und fragte: »Haben Sie noch die Quittungen für diese Taxifahrten?«

Sie trug wieder den saphirblauen Anhänger, der mir bei unserer letzten Begegnung wie ein drittes Auge erschienen war. Jetzt kam er mir wie eine Kameralinse vor.

Jemand war zum Rauchen auf die Veranda gegangen, und Rolf übernahm einen der Stühle an meinem Tisch. Wir saßen lange Schulter an Schulter und sprachen über Andrine. Dass sie wirklich nicht mehr da war!

Wir schwelgten in Erinnerungen an Andrine, und entweder war mein Bewusstsein in der Situation gespalten oder Rolf ist auf einem Ohr taub, jedenfalls hörte nur ich, wie Ylva zur selben Zeit auf ihre Kusine einredete. Sie verbreitete sich über die Rolle der Sexualität in Mythos und Kunst und fasste Magnus Olsens Deutung des »Skirnismál« zusammen, in dem bekanntlich der Fruchtbarkeitsgott Frey seinen Diener Skirnir zur Riesin Gerd schickt, um ein Stelldichein auf dem Kornfeld zu vereinbaren, also einen rituellen Beischlaf. Wann immer es dabei zur Sache ging, hob Ylva, wie mir schien, die Stimme und warf einen Blick in meine Richtung. Wenn die Menschen kleine Goldstücke mit Darstellungen von Frey und Gerd in der Erde vergruben, um ihre Äcker fruchtbar zu machen, sei es durchaus vorstellbar, dass Männer und Frauen auf den Acker gingen, um fruchtbaren Sex zu haben, erklärte sie, bevor sie das weite Feld der Religionsgeschichte verließ und sich dem Orgasmus zuwandte, den sie als die wichtigste Sinneserfahrung unserer ganzen Galaxis bezeichnete. Sie verstieg sich sogar zu der Behauptung, der Orgasmus sei vielleicht der eigentliche Sinn und der Zweck des Universums. Sollte das Sarkasmus sein? Oder war sie nur überspannt?

Wörtlich sagte sie: »Was für eine Vorstellung, dass wir einander diese galaktischen Sinnesstöße schenken können! Oder eben auch uns selbst – wir brauchen einander ja nicht einmal!«

Es war jetzt kein Zweifel mehr möglich: Sie schaute, während sie das sagte, so demonstrativ zu mir herüber, als wollte sie niemanden darüber im Unklaren lassen, an wen sie ihre Worte richtete. Aber warum? Wollte sie mich auf die Probe stellen? Oder wollte sie einfach nur provozieren?

Ich hatte jedenfalls genug. Ich verabschiedete mich von Rolf und verließ das Restaurant als einer der Ersten. Ich war ohnehin kein wichtiger Gast. Ich war es niemandem schuldig, länger zu bleiben.

Als ich gerade den Mantel angezogen hatte und gehen wollte, beugte Ylva sich über die Rückenlehne ihres Stuhles und streckte mir den rechten Arm entgegen, als sollte ich ihr nach alter Sitte die Hand küssen. Warum machte sie das? Um mich zu demütigen? Wollte sie damit zum Ausdruck bringen, dass ich zu einer anderen Generation gehörte, ein Überbleibsel aus einer anderen Zeit war? Ich nickte nur und sagte: »Ich empfehle mich.«

Ich winkte Sverre und Marianne zu, und jetzt war es offensichtlich: Sie hatten mich erkannt. Doch, bestimmt. Was auch bedeutete, dass sie sich, anders als ich, daran erinnern mussten, wann und wo wir uns begegnet waren. Ich wusste nur, dass es sehr lange her sein musste. Aber sie sprachen mich nicht darauf an. Ich sah, wie Marianne den Kopf einzog und in eine andere Richtung schaute. Und wieder fiel mir der rote Stein in Sverres Ohrläppchen auf.

Wenig später hatte ich das Lokal verlassen, und als wäre das der nötige Auslöser gewesen, war plötzlich alles wieder da: Nisseberget, der Hügel im Osloer Schlosspark! Dort hatte ich Sverre und Marianne vor mehr als dreißig Jahren kennengelernt. Wir hatten damals wie Hippies im Schlosspark gelebt, ich nur ein paar Monate, bevor ich, wie ich es heute sehe, zur Vernunft kam, aber Marianne und Sverre hatten länger durchgehalten.

Agnes – sollten wir uns jemals wiedersehen, erzähle ich gern ausführlich über mein Leben als Hippie wie überhaupt von dieser Zeit in meinem Leben. Hier geht es, wie du weißt, um etwas anderes. Hier frage ich: Warum hast du mich damals, als ich davonlaufen wollte, zurückgehalten? Warum hast du mich nicht einfach gehen lassen?

Ich verließ also das Østreheim und ging zu meinem vor dem Schießgelände geparkten Auto. Ich zog Wanderkleidung und Winterstiefel an, und wenige Minuten später schlenderte ich auf einem Kiesweg den Linderudkollen hinauf. Auch hier lag ein Hauch von Schnee.

Als ich oben bei dem kleinen See angekommen war und zu der noch höher gelegenen braunen Sporthütte hinaufschaute, hatte bereits die Dämmerung eingesetzt. Ich war erst ein einziges Mal hier oben gewesen, als Student, damals hatte ich den Tag mit einem oder zwei Bier unten im Østreheim beschlossen.

Es war seltsam, nach so vielen Jahren daran zu denken. In meiner Erinnerung war die braune Hütte damals rot gewesen.

Auf dem Weg nach unten begegneten mir – natürlich – Ylva und Anlaug, die trotz der Dämmerung auch nach oben wollten. Sie waren entweder zum Umziehen zu Hause gewesen oder hatten, typisch norwegisch wie ich, ihre Wanderkleidung im Auto gehabt.

Beide Frauen prusteten bei meinem Anblick los. Es war sicher nicht böse gemeint, aber ich fühlte mich wieder lächerlich gemacht, was Ylva offenbar bemerkte. Jedenfalls sagte sie, vielleicht im Scherz, aber doch freundlich:

»Ich habe Ihre etymologischen Bemerkungen überprüft, Jakop. Sie stimmen, und wer weiß, vielleicht stimmen dann auch Ihre Taxigeschichten. Ich muss also keine Quittungen sehen, vergessen Sie einfach, was ich gesagt habe!«

Ich frage mich, ob ich mich verbeugt oder wenigstens genickt habe. In jedem Fall war ich mir darüber im Klaren, dass ich trotz allem meine Gefühle im Zaum halten musste. Ich war verletzlich. Denn ich war einsam. Und doch war es ein kleiner Trost, dass diese junge Akademikerin nichts an meinen etymologischen Ausführungen auszusetzen hatte. Offensichtlich war sie an jenem Septembertag sogar nach Hause gegangen und hatte sie *überprüft*. Das hatte sie getan! Und jetzt gab sie zu, dass ich damals recht gehabt hatte.

Anlaug zupfte Ylva am Ärmel, wohl das Zeichen, dass die beiden viel zu besprechen hatten. Bald würde es dunkel werden, und es gab keinen Grund, noch mehr von diesem kostbaren Abend an mich zu verschwenden.

Auf der anderen Seite hatte *ich* das dringende Bedürfnis, das Gespräch fortzusetzen. Ich sagte, besser gesagt, dozierte:

»Wir denken nur selten darüber nach, aber ganz normale Wörter wie *Kuh, Hund, Weg, Wagen, Joch, Achse, Acker* oder *Reich* finden sich in großen Teilen des indogermanischen Sprachraums wieder. Auch kleine Wörter wie *wer* und *was, du* und *ich, nun* und *nein* oder die Zahlwörter von *eins* bis *zehn* – von schlichten Präfixen wie *un-* in *unendlich* ganz zu schweigen. Sie alle sind fünf- oder sechstausend Jahre alte Erbwörter aus einer urindogermanischen Sprache, die natürlich verloren gegangen ist, aber die wir weitgehend rekonstruieren können, indem wir den Lautgesetzen der erhaltenen Sprachen folgen und …«

»Ehrlich jetzt?«, fiel Anlaug mir ins Wort. Dann drehte sie sich zu ihrer Kusine um und sagte: »Wie wahnsinnig spannend!«

Ich überhörte das einfach und versuchte, den Blickkontakt zu Ylva zu halten.

»Das gilt ebenso für einige grundlegende grammatische Strukturen. Etwas so Banales wie unser Genitiv-s hat Wurzeln, die wir über Jahrtausende zurückverfolgen können.«

Im Halbdunkel fiel es mir schwer, Ylvas Miene zu erkennen, aber während ich Atem holte, sagte sie, vielleicht mit einem gewissen Respekt, aber hörbar ironisch:

»Sie können es nicht gut sein lassen, was? Reicht es nicht,

wenn ich Ihnen sage, was für ein hochgelehrter Mensch Sie sind?«

Natürlich musste es ihr verschroben vorkommen, wenn ich nach so langer Zeit an unseren letzten Wortwechsel anknüpfte. Aber ich wollte auf etwas ganz Bestimmtes hinaus, und dazu musste ich das Gespräch in Gang halten. Eine Minute würde reichen, mehr als einen flüchtigen Austausch, ein meinetwegen auch gestohlenes Stück Gemeinschaft verlangte ich nicht, und dass ich es verlangte, war mir auch nicht peinlich. Also sagte ich:

»Ich frage mich: Wenn so viel Sprache und Kultur über so lange Zeit im Zusammenhang mit der Landwirtschaft, der Haustierhaltung und allerlei Handwerken weitergegeben und vererbt wurde – warum sollte das dann nicht auch mit religiösen Vorstellungen geschehen sein?«

Ich wusste nicht, wie sie reagieren würde. Dass sie unberechenbar war, hatte ich ja erlebt, und es hätte mich nicht überrascht, wenn sie mir eine geknallt und mich stehen gelassen hätte. Ohnehin zupfte die Kusine wieder an ihrem Ärmel, diesmal noch um einiges energischer.

Aber Ylva beantwortete meine Frage.

»Selbst *wenn* einige Wörter und Ausdrücke und von mir aus auch der eine oder andere Göttername vererbt wurden – das bedeutet noch lange nicht, dass ganze Mythen oder, wie Sie es nennen, religiöse Vorstellungen durch Jahrtausende unverändert geblieben sind.«

Die Kusine wurde jetzt laut: »Kommst du, Ylva?«

Aber Ylva hatte angebissen.

»Es stimmt, die Vergleichende Sprachwissenschaft kann mithilfe der Lautgesetze die alte indogermanische Sprache zurückbringen, sie gewissermaßen wieder herbeizaubern. Das ist faszinierend, aber es gibt nun mal keine vergleichbaren religionsgeschichtlichen ›Lautgesetze‹. Ich glaube, die religiöse Phantasie der Menschen ist lebhafter, plastischer und veränderlicher als die Bedeutung von Wörtern und auch als das, was Sie ›grammatische Strukturen‹ nennen. Natürlich können wir analog dazu nach ›mythischen Strukturen‹ suchen, aber ich bezweifle, dass es sie gibt. Dazu ist die menschliche Natur zu erfinderisch.«

Ich fand, sie habe mir eine ebenso intelligente wie qualifizierte Antwort gegeben, und das sagte ich auch. Aber ich fügte hinzu, dass das vergleichende Studium der indogermanischen Religionen noch in den Kinderschuhen stecke, man also noch nicht allzu streng mit ihr ins Gericht gehen dürfe.

Sie lachten. Beide Frauen lachten, und ich begriff nicht, warum. Vielleicht ist es ein Zeichen des einsetzenden Alters, dass man nicht mehr versteht, warum die Jugend lacht.

Sie sagten, sie gingen tiefer in den Wald, um Riesen und Trolle zu jagen, und ich wünschte ihnen Weidfrausheil. Dann wollte ich weiter, blieb aber nach wenigen Schritten stehen, als ich Anlaug fragen hörte:

»Was hat der Mann für ein Problem?«

»Er ist schamlos und dreist«, sagte Ylva. »Aber ich habe jetzt keinen Nerv, darüber zu reden …«

Mehr konnte ich nicht verstehen. Die Stimmen der beiden verklangen in der Nacht.

Die Wolkendecke riss auf, und auf dem ganzen Weg zum Schießgelände hinunter hatte ich eine klare Sicht in das mich umgebende Universum.

Ich dachte an Ylvas bizarre Behauptung vom Orgasmus als Ziel und Zweck dieses Universums. Nachdem ich einen Blick auf die Milchstraße geworfen hatte, war ich mir sicher, dass es sich dabei um eine anthropozentrische Übertreibung handelte. Sterne waren eigentlich geschlechtslos. Oder von mir aus sinnlichkeitslos. Da oben wird es nicht viele Orgasmen geben.

Es gibt Dinge, die über Geschlecht und Sex erhaben sind, überlegte ich. Der Sternenhimmel zum Beispiel.

*

Samstag, 18. Mai 2013, Pfingstsamstag. Hier in Visby war es ein ungewöhnlich warmer Maitag. Die Sonne ist hinter dem Wasser untergegangen, aber im Nordwesten ist der Rand meines Blickfeldes noch immer rot. Das Meer, das noch vor einer halben Stunde hellblau war, hat eine dunkle Farbe angenommen.

Ich schaue in einen halben Neumond und kann auch den Rand der anderen Hälfte erahnen.

Das Wort *Mond* hängt natürlich zusammen mit *Monat*, einem uralten Erbwort, das bis heute in fast dem gesamten indogermanischen Sprachraum verwendet wird. Das sechstausend Jahre alte Wort **menos* für *Mond* und *Monat* geht vermutlich zurück auf die Wurzel **me-* für *messen*, das auch dem Wort *Mahlzeit* zugrunde liegt. Die Wörter *Meter, Mahlzeit* und *Mond* sind also miteinander verwandt.

Die Sprachen hängen zusammen. Sie sind wie eine große Familie, oder wie eine Großfamilie. Mich rührt es an, zu dieser mächtigen Familie zu gehören.

Ich muss daran denken, dass ich nicht weiter als bis nach Schweden zu reisen brauche, um die indogermanische Wurzel **me-* in dem Wort *mäta* für *messen* zu finden, während es auf

Norwegisch *måle* heißt, womit wir wieder den Bezug zur *Mahlzeit* hätten.

Der Mond maß damals die Zeit, und ein Monat war die Zeit zwischen zwei Neumonden.

Seltsamer Gedanke: Es ist genau einen Monat her, dass du und ich uns in Arendal begegnet sind. Auch da war gerade Neumond.

Ich habe in meinem Zimmer beide Fenster geöffnet und bekomme nun dauernd Besuch von Insekten. Sie werden bis morgen bei mir bleiben.

Draußen sind es noch immer zwanzig Grad.

RUNAR

ICH MUSS JETZT viele Jahre überspringen, um zu meiner nächsten Begegnung mit Erik Lundins Verwandtschaft zu kommen. Denn über die schreibe ich schließlich. Du musst bitte verstehen, dass ich um vieles andere einen Bogen mache. Das Kriterium dafür, ob ich etwas in meinen Bericht aufnehme oder nicht, ist einzig und allein, ob es meine Begegnungen mit einem oder mehreren Verwandten von Erik Lundin betrifft. So ist das einfach. Es ist der rote Faden meines Berichts, und bald wirst du sehen, dass der Faden zu dir führt.

Der Sprung, den ich jetzt mache, bringt uns in den August 2008. Ich halte mich gerade in Bergen auf, wo ich unmittelbar vor Schulbeginn eine Woche verbracht und unter anderem bei einem volkskundlichen Verein in Sandviken einen Vortrag gehalten habe. Mein Thema war, was uns nordische Ortsnamen über vorchristliche Mythen und Kulte verraten, ein Forschungsgebiet, das nicht zuletzt den Arbeiten von Magnus Olsen sehr viel schuldet. Ich konzentrierte mich bei meinem Vortrag auf die Gottheiten Ull und Tyr.

Ull finden wir in Ortsnamen in Norwegen und in Mittelschweden sehr häufig – etwa in Ullern, Ullensvang, Ullevål und Ullevi, in Dänemark und Island fehlen solche Namen jedoch vollständig. Ull spielt zudem in der überlieferten Mythologie keine wesentliche Rolle und steht offenbar für eine ältere

Schicht der religiösen Entwicklung als das, was sich in der älteren und jüngeren Edda niedergeschlagen hat. Der Name Ull stammt vom germanischen **wulþuz* für Glanz oder Herrlichkeit, und vermutlich haben wir es hier mit einer Personifizierung des Himmelsgewölbes zu tun.

Tyr dagegen finden wir so gut wie nicht in norwegischen oder mittelschwedischen Ortsnamen, dafür in dänischen sehr häufig. Tyr spielt, wie Snorri es geschildert hat, im mythischen Weltendrama eine gewisse Rolle, aber offenbar war er eine sehr viel zentralere Gottheit für die Wikingerzeit und die Götterdichtung, die wir in der Älteren Edda finden. Wir sprechen hier von einer gemeingermanischen Göttergestalt, die ursprünglich wohl mit dem Himmel und dem Himmelsgewölbe zu tun hatte.

Der Name Tyr stammt vom germanischen **tiwaz*, das auch Gott bedeuten kann. Die Mehrzahl lautet *tívar*, und wir finden diesen Götternamen in dem Wochentag, der auf Norwegisch *tirsdag* heißt, also *Dienstag, Tys Tag*. Das Wort ist verwandt mit dem urindogermanischen Wort für Gott, **deiwos*, im Sanskrit *devas*, im Lateinischen *Deus*, und hat damit dieselbe Wurzel wie der Name des vedischen Himmelsgottes *Dyaus*, des griechischen *Zeus* und des lateinischen *Dis Pater* oder *Iov Pater*, woraus *Jupiter* wurde. »Unter offenem Himmel« heißt auf Latein *sub Iove*. Die Wurzel hängt außerdem zusammen mit dem indogermanischen Wort für Tag, auf Bretonisch *devez*, auf Latein *dies*, von dem das Fremdwort *Diät* auf uns gekommen ist. Der urindogermanische Gott **Dyeus* war der Gott des Tages und des Tageslichts.

Es gibt viele Hinweise darauf, dass im Norden entweder Ull oder Tyr verehrt wurden, aber niemals beide zugleich. Oder sollen wir uns vorstellen, dass Ull und Tyr in Wirklichkeit zwei verschiedene Namen für ein und dieselbe Gottheit sind? Beide sind Himmelsgötter, beide wurden von den Germanen mit dem *Thing*, der Volks- und Gerichtsversammlung, in Verbindung gebracht, und es kommt in der nordischen Götterwelt immer wieder vor, dass eine Gottheit unter verschiedenen Namen auftritt. Magnus Olsen folgert kurz und bündig: »Ull und Tyr sind die Namen desselben Gottes.«

Es wurde indessen auch vermutet, die beiden Götter könnten auf eine spitzfindigere Weise miteinander verbunden sein. Tyr ist möglicherweise der norwegische Himmelsgott in seinem sommerlichen Aspekt, schließlich ist sein Name, wie gesagt, verwandt mit dem indogermanischen Wort für Tag und Tageslicht. Dann könnte Ull der nordische Himmelsgott in winterlicher Gestalt sein, und sein Name, **wulþaz* für Glanz, könnte auf die winterliche Sternenpracht anspielen. Die nordische Winternacht mit ihrem intensiven Sternenschein – in Norwegen und Schweden darüber hinaus noch mit dem Nordlicht – wurde als etwas anderes, aber ebenso Göttliches und ebenso Unergründliches erlebt wie das Tageslicht. In historischer Zeit wird Ull zudem als »Skigott« bezeichnet, womit wieder ein klarer winterlicher Aspekt im Spiel wäre.

Um diesen Bericht nicht zu sprengen, lasse ich alles Weitere aus. Mir war nur wichtig zu zeigen, worüber ich seinerzeit gesprochen habe.

Während der Vorbereitung auf den Vortrag träumte ich eines Nachts, ich hielte den Vortrag Erik Lundin, während wir eine unserer Runden um das Sognsvann drehten. Und obwohl ich Ylva seit Jahren nicht mehr gesehen hatte – vielleicht auch gerade deshalb –, ertappte ich mich in den Tagen vor der Veranstaltung des Öfteren bei der Vorstellung, sie tauche durch irgendeinen Zufall plötzlich in Sandviken auf und nehme vorne in der ersten Stuhlreihe Platz. (In der *Bergens Tidende* hatte eine kleine Ankündigung gestanden.) Aber ich hatte eine Beziehung zu meinem Thema, die man durchaus als Liebesbeziehung bezeichnen könnte, und war mir sicher, dass das junge Genie nichts an meinen Ausführungen dazu auszusetzen gehabt hätte. Vielleicht hätte sie nach dem Vortrag sogar als Erste applaudiert.

Sie kam nicht, aber Peder Skrindo – Pelle – war da. Er hörte sich an, was ich sagte, und ergriff mehrere Male das Wort. Wir treten nicht immer zusammen auf, aber es kommt vor. Wenn ich den Faden verliere oder den ein oder anderen wichtigen Aspekt vergesse, habe ich auch gar nichts dagegen, dass er sich einschaltet und mich wieder in die Spur zurückbringt. Oder mich im schlimmsten Fall zusammenstaucht.

Du weißt ja um meinen Bezug zu Bergen. Ich erinnere mich nicht, was genau ich dir auf der Heimfahrt von Arendal erzählt habe. Ich weiß nur mit Sicherheit, *dass* davon die Rede war.

Mein Vater war aus Bergen, und ich habe noch immer einen Vetter in der Hansestadt. Ich bin ihm nie begegnet, es hat also keine familiären Gründe, dass es für mich schon Tradition geworden ist, immer Mitte August, vor dem Beginn des Schuljahrs, eine Woche in Westnorwegen zu verbringen.

Jetzt, wo ich es auf dem Bildschirm sehe, kommt es mir seltsam vor, dass ich das Wort »Tradition« benutze. Schließlich rede ich nur von mir. Es ist sicher nicht verkehrt, wenn man sich klarmacht, dass zu viel Respekt vor Gewohnheiten, die nur einen selbst betreffen, gefährlich nahe an die Zwangsneurose führen kann. Nicht umsonst spricht man von der *Macht* der Gewohnheit. Ich selbst sehe das allerdings gelassen. Ich verstehe solche Gewohnheiten als Abmachungen mit mir selbst, und sie zu respektieren fällt mir nicht schwer. Mehr ist darüber nicht zu sagen.

In späteren Jahren habe ich in der Zeit, die ich mir für Bergen nehme, recht oft Vorträge wie den in Sandviken gehalten, ob nun in der Stadt selbst oder draußen in Fana, Os oder Åsane. So habe ich mir in Westnorwegen nach und nach einen gewissen Ruf in volkskundlichen Kreisen erworben, nicht nur in Bergen, sondern auch in Hardanger und Sogn. »Ein inspirierender Redner … Das Wissen über indogermanische Verbindungslinien scheint unerschöpflich … Eine unterhaltsame Einführung in die Geschichte unserer nordischen Gemeinschaft« – so hieß es in den Kommentaren. Oder auch: »Die siamesischen Zwillinge Jacobsen und Skrindo eroberten die Versammlung im Sturm …«

In Bergen wohne ich immer im Hotel Norge. Wenn ich am 8. August einchecke – immer am 8. August, meinem Geburtstag –, erkennt man mich an der Rezeption manchmal noch vom Vorjahr, und es heißt: »Hier im Hotel stellen wir schon die Uhr nach Ihnen, Herr Jacobsen. Ein weiteres Mal willkommen in Bergen!«

Das gefällt mir. Das ist aufmerksam. Das gibt mir das Gefühl, einer Gemeinschaft anzugehören.

Nicht viele Gäste verbringen zudem eine ganze Woche im Hotel Norge.

*

Schon als ich in jenem Jahr im Flugzeug nach Bergen saß, zerbrach ich mir den Kopf über eine Todesanzeige in der *Bergens Tidende*. Runar Friele war von uns gegangen, und es war unter überaus tragischen Umständen geschehen, wobei in der Anzeige nur stand, er sei »im Juni 2008 in seinem Haus in Kalfaret gestorben«.

Sicher hast du von diesem Todesfall gehört, Agnes. Truls wird dir davon erzählt haben. Du hast ja gesagt, du hättest regelmäßig Kontakt zu ihm.

Runar starb also »im Juni 2008 in seinem Haus«. Schon in der Anzeige erschien mir die Formulierung unerhört. In der Anzeige stand außerdem, die Trauerfeier solle am Donnerstag, dem 14. August, um 15 Uhr in der Håpets-Kapelle in Møllendal stattfinden, also viele Wochen nach seinem Tod.

Agnes! Davon *musst* du gehört haben!

Schließlich stand dort, es seien »alle, die Runar gekannt haben, nach der Beisetzung im Hotel Terminus willkommen«.

Runar, dachte ich, was haben sie dir angetan?

Ich musste zu dieser Trauerfeier gehen, dazu war ich fest entschlossen. Aber ich hätte es wohl nicht getan, wenn ich nicht schon in Bergen gewesen wäre. Und natürlich musste mir zur rechten Zeit ein Exemplar der *Bergens Tidende* in die Hände fallen. Wenn ich mich recht erinnere, war es an einem Narvesenkiosk in der Stortingsgate oder auf Karl Johan. Anders hätte ich wohl nicht von Runars Tod erfahren; wenn ich zu Hause in Ostnorwegen bin, halte ich mich an *Aftenposten* und die anderen Osloer Zeitungen.

Eigentlich hatte ich an diesem Donnerstag aus dem Hotel auschecken wollen, um rechtzeitig vor der ersten Konferenz an unserer Schule und dem, was wir dort »Planungstage« nennen, wieder zu Hause zu sein. Aber nun buchte ich meinen Flug um, blieb eine weitere Nacht im Hotel Norge und kaufte mir einen dunklen Anzug.

Als ich am Donnerstag die Friedhofskapelle betrat, entdeckte ich in der ersten Bankreihe Lise und Jon-Petter Lundin. Ich sah zudem Sigrid, in deren Händen Jahre zuvor die Gedenkfeier für ihren Großvater gelegen hatte. Mir lief es eiskalt den Rücken hinunter. Ich hatte nicht geahnt, dass sie alle auf irgendeine Weise mit Runar Friele verwandt waren.

Sigrid saß neben Thomas, die beiden waren also immer noch zusammen. Vor sieben Jahren hatten sie zwei Kinder gehabt, Morten und Miriam, und ich sollte bald erfahren, dass sich die Familie seither vergrößert hatte. Hier allerdings, in der Friedhofskapelle, gab es keine Kinder, kein einziges.

Ich weiß nicht, ob ich recht habe, Agnes, aber mir kam dabei ein Gedanke: Es waren ja nun alle, wirklich alle Anwesenden bereits volljährig, und ich hatte schon beim Lesen der Todesanzeige das Gefühl gehabt, das Programm für Runars Beisetzung sei einer gewissen Zensur dahingehend unterworfen worden, dass nur Ältere daran teilnehmen durften.

In der dritten Bankreihe sah ich Fredrik, der zu Beginn des neuen Jahrtausends Jura studiert hatte; jetzt machte er Karriere als Wirtschaftsjurist, wie ich in aller Ausführlichkeit einige Stunden später erfuhr. In derselben Reihe saß sein jüngerer Bruder Joakim, der damals kurz vor dem Abitur gestanden hatte und nun bald das für den Abschluss seines Medizinstudiums vorgeschriebene Pflichtjahr in Nordnorwegen antreten würde. Fredrik und Joakim waren zusammen mit ihren Frauen oder Freundinnen gekommen.

Mir war sofort klar, dass Lise Runars Schwester sein musste, und mir fiel wieder ein, dass sie bei der Gedenkfeier für ihren Schwiegervater mit einem unverkennbaren Bergenser Akzent gesprochen hatte.

Später an diesem Tag sollte ich erfahren, dass die anderen,

die vorne in der Kapelle saßen, Lises und Runars übrige Geschwister waren, was auch aus der Todesanzeige hervorging: Øivind, Bernt und Mildred, alle mit ihren Ehepartnern, alle in den Fünfzigern. Eine dicht gedrängte Gruppe von jungen Menschen zwischen zwanzig und dreißig hielt ich für Neffen und Nichten des Verstorbenen, von denen einige vielleicht mit ihrem Freund oder ihrer Freundin gekommen waren.

Ich setzte mich nach ganz hinten, auch wenn es vor mir freie Bankreihen gab. Kein Mitglied der Lundin-Sippe hatte mich bisher bemerkt.

Der Pastor war ein fast kahlköpfiger Mann von Mitte vierzig, der das klangvolle Norwegisch des Sunnhordlandes sprach. Aus seinem Akzent schloss ich, dass er von der Insel Bømlo stammen musste. An seine Trauerrede für den Verstorbenen erinnere ich mich gut. Sie lautete in etwa so:

»Wir haben uns heute an diesem Ort versammelt, um von Runar Friele Abschied zu nehmen – einem Bruder, Schwager, Onkel und Großonkel.

Runar wuchs als Jüngster in einem privilegierten Zuhause heran und war von Kindesbeinen an mit einer großen Familie gesegnet. Es ist verlockend, hier den englischen Barockdichter John Donne zu zitieren: *No man is an island entire of itself; every man ist a piece of the continent, a part of the main …* Ich fahre in freier Übersetzung fort: *Jeder Tod ist mein Verlust. Da ich Teil der Menschen bin. Frage bitte niemals, wem die Stunde schlägt. Sie schlägt dir selbst.*

Wir wissen freilich, dass Runar sehr bald von seiner eigenen Familie, *in* seiner eigenen Familie isoliert lebte. Er starb zudem isoliert und in äußerster Not. Als Pastor an der Bahre dieses einsamen Menschen ist es meine Pflicht, daran zu erinnern, dass Runar eine große Geschwisterschar besaß. Doch die hat ihn nicht in ihren Kreis aufgenommen. Runars Geschwister haben ihn verstoßen.

Vor einer Beisetzung wie dieser führe ich immer ein langes und intensives Gespräch mit den Angehörigen, weil ich mir ein Bild von der Persönlichkeit und vom Leben der verstorbenen Person machen möchte. Doch diesmal musste ich mit fast leeren Händen nach Hause gehen. Ich ging traurig nach Hause. Ich ging nach Hause mit einem Kopf, der mit Klatsch und Groll gefüllt war.

Es ließ sich nicht leugnen, dass Runars Geschwister fast zwanzig Jahre lang das Haus ihres Bruders nicht mehr betreten hatten. Die Ausnahme war Lise, die in Oslo wohnt, und die bei diesem Gespräch nicht anwesend sein konnte …«

Niemand in der Kapelle weinte, aber es war mit Händen zu greifen, dass sich viele schämten. Ich glaubte, diese Scham sogar riechen zu können. Sie wurde zu einem Übelkeit erregenden Gestank, der uns in die Nase stieg. Der Pastor fuhr fort:

»Runar war ein tüchtiger Geschäftsmann, ein sehr tüchtiger sogar. Deshalb konnte er seine Geschwister ausbezahlen und nach dem Tod der Eltern die altehrwürdige Villa in Kalfaret übernehmen. Er strich das Haus in neuen, frischen Farben, bepflanzte auch den Garten neu, und bald trug das Anwesen innen wie außen eine andere, *seine* Handschrift.

Es ist meiner Aufmerksamkeit nicht entgangen, dass in der Familie die Auffassung vorherrscht, Runar habe den alten Familiensitz viel zu billig an sich gebracht und ihn zudem mit seinen kühnen Veränderungen verdorben. In seinen ersten Jahren als Hausherr versuchte er gleichwohl, sein Haus zu einem

Sammelpunkt für die ganze große Familie zu machen, nicht zuletzt zu Anlässen wie Weihnachten und Neujahr, aber auch in der langen Reihe anstehender vierzigster und fünfzigster Geburtstage. Denn *no man is an island entire of itself; every man is a piece of the continent, a part of the main.* Runars freundliche Einladungen waren jedoch verlorene Liebesmüh. Runars *Notrufe* waren verlorene Liebesmüh.

Runar war homosexuell und lebte in den ersten Jahren in Kalfaret mit Knut zusammen, an dem er sehr hing. Als Knut an Aids erkrankte und im November 1988 starb, brach für Runar eine Welt zusammen. Nur sporadisch ging er in den folgenden Jahren neue Beziehungen ein. Einige seiner Freunde oder Bekannten wohnten vorübergehend bei ihm, aber von einem richtigen Zusammenleben konnte nie mehr die Rede sein.

Begegnungen! Für manche von uns sind sie auch da, wo nichts Dauerhaftes daraus wird, ein wesentlicher Teil des Lebens, denn wir haben nichts anderes. Nicht alle sind gesegnet mit lebenslangen Ehen. Nicht alle sind gesegnet mit Kindern und Kindeskindern.

Runar fand nie jemanden, der ihm Knut hätte ersetzen können. Er gründete nie eine eigene Familie. Umso heftiger wurden seine neuerlichen Versuche, Geschwister, Schwäger und Schwägerinnen samt Familien zu Sonntagsessen und Weihnachtsfeiern bei sich zu versammeln. Sie, die Sie hier versammelt sind, haben sie immer nur ausgeschlagen, Sie wollten Ihren Bruder und Schwager keines Besuches würdigen, also ließ er die Einladungen irgendwann sein.

Nichts von alldem soll und darf ungesagt bleiben. Aber ich füge ausdrücklich hinzu, dass es in Übereinstimmung mit den Angehörigen geschieht, wenn ich Runars Isolation hier so deutlich herausstelle. Wie jemand von Ihnen sagte: ›Wir müssen es uns anhören, denn es ist die Wahrheit.‹«

Der Pastor schaute über die Trauergemeinde hinweg, und etliche weinten ganz offen, nicht zuletzt in den vordersten Reihen. Der Pastor überließ die Versammlung für eine Weile ihrer Seelennot, dann sprach er mit milderer Stimme weiter:

»Die aus Oslo, so nannte Runar Lise und Jon-Petter, Sigrid, Fredrik und Joakim – die aus Oslo also haben dennoch Kontakt zu Runar aufgenommen, wenn sie in Bergen waren, auch wenn oft Jahre vergingen, bis wieder einer von ihnen nach Westnorwegen kam. Später bauten Sigrid und Thomas mit ihren Kindern eine Beziehung zu Onkel Runar auf. Nach meinem misslungenen Gespräch mit der restlichen Familie wusste ich mir keinen anderen Rat, als Sigrid anzurufen …

Noch im Mai dieses Jahres habt ihr in Bergen verlängerte Pfingstferien verbracht und eine Woche in der großen Villa in Kalfaret gewohnt, wo Lise aufgewachsen war. Ihr wart fünf und fandet gemachte Betten und brennende Feuer in den Kaminen vor. Zu den sorgsam vorbereiteten Mahlzeiten wurden gute Jahrgänge edler Weine aus dem Keller geholt. In Ihren Worten, Sigrid: Es war, als würdet ihr mit allem verwöhnt, was die Familie so lange verschmäht hatte. Ihr wart die Letzten aus eurer Familie, die ihn gesehen haben. Man weiß nicht, ob Runar danach noch jemand anderem begegnet ist. Es hat jedenfalls niemand davon berichtet.

Im Laufe dieser Tage im Mai baute Runar mit Morten und Miriam eine Hütte in den alten Birnbaum, und am selben Birnbaum befestigte er eine Schaukel, damit die kleine Olivia auch etwas zu tun hatte, wenn die großen Geschwister oben in den Ästen hämmerten. Denn Mama und Papa waren in der

Grieghalle, im Theater, im Kino oder im Restaurant Holbergstuen.

An diesen Tagen vor nur wenigen Monaten fragten die Kinder nicht ein Mal nach Mama und Papa.«

*

Abermals legte der Pastor eine Kunstpause ein, und ich dachte über meine eigene Beziehung zu dem Verstorbenen nach.

Ich wusste, was ich der Familie erzählen würde: Demnach hatten Runar und ich uns sieben oder acht Jahre zuvor im Restaurant des Hotel Norge kennengelernt, wo Runar Stammgast war und seinen festen Tisch mit Blick auf den Festplatz und das Lille Lungegårdsvann hatte. Ich wusste nicht, ob der Familie Runars Gewohnheiten bekannt waren.

Wir hatten beide allein an unseren Tischen gesessen, und die zwei alleinstehenden Männer waren miteinander ins Gespräch gekommen, erst ganz banal über das Wetter, denn in Bergen hatte es seit vielen Tagen nicht geregnet. Irgendwo musste die Unterhaltung ja ihren Anfang nehmen.

Nachtisch und Kaffee nahmen wir bei dieser ersten Begegnung schon am selben Tisch ein, und noch bevor der Abend zu Ende war, hatten wir zueinander Vertrauen gefasst. Wir kamen schnell überein, dass wir jeder auf seine Art Außenseiter waren, die ihre Umgebung oder meinetwegen auch das Leben allgemein aus zusammengekniffenen Augen beobachteten. Auch in unseren Familien waren wir beide Randfiguren. *An island entire of itself* – es hätte auf uns beide gepasst.

Runar hatte keine Beziehung zur germanischen Philologie, und ich hatte keine Ahnung vom Geschäftsleben. Aber gerade dadurch wurden unsere sporadischen Treffen nicht nur angenehm, sondern auch für jeden von uns lehrreich.

Es kam vor, dass ich Runar in die bunte Landschaft der Vergleichenden Sprachwissenschaft entführte. Seine Vorkenntnisse waren gleich null. Er hatte nicht die leiseste Ahnung, was man unter Etymologie, Erbwort oder Lautgesetz versteht, und er wusste nicht, was mit den indogermanischen Sprachen gemeint ist. Die indischen Sprachen oder iranische Sprachen, aber auch Griechisch, Latein, Germanisch oder Slawisch waren ihm wenigstens dem Namen nach bekannt. Bei einer Gelegenheit erklärte ich ihm, dass die ihm bekannte baltische Sprache Litauisch die archaischste unter den noch lebenden indogermanischen Sprachen ist, ein andermal, bei den keltischen Sprachen, musste ich ihm erst auf die Sprünge helfen. Allerdings ist den meisten Menschen nicht klar, dass keltische Völker einmal einen großen Teil des europäischen Kontinents beherrschten, ehe germanische Stämme wie die Goten, Franken, Angeln und Sachsen sie in die nördlichsten und westlichsten Teile der Britischen Inseln vertrieben.

Als wir zum ersten Mal über diese Dinge sprachen, über *meine* Dinge also, nannte ich ein paar Beispiele für Erbwörter, die Runar als Geschäftsmann vielleicht interessieren könnten. Ich fing mit Wörtern an, die mit dem indogermanischen Wort für Vieh zusammenhängen, das lange vor der ersten Münze der Geschichte als Zahlungsmittel fungierte, wie an vielen Orten ja noch immer.

Es war nicht schwierig, Runars Interesse zu erwecken. Er sah mich mit einem verspielten Lächeln um den Mund an und war ganz Ohr.

»Das norwegische Wort *fe* geht wie das deutsche *Vieh* zurück auf das urgermanische **fehu-* und das wiederum auf das indogermanische **peku* in der Bedeutung *Vieh* oder *Kleinvieh*, so wie uns dieses Wort im Lateinischen als *pecus* für *Vieh* oder im Sanskrit als *pasú* begegnet. Auf germanischem Boden finden wir dieselbe Wurzel auch in **fahaz-*, aus dem im Altnordischen *fær* und im Norwegischen *får* für Schaf geworden ist. Das uralte Erbwort hat in einer Reihe von indogermanischen Sprachen zudem Wörter für Reichtum entstehen lassen, wie das altnordische *fé* für Güter, Besitz und Geld. Im Gotischen finden wir dafür *faihu* und im Englischen, abgeleitet von derselben germanischen Wurzel, *fee* für Abgabe, Gebühr. Eine vergleichbare Entwicklung finden wir im Lateinischen, wo *pecus* für *Vieh* zu *pecunia* für Vermögen oder Besitz wird. Wir selbst haben davon das Fremdwort *pekuniär*, vom lateinischen *pecuniarius* für Geldgeschäft oder ›das, was mit Geld zu tun hat‹.«

Ich konnte Runars Familie erzählen, dass Runar und ich uns ein oder zwei Mal pro Jahr getroffen hatten, und immer an einem der Abende im August, bevor für mich zu Hause das neue Schuljahr begann. Ich hatte mich noch gewundert, dass er sich in diesem Sommer nicht gemeldet hatte, denn es war immer er, der irgendwann im Juli bei mir anrief. Ich wunderte mich, dachte aber, ich könne ja Kontakt aufnehmen, wenn ich in Bergen gelandet wäre. Unsere E-Mail-Adressen hatten wir nie ausgetauscht.

Uns als enge Freunde zu bezeichnen wäre mir übertrieben erschienen, und ich wäre auch nicht nur für die Beerdigung nach Bergen gekommen. Aber da ich nun schon da war, wollte ich doch ein letztes Mal Abschied von Runar nehmen, meinem langjährigen Tischgenossen aus dem Hotel Norge. Seine Familie kannte ich nur aus Runars Erzählungen. Man sah die Trauer in seinem Blick, wenn er die Namen seiner Geschwister, Nichten und Neffen erwähnte. Aber seine Augen strahlten jedes Mal, wenn er auf Knut zu sprechen kam.

Alles in allem teilten wir vielleicht zehn solcher Mahlzeiten, mit gutem Wein und immer einem Glas Cognac zum Kaffee. Ich versuchte einige Male, ihm zuvorzukommen und um die Rechnung zu bitten, weil ich fand, wir sollten uns entweder die Zeche teilen oder uns mit dem Bezahlen abwechseln. Aber Runar vertrat die Ansicht, Lehrer verdienten zu schlecht, und lehnte mein Ansinnen ab. Wenn er mich bei zwei unserer Treffen trotzdem bezahlen ließ, geschah es wohl nur, weil er sicherstellen wollte, dass wir uns weiterhin als ebenbürtige Gesprächspartner gegenübersaßen. Er sprach offen aus, was er dachte, frisch von der Leber weg, wie man sagt. Das galt auch dann, wenn er vollkommen anderer Meinung war als ich. Von mir erwartete er das gleiche Maß an Freimütigkeit.

Im Laufe der Jahre wurden wir also gut miteinander bekannt. Außerhalb des Restaurants im Hotel Norge trafen wir uns trotzdem nie. Das heißt: Wir pflegten den Abend mit einem letzten Glas in der dortigen Bar zu beschließen. Aber niemals lud er mich in sein großes Haus in Kalfaret ein.

*

Der Pastor aus Bømlo berichtete ungeschminkt, was sich zwei Monate zuvor in der alten Villa zugetragen hatte. Nach dem, was ich später im Hotel Terminus und vor allem während eines längeren Gesprächs mit Sigrid erfuhr, kann ich die Geschehnisse so wiedergeben:

Runar war in den Keller gegangen, offenbar, um etwas aus der Tiefkühltruhe zu holen, und man darf annehmen, dass es sich um etwas so Bescheidenes wie Eiswürfel für das Glas Whisky handelte, das später in einem der Wohnzimmer auf dem Kaminsims gefunden wurde, obwohl der Inhalt des Glases natürlich längst verdunstet war.

Die Tiefkühltruhe stand in einem großen Kellerraum, in dem früher einmal Fahrräder, Skier und Kinderwagen untergebracht gewesen waren. Jetzt stand dort nur noch die Tiefkühltruhe. Runar hatte ja keine Kinder, er fuhr nicht Rad und ging auch nicht Skilaufen. Sein Sinn für Ästhetik untersagte es ihm zudem, im Keller irgendwelchen Krempel aufzubewahren, wie es die meisten Menschen tun, wenn sie zu bequem sind, ihn gleich wegzuschaffen.

Runar wusste, dass der Raum mit der Tiefkühltruhe ein falsch montiertes Schnappschloss hatte, denn das war schon immer so gewesen. Der Fehler war, dass man einen Schlüssel brauchte, um die solide Brandschutztür von innen zu öffnen, während sich der Türknopf außen leicht ohne Schlüssel drehen ließ. Man konnte sich aus diesem Kellerraum also nicht ausschließen. Man konnte sich aber sehr wohl darin einschließen.

Alle in der Familie erinnerten sich daran, dass in den sechziger und siebziger Jahren innen ein Schlüssel gesteckt hatte. Sicher hatten sie es deshalb immer wieder aufgeschoben, einen Schlosser kommen zu lassen, der den fatalen Fehler ein für alle Mal behob. Als die Kinder noch zu Hause wohnten, wurden sie zudem immer daran erinnert, vor dem Betreten des Raums etwas in den Türspalt zu stellen, und für genau diesen Zweck stand ein 2,5-Kilo-Gewicht auf dem Boden neben der schweren Tür. Vergaß es doch einmal jemand, konnte er immer noch den Schlüssel benutzen, der grundsätzlich im Schloss steckte und *niemals* entfernt werden durfte.

Runar ging an jenem schicksalhaften Abend Mitte Juni in den Kellerraum, ohne das Gewicht in den Türspalt zu stellen. Er kann es vergessen haben, aber es ist genauso gut möglich, dass er mehr oder weniger bewusst davon ausging, dass er ja den Schlüssel benutzen konnte. Das Problem war nur, dass kein Schlüssel mehr im Türschloss steckte.

Wie oder warum der Schlüssel aus dem Schloss verschwunden war, konnte niemand erklären, weder Runars Geschwister noch die Polizei. Auch Runar selbst hat an den Schlüssel – oder dessen Fehlen – vielleicht erst dann einen Gedanken verschwendet, als es schon unwiderruflich zu spät war. Er kann sogar gewusst haben, dass der Schlüssel verschwunden war, und doch in einer zerstreuten Sekunde vergessen haben, das Gewicht an seinen Platz zu stellen. Jedenfalls sperrte er sich ein, und er war ganz allein im Haus. Es ist nicht sicher, ob die Eiswürfel, die er sich an diesem Abend wahrscheinlich holen wollte, die ersten waren.

Runar hatte eine solide Stablampe mit in den Keller genommen, weil wohl die Deckenlampe nicht funktionierte. Sie funktionierte jedenfalls nicht, als er Wochen später gefunden wurde. Zu diesem Zeitpunkt war natürlich auch die Batterie der Stablampe leer. Wie lange Runar Licht hatte, wissen wir nicht, aber es gab klare Beweise dafür, dass er damit sparsam umgegangen war. Sicher hatte er Angst gehabt, irgendwann ohne die Möglichkeit, wenigstens für ein paar Sekunden Licht machen zu können, im Stockfinsteren zu sitzen. Wenn eine Batterie leer ist, ist Schluss. Dann bleibt nur noch tiefe Finsternis.

Aber wenn Runar nur Eiswürfel für ein Glas Whisky brauchte, warum hat er dann das Glas nicht mit in den Keller genommen? Die Antwort auf diese Frage ist leicht. Sie lautet, dass er nur zwei Hände hatte. Mit der einen Hand musste er die schwere Lampe halten, in der anderen hielt er sein Handy. Das ist ein interessantes Detail: Runar rechnete so fest mit einem Anruf, dass er das Handy mitnahm, obwohl er für den Gang zur Kühltruhe ja nur wenige Minuten brauchen würde. Er wollte den Anruf also auf keinen Fall verpassen.

Ich erwähne das Handy ganz bewusst, denn hätte Runar es mit in den Kellerraum hineingenommen, wäre es kein Problem gewesen, Hilfe zu rufen. Aber um den Knopf zu drehen und die Tür zu öffnen, legt er das Handy neben das alte Gewicht auf den Boden, und als die Tür hinter ihm ins Schloss fällt, hat er nur die Lampe in der Hand. Das Handy liegt unerreichbar draußen, und das Schicksal nimmt seinen Lauf.

An den folgenden Tagen wird er einige Male hören, wie das Telefon klingelt, manchmal sogar sehr lange. Auch dafür gibt es klare Anzeichen, zudem externe Quellen. Er hat laut gerufen und geschrien, aber natürlich vergebens bei einer Patriziervilla, die in einem riesigen Garten steht und zu der außer ihm niemand Zugang hatte. Mindestens einmal wurde jedoch an der Türglocke geklingelt, was bis in den Kellerraum zu hören ist. Man machte einen Paketboten ausfindig, der ein Päckchen abzuliefern versuchte, von dem wir nun wissen, dass es zwei alte Filme auf Video enthielt, beide mit Fred Astaire und Ginger Rogers in den Hauptrollen.

Und noch ein Requisit gehört zu dieser Kriminalgeschichte: Möglicherweise hat Runar auf dem Weg in den Keller einen Lippenstift der Marke Elizabeth Arden eingesteckt, den Sigrid vielleicht in der Diele verloren oder auf der Kommode abgelegt hatte, als sie einen Monat zuvor bei ihrem Onkel zu Besuch war. Jedenfalls hat Runar diesen Lippenstift mit in den Keller genommen, und er sollte noch eine wichtige Rolle spielen. Dass er von Sigrid stammte, steht fest.

Von der Sekunde, in der die Tür hinter ihm ins Schloss fällt – und was für eine Sekunde ist das, Agnes! –, bis zu dem

Moment, als er in dem tiefen Keller seinen letzten Atemzug tut, sind nach Meinung der Polizei ungefähr zwei Wochen vergangen. Das genau herauszufinden war nicht möglich, denn auch als alles schon vorbei war, vergingen noch einmal zwei Wochen, bis die solide Stahltür geöffnet wurde und Runars Leichnam zur Untersuchung in die Rechtsmedizin gebracht werden konnte. Erst danach wurde der Leichnam zur Beerdigung freigegeben.

Zwei Wochen hat er also in diesem kühlen Kokon gelebt. Dass so viel Zeit vergehen konnte, lag an der Tiefkühltruhe. Für zwei Wochen konnte sich Runar daraus mit Essen und Trinken versorgen. Neben Brot und Fleisch gab es darin tiefgefrorenen roten und schwarzen Johannisbeersaft und Birnenmost; seit er das Haus übernommen hatte, hatte Runar selbst Obst und Gemüse angebaut.

Am Ende waren es wohl die Getränke, die zuerst ausgingen, denn in der Tiefkühltruhe lagen nur noch Brot und Fleisch, während Gemüse, Saft und Marmelade aufgebraucht waren.

Was die sonstigen Umstände angeht, möchte ich nicht weiter ins Detail gehen, sondern nur erwähnen, dass der Feingeist, der Runar war, auf eine harte Probe gestellt wurde. Der Kellerraum hat vier Ecken, und nur eine war von der Tiefkühltruhe besetzt.

Irgendetwas *musst* du gehört haben, Agnes, vielleicht sogar mehr als ich. Oder hat sich auch Lise dieser schändlichen Familientradition so sehr geschämt, dass sie es vorgezogen hat zu schweigen? Ausschließen kann ich es natürlich nicht. Aber nach dem, was einige Jahre später geschah, als wir beide uns begegneten – du in tiefer Trauer und ich als anmaßender Störenfried –, muss in der Familie ganz sicher darüber geredet worden sein.

Etwas musst du also gewusst haben. Es ist kaum zu begreifen, dass wir nicht darüber sprachen, als uns glückliche Umstände vor ein paar Wochen diese lange gemeinsame Autofahrt bescherten. Sonst haben wir ja kaum ein Thema ausgelassen.

Nie werde ich die Geschichte vergessen, wie dein Vetter in den Brunnen gefallen ist. Mich rührt, dass du mit Truls zusammen aufgewachsen bist. Jetzt ist er Gehirnforscher und du bist Psychotherapeutin. Gehirn und Psyche – sie gehören zusammen und sind doch grundverschieden.

Ich verstehe, dass du eifersüchtig werden musstest, als Truls sich plötzlich mit Liv-Berit zusammentat und sie mitnahm in das Paradies, das ihr im Anbeginn eurer Zeit gemeinsam erobert und miteinander geteilt hattet. Doch, ich kann verstehen, dass das belastend und schmerzlich war. Aber dann hast du das einzig Richtige getan und Liv-Berit zu einer vertrauten Freundin gemacht!

Aber zurück zu unserer gemeinsamen Fahrt. Du warst eine gute Zuhörerin auf dem Beifahrersitz, auch wenn ich des Längeren in der indogermanischen Etymologie unterwegs war, diesem Wunder, wie ich sagte, diesem wundersamen Märchenwald mit seinem fesselnden Reigen verwandter Erbwörter, der mich immer wieder an die lebendige Natur erinnert, die ebenso vielfältig über ein Thema zu variieren vermag, auch wenn es hier um Katzen, Korbblütler, Sperlingsvögel oder Nagetiere geht.

*

Runar nutzte seine letzten Stunden auf dieser Welt dazu, mit Sigrids rotem Lippenstift seine Gedanken und Hilferufe an die weiß gekalkten Wände seines Kellerverlieses zu schreiben. Was dort an schriftlichen Aufzeichnungen gefunden wurde, ist allerdings unzusammenhängend und stellenweise schwer zu entziffern. Buchstabe um Buchstabe, Wort um Wort, Satz um Satz – vieles musste gedeutet werden, und oft konnte man auch nur raten. Dass manches fast unleserlich war, lässt darauf schließen, dass es in tiefer Finsternis geschrieben wurde. Die schwer entzifferbaren Zeichen – und damit die Probleme beim Deuten der Nachricht – mögen aber auch dem Schreibgerät und am Ende natürlich der fortschreitenden Erschöpfung des Schreibers geschuldet gewesen sein.

Nach dem, was man mir erzählt hat, möchte ich Runars Bericht aus dem Kellerverlies fast mit den seltenen Runeninschriften vergleichen. Deren älteste stammen bekanntlich aus dem dritten Jahrhundert und geben uns Einblick in die Gedanken und die Gefühlswelt der Germanen in einer Zeit, lange bevor wir historischen Grund unter den Füßen haben. So heißt es auf einem der berühmten Goldhörner aus dem fünften Jahrhundert selbstbewusst: *Ich Lægest, Holtes Sohn, schuf dieses Horn …*, und auf den Runenstäben des Mittelalters, den sozialen Medien jener Zeit, finden wir fast alltägliche Mitteilungen wie: *Ingebjørg hat mich geliebt, als ich in Stavanger war.*

Wir kennen diese seltenen Runeninschriften aus einem Zeitraum von über tausend Jahren. Sie sind kleine Gucklöcher in ein Meer aus Zeit, aber auch aus Raum, denn die Runeninschriften stammen aus dem ganzen germanischen Lebensraum, der aufgrund der Völkerwanderungen große Teile Europas umfasste.

Was Runar mit Sigrids Lippenstift an die Kellerwände schrieb, gibt uns nur kurze Einblicke in das, was er an den letzten Tagen vor seinem Tod gemacht und gefühlt hat. Nichts, was an den Wänden stand, lässt darauf schließen, dass Runar irgendeine Hoffnung hegte, gefunden zu werden, ehe es zu spät war.

Vor der Beisetzung versammelten sich Runars Geschwister, deren Ehepartner und einige Kinder in der alten Familienvilla zu einer Art Lokaltermin. Sie glaubten, ihrem Bruder diesen letzten Besuch schuldig zu sein. Früher oder später würde das Anwesen außerdem verkauft werden müssen. Runar hatte kein Testament hinterlassen.

Sie gingen staunend von Zimmer zu Zimmer, und gelegentlich war auch ein lauter Seufzer zu hören. Aber alle versuchten, sich zu beherrschen.

Das Haus, in dem einige von ihnen aufgewachsen waren, war nicht wiederzuerkennen. Das Vorzimmer, in dem alte Jugendstilmöbel den Eingang zum Salon geschmückt hatten, war in ein schlichtes Heimkino verwandelt worden. Die Küche hatte Runar modernisieren und erweitern lassen, und auch hier fand sich von der alten Einrichtung keine Spur. In der Bibliothek waren die altehrwürdigen Mahagoniregale mit den vielen wertvollen Büchern, Karten und Almanachen durch elegante Vitrinen mit modernen Fotobänden, Kunstbüchern, Filmzeitschriften und Spielfilmen auf Video und DVD ersetzt worden. Fast alle Aufenthaltsräume hatten solche grundlegenden Veränderungen durchgemacht. Nur das Esszimmer war noch wie früher, vier Drucke von Munch inklusive.

Da der Keller inzwischen gereinigt worden war, gingen die Geschwister auch gemeinsam nach unten. Sie wollten es alle nicht und zwangen sich doch dazu. Sie hielten es für ihre Pflicht.

Von der Polizei wussten sie, was sie erwartete. Die Reinigungsfirma hatten sie gebeten, die Wände nicht anzurühren. Auch darüber waren sich die Geschwister einig, fanden, es sei ein Gebot des Anstands, in die makabre Todeskammer hinunterzusteigen, um zu lesen, was Runar geschrieben hatte. Vielleicht hatte er sich ja nicht zuletzt ihnen mitteilen wollen.

Es war dieser Besuch der Geschwister in ihrem Elternhaus und da vor allem der Gang in den Keller, den Sigrid mir unter vier Augen so anschaulich schilderte. Sie erwähnte Dinge, die bei der Trauerfeier nicht zur Sprache gekommen waren.

Sigrid betonte, dass der Kontakt mit mir für Runar sicher von großer Bedeutung gewesen sei. Er habe ja nicht viele solche Freunde oder Bekannte gehabt. Die reizende Nichte vertraute mir an, dass Runar eigentlich sehr schüchtern gewesen sei und sich nur selten bei Freunden gemeldet habe. Etwas an mir müsse eine innere Sperre gelöst und es ihm ermöglicht haben, sich so rasch für mich zu öffnen, wie es bei unserer ersten Begegnung im Restaurant des Hotel Norge geschehen sei. Ich freute mich. So etwas zu hören ist immer angenehm. Die Menschen sagen sich gegenseitig viel zu selten etwas Nettes.

Zuoberst an der einen Wand hatte Runar in Großbuchstaben DIE SCHRIFT AN DER WAND geschrieben, und Øivind, Bernt, Lise und Mildred meinten, dass er das womöglich als Erstes geschrieben habe, als Titel oder Überschrift seiner Aufzeichnungen. Alle Buchstaben waren jedenfalls vollständig und in gerader Linie angebracht, also anders als vieles von dem, was sonst an den Wänden stand.

Runar muss anfangs – vielleicht nur Minuten, nachdem die

Tür hinter ihm zugefallen war – einen klaren Plan gehabt haben, einen letzten Gruß zu hinterlassen. Vielleicht hatte er sich auch vorgestellt, dass seine Geschwister eines Tages zusammen vor dieser Wand stehen würden. Nun war es jedenfalls so weit. Lise vermutete, ihrem Bruder sei es darum gegangen, seine Familie an seinen letzten Stunden und Tagen teilhaben zu lassen.

Der Raum hatte vier Wände, und die vier Geschwister lasen jeweils, was an einer davon stand, zum Teil lautlos, zum Teil leise murmelnd, aber am Ende noch einmal laut und an die jeweils anderen gerichtet.

Ich werde gleich versuchen, das Wesentliche von Runars Aufzeichnungen wiederzugeben, schicke aber voraus, dass sich diese Wiedergabe einzig auf das gründet, was Sigrid mir erzählt hat. Um die Sätze einigermaßen fließen zu lassen, muss ich mir dazu noch eine gewisse Menge an dichterischer Freiheit herausnehmen.

Die aufgezeichneten Sätze und Satzfragmente lassen sich in drei unterschiedliche Kategorien einteilen: Ein Teil des Textes nimmt seinen Ausgangspunkt in dem Raum und dem Haus, in denen Runar sich befindet, bei einem anderen könnte man von Aphorismen oder philosophischen Brocken sprechen, und der dritte nähert sich dem, was wir Bekenntnisliteratur nennen.

Runar schrieb:

Bitter bitter … Das Handy klingelt … es klingelt wieder … Es klingelt an der Tür, ist seit vielen Monaten nicht mehr passiert, muss ein Hausierer sein … Ich rufe, schreie … hat mich nicht gehört … Handy klingelt wieder, lange … Licht wird schwächer … spare, so gut ich kann … Angst, Licht zu verlieren … Habe geschlafen … riecht schlecht hier … Stunden her, dass ich Licht hatte … weiß Tageszeit nicht, kann mitten in der Nacht sein oder mitten am Tag … Hab wieder geschlafen … träumte, dass ich in den allerinnersten Schacht schwamm und die Lösung für das Rätsel des Alls sah … schwamm mit delphinischer Selbstverständlichkeit ins Allerheiligste, aber alles vergessen … Handy klingelt, sicher Sigrid … Liebste Sigrid … wenn ich nicht ans Telefon gehe, musst du mich vermisst melden … schlafe und schlafe, erwache aus einem grandiosen Abenteuer nach dem anderen … Kopf glühte, kühlt jetzt ab … Nicht die Hoffnung aufgeben … Nur du kannst mich retten, Sigrid … Morten, Miriam und Olivia – werde ich euch nie wieder umarmen können?

Daneben stehen die Betrachtungen philosophischer Art:

Wir waren Gespenster … Habe nur ich gesagt, wir seien Trolle? … Das Gegenteil von All ist Nichts, und das Gegenteil von Nichts ist All. Nehmt mir all mein Nichts und gebt mir alles zurück! … Über alles lässt sich nichts sagen … Die Milchstraße ist wie der Broadway eine Theaterstraße … Der Erdball ist eine Krankheit, ein vor fünf Milliarden Jahren entstandenes Geschwür … Gott kann man vieles vorwerfen. Seine größte Gemeinheit ist vielleicht, dass es ihn nicht gibt. Aber gut, niemand ist perfekt … Wenn es kein Bewusstsein gäbe, gäbe es hier vielleicht etwas ganz anderes, *Broxlotl* vielleicht, oder *Glympf* … Eine Generation folgt auf die andere … und andere treten ihren Posten an, ganz neue Vögel sitzen auf dem Ast, es kommt zur Wachablösung: Kiwitt!

Und schließlich:

Ach, wie ich dieses Leben geliebt habe, diese Stadt, diese Berge, all die hübschen Jungs, die durch den Park stolzieren … Knut! Wo bist du jetzt? … Neulich einen Gleichgesinnten in der Stadt getroffen, wunderbar …

Immer, wenn Runar hörte, dass draußen auf dem Gang sein Handy klingelte, notierte er es an einer der Wände. Nachdem man ihn gefunden hatte, untersuchte die Polizei das Gerät, dessen Akku inzwischen leer war, und bald konnten die Telefonlisten für die Angehörigen freigegeben werden.

Alle Anrufe waren von Sigrid. Es war also ihr Anruf, auf den er gewartet hatte, als er in den Keller ging, und sie schlug am Ende auch Alarm, als ihr Onkel einfach nicht zurückrief. Sie hatte Angst, ihm könne etwas zugestoßen sein. Vielleicht war er krank und konnte sich selbst nicht mehr helfen.

Sigrid bestand darauf, dass jemand die Haustür aufbrach und nach ihm sah. Da die Tanten und Onkel in Bergen dazu nicht bereit waren, wandte sie sich an die Polizei, die aber auch erst nach einer gewissen Zeit tätig wurde. Es sei bekannt, hieß es, dass der Onkel häufig lange Geschäftsreisen unternehme. Als sich endlich zwei Polizeibeamte Zutritt zu der ehrwürdigen Villa verschafften, begriffen sie schnell, dass sie zu spät gekommen waren.

Die vier Erben Runars standen lange in dem Kellerraum mit den rot beschrifteten Wänden. Sie wechselten so lange die Plätze, bis alle alles gelesen hatten, was der Bruder geschrieben hatte. Am nächsten Tag wurden die Wände übertüncht.

GRETHE CECILIE

AM 22. DEZEMBER 2011 besuche ich abermals eine Beerdigung. Die Trauerfeier findet in der über hundert Jahre alten Kapelle des Vestre Gravlund statt, und beim anschließenden Beisammensein treffe ich dich, Agnes. Wir kennen uns nicht, aber schon in der Kapelle kann ich sehen, dass du Grethe Cecilies Schwester sein musst. Du hast den gleichen funkelnden Blick.

Auch hier begegneten mir einige Angehörige von Erik Lundin, und zwar Eriks Tochter Liv-Berit und dein Vetter Truls mit den Töchtern Tuva und Mia. Ich wusste zu diesem Zeitpunkt noch nicht, wie eng du mit ihnen verbunden bist.

Ich erinnerte mich, wie schön Tuva bei der Beisetzung ihres Großvaters zehn Jahre zuvor aus »Haugtussa« gesungen hatte, und sah, dass Mia, damals ein hoch aufgeschossener Teenager, inzwischen eine reife Frau geworden war. Sie erschien mir fast noch schöner und hinreißender als ihre fünf Jahre ältere Schwester und war als Immobilienmaklerin tätig. Wenn ich hätte raten sollen, hätte ich entschieden auf etwas anderes getippt. Der Apfel war weit von Yggdrasil gefallen, um es einmal so zu sagen. Aber sicher fiel ihr das Verkaufen leicht.

Doch warum erzähle ich das alles? Du hast Tuva und Mia ja schon als kleine Kinder gekannt.

In den vorangegangenen zehn Jahren war mir niemand aus der Familie Lundin je zufällig über den Weg gelaufen, und das, obwohl Oslo – wie Norwegen – nicht sehr groß ist. Umso merkwürdiger war es, nun zum wiederholten Male Mitglieder dieser Familie ausgerechnet bei einer Beerdigung zu begegnen. Genauer gesagt, schon zum vierten Mal.

Die Patience, könnte man sagen, war aufgegangen, denn jetzt hatte ich alle Kinder Eriks samt ihren Familien beisammen: Erst hatte ich Marianne, Sverre und Ylva bei Andrines Beerdigung getroffen, dann Jon-Petter und Lise mit den Kindern bei der von Runar, und nun also Liv-Berit und Truls mit ihren beiden Töchtern bei der von Grethe Cecilie.

Gab es etwa verborgene Verbindungslinien zwischen mir und den Lundins?

Die Frage hat an der Stelle schon durchaus ihren Sinn. Später wird sich zeigen, dass hier der rote Faden meines Berichts zu suchen ist und alles, was jetzt noch merkwürdig erscheint, eine natürliche Erklärung hat. Im Moment ist es für diese Erklärung noch zu früh, aber ich verspreche, darauf zurückzukommen.

In der Todesanzeige stand: »Meine unersetzliche Tochter, unsere geliebte Schwester, Schwägerin, Tante und Großtante Grethe Cecilie Berg Olsen, geboren am 8. Februar 1959, wurde in Oslo am 13. Dezember 2011 jäh aus unserem gemeinsamen Leben gerissen ...«

Es folgten die Namen von Grethe Cecilies Mutter Nina, den Brüdern Jan-Olav und Ulf samt Ehefrauen Norunn und Ingrid und schließlich von dir, Agnes, der Jüngsten in der Geschwisterreihe. Den Schluss bildeten die üblichen »übrigen Angehörigen«.

Ich kannte euch alle nicht, aber die tragischen Umstände von Grethe Cecilies Tod waren mir bekannt. Schon einige Tage, bevor ich in *Aftenposten* die Todesanzeige entdeckte, hatte ich davon aus den Medien erfahren und von einem Kollegen im Lehrerzimmer gehört.

Grethe Cecilie unterrichtete in einem anderen Stadtteil Mathematik und Physik. Mit einer Arbeit über Astrophysik hatte sie promoviert.

Es war ein hektischer Herbst gewesen, anstrengend bis zur Erschöpfung im Klassen- und im Lehrerzimmer. Es gibt Schüler, mit denen ich gut zurechtkomme, dann entsteht zwischen uns ein fast kollegiales Verhältnis gegenseitigen Respekts; aber es sind in der Regel nur wenige, die leicht in der grauen Masse derer untergehen, die sich bei mir langweilen und die umgekehrt mich langweilen. Wie sollten sich auch indogermanische Lautgesetze gegen einschießendes Testosteron behaupten können?

Das Wetter war winterlich und der Himmel stark bewölkt. Wir hatten einige Grad unter null, aber es gab kaum Wind. Auf den Weg zur Kapelle, den Rasen, die Gräber und auf die blattlosen Eichen der Allee war in den Morgenstunden eine dünne Schicht Neuschnee gefallen. Auf etlichen Gräbern waren bereits Kerzen angezündet, obwohl es noch zwei Tage bis Weihnachten waren. Viele hatten die Stadt offenbar verlassen, um in Urlaub zu fahren.

Ich schaute nach links und sah das prachtvolle Grab der Zigeunerkönigin Lola Karoli. Ich dachte intensiv an Grethe Cecilie und den tragischen Unfall, der sich im vorweihnachtlichen Stoßverkehr zugetragen hatte …

Sie wollte den Bogstadvei überqueren, zwar auf einem Zebrastreifen, aber sie hatte sich nicht richtig umgesehen und war in der winterlichen Dunkelheit vielleicht auch nicht deutlich zu erkennen, denn an diesem Nachmittag regnete es bei heftigen Windstößen. Jedenfalls wurde sie von der Straßenbahn nach Briskeby angefahren, dort, wo die Bahn wenig später in die Holtegate abbiegt. Grethe Cecilie war fast sofort tot, und der Straßenbahnfahrer wurde beurlaubt …

Das weißt du ja alles, und ich würde die Erinnerung daran nicht wieder aufwühlen, wenn du mich nicht ausdrücklich darum gebeten hättest. Denn das hast du. Du hast mich gebeten, dir zu erzählen, wie ich diesen Tag erlebt habe, den ganzen Tag, das hast du betont, und was ich hier aufschreibe, sind die Gedanken, mit denen ich mich einer großen Gruppe von Menschen näherte, die vor dem Eingang der alten, aus Granit und Speckstein gebauten Kapelle standen.

Vor dem Eingang sah ich Tuva und erkannte sie, ebenso wie die junge Frau, die neben ihr stand, ihre jüngere Schwester Mia, die nun also kein ungelenker Teenager mehr war. Die beiden jungen Damen mit ihren eleganten Hüten hatten sich zur Beerdigung ihrer Nenntante eingefunden. Ja, Nenntante, das ging mir jetzt auf. Grethe Cecilie war die Kusine von Truls. Obwohl Liv-Berit ihren Namen behalten hatte, hatte ich beim Tischgespräch aufgeschnappt, dass Truls mit Nachnamen Berg Olsen hieß. Bei Erik Lundins Beerdigung hatte er zudem ein wenig damit renommiert, dass er ein entfernter Verwandter des legendären Altnordistikforschers Magnus Olsen sei, den die Pastorin in ihrer Ansprache ja erwähnt hatte. Beim Lesen der Todesanzeige war mir diese Verbindung nicht aufgegangen – ein Fehler, aber manchmal ist es schwer, so viele Namen auseinanderzuhalten.

Tuva und Mia gingen dann in die Kapelle, und ich glaube, sie bemerkten mich erst, als wir uns anderthalb Stunden später im Restaurant Bakkekroen trafen. Da zuckte Tuva zusammen, und mir war sofort klar, dass sie von meinem Auftauchen in der Tonsen-Kirche und in Bergen gehört haben musste. Ich sah es an ihrem bestürzten Blick.

Natürlich war es auffällig, dass ich nun auch hier auftauchte – von *ihrem* Standpunkt aus, wie ich hinzufügen möchte.

Ich selbst kam mir bei Tuvas Zusammenzucken ein wenig vor wie ein Gespenst, was kein sehr angenehmes Gefühl war.

In Büchern und Filmen wimmelt es nur so von Menschen, die einem Wiedergänger begegnen, und immer sind sie entsetzt. Aber was ist mit dem Wiedergänger selbst? Der muss es schließlich ertragen, mit seinen noch lebenden Angehörigen konfrontiert zu werden. Vielleicht besitzen ja auch Wiedergänger ein Gefühlsleben. In der Literatur ist dem viel zu wenig nachgegangen worden, finde ich. Oder nimm die vielen Filme und Romane, in denen Menschen einen Schock erleiden, weil sie Außerirdischen begegnen. Wieso fragt niemand, wie groß der Schreck bei den Außerirdischen ist? Was geht in ihnen vor, wenn sie mit uns konfrontiert werden? Sollten wir nicht wenigstens versuchen, uns in sie hineinzuversetzen?

Auch wir sind numinos. Auch wir stellen ein *mysterium tremens et fascinans* dar, um einen Ausdruck des deutschen Religionsforschers Rudolf Otto zu verwenden. Allen anderen außer uns *muss* auffallen, dass wir unergründlich rätselhaft sind. Nur wir selbst sehen es nicht. Wir staunen nicht darüber, was wir sind. Vielleicht sind wir das allergrößte Wunder des Universums, auch wenn uns das nicht täglich zu Bewusstsein kommt. Stell dir nur vor, jemand käme und entdeckte uns!

Als Tuva zusammenzuckte, zuckte ich selbst auch zusammen. Sie brachte mich dazu, mich selbst von außen zu sehen, ich meine, als einigermaßen seltsame oder rätselhafte Person. Es war wie beim Versteckspielen, wenn der Sucher jemanden findet und beide einen kleinen Schreckensschrei ausstoßen.

Wie du weißt, betonte der Pastor den Umstand, dass Grethe Cecilie mit ihrem lichten und klaren Verstand ausgerechnet am Luciatag von uns gegangen war. Und kaum hatte er es ausgesprochen, flackerten plötzlich die elektrischen Lampen. Weißt du noch?

Draußen dämmerte es schon, es war die Wintersonnenwende, der dunkelste Tag des Jahres, und eine Sekunde lang brannten in der Kapelle nur die Kerzen. Ich glaube, viele von uns verspürten da auf ganz spezielle Weise die Anwesenheit von Grethe Cecilie, obwohl sicher niemand das kurze Flackern des elektrischen Lichts für etwas anderes hielt als puren Zufall. Trotzdem hatte es seine Wirkung auf die Versammlung, und plötzlich tat es besonders weh, den weißen, fast vollständig mit Blumen bedeckten Sarg vor der kühlen Glasmalerei des dahinterliegenden Kirchenfensters zu sehen.

Der Pastor kam auch darauf zu sprechen, dass Grethe Cecilie einen großen Teil ihres Lebens auf der Erde dem Studium ferner Lichter am Himmel gewidmet hatte. Ich wusste gut Bescheid über Grethe Cecilies astrophysikalische Interessen und ebenso über ihre wissenschaftlichen Veröffentlichungen. Ich hatte ihre Dissertation gelesen, und selbst für einen Amateur wie mich war sie fesselnd gewesen. Allein schon der Titel setzte die Gedanken in Bewegung: »Ist Bewusstsein ein kosmischer Zufall?« Von dem Augenblick an, als ich ihn las, hat er sich mir für immer eingeprägt. Ich ertappte mich bei dem Gedanken, die hier aufgeworfene Frage müsse die wichtigste aller Fragen überhaupt sein. Bei der Lektüre fragte ich mich dann des Öfteren, wieso die akademische Kommission einen derart allgemein verständlichen Titel für eine wissenschaftliche Abhandlung überhaupt akzeptiert hatte.

Ich brauche dir nicht zu sagen, dass ich von der Mathematik in Grethe Cecilies Arbeit so gut wie nichts begriff. Aber durch ihre klare Art, Argumente abzuwägen, erfuhr ich viel über Atomphysik. Ja, Agnes! Was für ein halsbrecherischer Weg – oder Übergang – vom Quark-Gluon-Plasma der Mikrosekunde nach dem Urknall über Atomkerne und ganze Atome mit Elektronenschale zu Sternen und Planeten, lebenden Zellen, Nervenzellen und Synapsen bis zur Entstehung von Bewusstsein, in dem dieses Universum sich selbst erkennt – eine kosmische Explosion, von der nichts und niemand etwas weiß, bis sie nach dreizehn oder vierzehn Milliarden Jahren das Nachdenken über sich selbst hervorzuzaubern beginnt. Beachtlich ist das Mindeste, was man dazu sagen kann.

Grethe Cecilie betrachtete sich und ihre Existenz in einer kosmischen Perspektive. Wir alle benutzen das Wort »kosmopolitisch«, aber für deine Schwester lag darin so ungeheuer viel mehr, dass sie es konsequent durch die Wörter »irdisch« oder »planetarisch« ersetzte, um den so bezeichneten Dingen oder Geschehnissen ihren rechten Ort in Zeit und Raum zu geben.

Wer bin ich?, fragt der Mensch. Wenn Grethe Cecilie diese einfache Frage stellte, war es das Universum selbst, das sich fragte: Woher komme ich? Wohin gehe ich?

Denn durch den Intellekt des Menschen erfährt das Universum sein eigenes Wunder und versucht, sich sein eigenes Geheimnis abzuringen.

Ich denke, du kennst diese Überlegungen aus dem Vorwort

zu Grethe Cecilies Doktorarbeit, obwohl Geschwister sich nicht zwangsläufig mit der Arbeit des jeweils anderen beschäftigen. Zwischen Geschwistern werden ja gern eigene Rechnungen aufgestellt, und der spezielle Charakter ihrer Beziehung kann sich auch da noch bemerkbar machen, wo es um die großen Rätsel des Universums geht.

Schon in der Kapelle sah ich dann den großen dunklen Mann, der bereits bei Erik Lundins Beerdigung zugegen gewesen war.

Ich glaube nicht, dass er umgekehrt auch mich bemerkte, ehe wir uns alle im Restaurant Bakkekro einfanden. Aber auch dort waren wir zu so vielen, dass ich ihm gut aus dem Weg gehen konnte. Die Vorstellung, ihm in die Augen blicken und ihm dann natürlich auch zunicken zu müssen, war mir so unangenehm, dass ich ganz bewusst das andere Ende des Lokals ansteuerte.

So bin ich an deinem Tisch gelandet, Agnes. Es waren lange Tische, sie standen dicht beieinander, und an unserem Tisch nahmen am Ende auch Tuva und Mia Platz. Ich glaube, mich zu erinnern, dass Tuva über die Schulter sah, bevor sie sich setzte. Es war, als spielte sie mit dem Gedanken an ein Manöver, um nicht mit mir am selben Tisch zu landen, aber die Reise nach Jerusalem war just beendet und die junge Sängerin hatte nicht mehr die Wahl.

Ich glaube nicht, dass Mia mich nach der einen Begegnung vor mehr als zehn Jahren noch wiedererkannte. Für sie war ich sicher ein wildfremder, noch dazu alternder Mann und damit von keinerlei Interesse.

Alle am Tisch kannten einander schon von früher und hatten Grethe Cecilie nahegestanden. Die Ausnahme, jedenfalls was die Beziehung zur Verstorbenen anging, war ich.

Pflichtschuldig, aber vielleicht auch, um die Atmosphäre aufzulockern und das Tischgespräch in Gang zu bringen, sah Tuva mich an und sagte: »Ich glaube, wir kennen uns schon. Haben Sie nicht bei meinem Großvater studiert?«

Ich nickte.

»Germanische Götter und gelehrte Spaziergänge um das Sognsvann?«

Vom guten Gedächtnis der jungen Dame beeindruckt, nickte ich wieder. Spätestens da muss Mia begriffen haben, mit wem sie es zu tun hatte, so blutjung sie zehn Jahre zuvor auch noch gewesen war. Auch damals hatten wir am selben Tisch gesessen, nicht nur Tuva, Mia und ich, sondern auch ihre Eltern, Liv-Berit und Truls. Dazu hatte sie sicher später noch von mir gehört. Ich muss ihr als groteske Gestalt erschienen sein.

Ich überlegte mir, ob Tuva ihre Fragen vielleicht nicht aus Neugierde oder Höflichkeit gestellt hatte, sondern einzig und allein, um ihre kleine Schwester auf diskrete Weise wissen zu lassen, wer ich war.

Es dauerte dann auch nicht lange, bis ich mich zu einer Erklärung genötigt sah, woher ich Grethe Cecilie eigentlich gekannt hatte. Aller Augen waren jetzt auf mich gerichtet, das weißt du ja, denn einer der fragenden Blicke, die mich aus der Runde trafen, war der von dir. Nun gut, du wolltest wissen, wie ich das alles erlebt habe, also sitze ich jetzt hier auf Gotland in meinem Hotelzimmer und schreibe es auf.

Ich begann meine Erklärung mit Bemerkungen über Grethe Cecilies tiefe Liebe zur Natur, eine Seite an ihr, die mich an Henrik Wergeland erinnert habe. Sie sei gern in den Bergen gewesen und habe eine besondere Vorliebe für Westnorwegen und den Sognefjord gehabt. Je unberührter die Natur sei, desto mehr fühle sie sich selbst von ihr berührt, habe sie oft gesagt, und eine wenigstens teilweise von Menschen unberührte Natur finde sich nun einmal im Hochgebirge.

Dein energisches Nicken gab mir den Mut weiterzureden, und ich sagte:

»Kaum sieben Jahre alt, war Grethe Cecilie schon fasziniert vom Universum, in das wir hineingeboren sind, aber sie war deshalb nicht blind für das vielfältige Leben, von dem sie auf dem eigenen Planeten umgeben war, denn was sind schon die Sterne am Himmel im Vergleich zur Komplexität eines Schmetterlings oder eines Salamanders? Früh fragte sie sich, wie das Leben auf der Erde wohl entstanden war. Der tiefste Grund der Astronomie war für sie der üppige Garten, in dem sie selbst lebte. Wie also war dieses Abenteuer beschaffen?«

Du hast wieder genickt, dankbar diesmal, glaube ich, für diese an alle am Tisch gerichteten Worte des Gedenkens. Du hast sogar gelächelt.

Ich sagte: »Grethe Cecilie konnte herzlich über die Vorstellungen von der Existenz übernatürlicher Wesen lachen und bezeichnete sich gern als durch und durch areligiös. Ich dagegen habe in ihr eine Naturmystikerin gesehen. Sie konnte ein Veilchen zwischen zwei Fingern halten und erklären, dass keine zwei Veilchen gleich sind. Sie hatte einen Blick für das Individuelle in der Natur und zugleich für die Einheit aller Dinge. Alles auf der Welt, in der Natur auf unserem eigenen Planeten wie draußen im Universum, entspringt im Grunde ein und derselben Urkraft oder demselben Urgrund. Ein kleiner Gletscher-Hahnenfuß oder der Dompfaff auf seinem Ast setzen das gesamte Universum mit dessen titanischer Dramatik ebenso unbedingt voraus wie ein Mond, ein Asteroid oder ein Schwarzes Loch. Noch die allerkleinsten Bestandteile des

Lebens sind durch das bedingt, was im ersten Bruchteil einer Sekunde nach dem Urknall geschah. Die Atome, aus denen wir zusammengesetzt sind, wurden in den Sternen gekocht, die danach explodierten und deren Bestandteile ins Weltall hinausgeschleudert wurden …«

Du hast zum dritten Mal genickt, so als erschiene dir das alles tröstlich. Ich hatte nur meine Zweifel, dass zum Beispiel Mia, die Immobilienmaklerin, verstand, wovon ich redete, oder warum ich es in diesem feierlichen Tonfall tat.

Ich hatte mich schon als Studienrat vorgestellt, und du wolltest wissen, ob ich vielleicht ein Kollege von Grethe Cecilie gewesen sei. Womöglich an der Schule, an der sie zuletzt lange unterrichtet hatte? Oder wie hatten wir uns kennengelernt? Das interessierte also nicht nur Tuva.

Ich erzählte, dass ich Grethe Cecilie vor vielen Jahren in der Østerbø-Hütte weit oben in Aurlandsdalen in Westnorwegen kennengelernt hätte, wir seien beide als Singles unterwegs gewesen und hätten auf der Hinreise sogar unabhängig voneinander denselben Bus genommen …

Du schienst mir an der Stelle kurz irritiert, und ich verstand nicht, warum. War es etwa falsch, uns als Singles zu bezeichnen? Und wenn ich da etwas missverstanden hatte, war das so schlimm?

Ich sagte, wir hätten uns bei einem Glas Wein miteinander bekannt gemacht und seien am nächsten Morgen früh zu einer langen Wanderung durch das sensationelle Tal nach Vassbygdi aufgebrochen, um von dort im Taxi zum Fretheim Hotel in Flåm zu fahren.

Mia rümpfte jetzt die Nase und schaute zu ihrer Schwester, deren Gesicht einen finsteren und dazu fast angewiderten Ausdruck angenommen hatte. Du hast dazu zwar nichts gesagt, aber Tuva einen strengen Blick zugeworfen. Nein, Tuva, unterbrich ihn jetzt nicht!, besagte dieser Blick, bevor er zu Mia weiterwanderte: Und du auch nicht! Einen nach dem anderen traf es, mich ausgenommen, jeden am Tisch.

Dann hast du mir zugenickt. Es war die Bitte weiterzureden.

Der Bericht über unsere Wanderung durch Aurlandsdalen fiel daraufhin wohl etwas ausführlich aus. Vor allem die tiefsinnigen Gespräche über unsere Existenz im Lichte dessen, was wir gegenwärtig über das Universum wissen, hatten es mir angetan. Was sind diese Dinge, die wir Dunkle Materie und Dunkle Energie nennen? Und vor allem: Was war der Urknall wirklich? Darüber hätten wir geredet, aber nicht nur das Weltall habe uns interessiert. Ich erzählte, wie Grethe Cecilie und ich unterwegs botanisiert und Gebirgs- und Wiesenblumen bestimmt hätten, sprach von wehen Füßen, einem Lagerfeuer und einem nackten Bad im Fluss.

»Apropos Füße«, sagte ich. »Dass wir eine Fußwanderung machten, gab mir Gelegenheit, mein eigenes Fachgebiet ins Spiel zu bringen. Ich versuchte, Grethe Cecilie mit meiner Begeisterung für Etymologien anzustecken, und holte dazu einige edle Exemplare aus meinem Schmuckkästchen mit indogermanischen Vokabeln. Ein Beispiel waren die indogermanischen Wörter für *Fuß*. Ich erzählte Grethe Cecilie, das altnordische *fótr* stamme, wie das englische *foot* und das deutsche *Fuß*, vom germanischen **fot-* ab, das sich wiederum auf das indogermanische **ped-* zurückführen lasse, eine Wurzel, deren Ableger wir im gesamten indogermanischen Sprachraum fänden, so im sanskritischen *pad-* für *Fuß*, im lateinischen *pes*, dessen Genitiv *pedis* wir in Fremdwörtern wie *Pedale* und *Pediküre* wiederfinden, oder im griechischen *poús*, zu finden im Lehnwort *Podium*, auf dem wir stehen …«, hier schaute ich kurz zu Tuva hinüber, »... wenn wir zum Beispiel alte Göttergedichte aufsagen oder Lieder aus ›Haugtussa‹ singen.«

Jedenfalls, am späten Nachmittag hätten Grethe Cecilie und ich dann im Fretheim Hotel eingecheckt und natürlich in getrennten Zimmern gewohnt. Wir hätten schließlich beide im Voraus reserviert. Danach hätten wir ein köstliches Essen mit vier Gängen verzehrt, ehe wir zu neuen tiefschürfenden Gesprächen in den nächtlichen Hotelgarten hinausgegangen seien.

Erst da hast du eingegriffen. Mit einem Blick, als versuchtest du verzweifelt zu verstehen, was ich da redete. Dann hast du es ausgesprochen:

»Aber Grethe Cecilie war gelähmt, seit sie mit sechs Jahren einen schrecklichen Verkehrsunfall hatte. Nur deshalb hat sie mit sieben Jahren ihr erstes Teleskop bekommen ...«

»Ja«, sagte ich nur. »Ja.«

Und du: »Schon bevor sie lesen konnte, hat sie uns erzählt, was sie alles am Himmel entdeckt hatte. Sie konnte stundenlang in ihrem Rollstuhl sitzen und das Okular genauer einstellen, wenn sie die Jupitermonde beobachtete, die Krater auf unserem eigenen Mond oder den Millionen von Lichtjahren von unserer eigenen Galaxis entfernten Andromedanebel. Sie war querschnittsgelähmt, aber das hinderte sie nicht daran, mit Lichtgeschwindigkeit unterwegs zu sein.«

Ich war sprachlos. Endlich war ich ertappt worden. Es war gut. Ich verspürte ein Gefühl von Versöhnung und Trost, als wäre dies schon die Ruhe nach der Niederlage. Die Schlacht war verloren.

Ehe ich die Flucht ergreifen konnte, waren allerdings gleich mehrere Schierlingsbecher zu leeren.

Mia starrte mich nur an. Sie hatte mich da, wo sie mich haben wollte, sah sich einem Phänomen gegenüber, von dem sie bisher nur gehört hatte. Tuva hatte noch immer denselben angewiderten Blick, ihre Miene war geradezu erstarrt, erinnerte, höhnisch und langnasig, an eine venezianische Karnevalsmaske.

Ich schaute mich noch einmal im Lokal um. So vieles war jetzt zu Ende. Aber ich musste nun an meinen Abgang denken. Ich war erschöpft. Eigentlich fühlte ich mich schon seit dem Tod meiner Mutter erschöpft. Ich fühlte mich reif für ein Glas unten in der Stadt. Ich könnte mich in den Wintergarten des Hotel Bristol setzen oder in den Salon des Hotel Continental.

Am anderen Ende des Lokals saß der große dunkle Mann. Obwohl selbst ins Gespräch mit seinen Tischnachbarn vertieft, hatte er seltsamerweise registriert, was sich an meinem Tisch abspielte. Eine Sekunde lang fiel ich seinem Blick zum Opfer und bemerkte, wie ein kaltes Grinsen über sein Gesicht glitt. Er triumphierte.

Ich erhob mich noch nicht ganz, als ich mich dir zuwandte und sagte: »Dann bitte ich um Entschuldigung. Ich habe mich offenbar in der Beerdigung geirrt …«

Wie soll ich deinen Gesichtsausdruck beschreiben? Er erschien mir weniger hart und streng als fragend und offen. »In der Beerdigung geirrt?« Mehr hast du nicht gesagt.

Und mein Kopf war auf so peinliche Weise leer, dass ich sagte: »Gut möglich, dass sich *meine* Grethe Cecilie bester Gesundheit erfreut.«

Das war natürlich absurd. Wie viele Frauen namens Grethe Cecilie hatten wohl eine Doktorarbeit in Astrophysik geschrieben?

Ich hatte mich inzwischen ganz erhoben und wollte den Raum verlassen. Und da hast du mich am Arm gepackt und zu bleiben aufgefordert. Dein Vorschlag war, dass ich bis zum Ende der kleinen Gedenkfeier bleiben sollte. Dir war klar, dass ich mich in einer schwierigen Situation befand, aber du hast mich gebeten, nicht aufzugeben. Du hast mich beinahe angefleht.

Ich empfand deine Reaktion als widersprüchlich und rätselhaft, bis du mir erklärt hast, ich hätte ein so überzeugendes Bild deiner Schwester gezeichnet. Du hast dich sogar dafür bedankt. Alles, was ich erzählt hätte, sei durch und durch stimmig gewesen. Nur eins habe eben nicht gestimmt, aber ihr beide, Grethe Cecilie *und* du, hättet dem schon zu ihren Lebenszeiten keine große Bedeutung beigemessen, dem Umstand nämlich, dass sie nicht gehen konnte. *Deshalb* war es in der Kapelle nicht erwähnt worden, und auch in den Zeitungen hatte auf ausdrücklichen Wunsch der Familie nichts davon gestanden. Im Grunde ist es ja auch nicht von Interesse, ob eine verunglückte Fußgängerin nun auf eigenen Beinen unterwegs war oder im Rollstuhl gesessen hat. Nicht einmal mein Kollege, der, wie ich wusste, mit Grethe Cecilie studiert hatte, hatte es erwähnt. Diese Information war einfach nicht grundlegend, weder für Grethe Cecilie als Person noch dafür, was im Bogstadvei geschehen war.

Du hast auch gesagt, du hättest deiner Schwester gewünscht, so eine Wanderung machen zu können, mit einem Mann wie mir, wie du hinzugefügt hast, eine echte Tour auf wehen Füßen, mit schweißnassen T-Shirts, Lagerfeuer und Bad im Fluss, und auch ein Gespräch bis tief in die Nacht im Garten eines alten Hotels hätte ihr gefallen, zumal, wenn es dabei um das Wunder der menschlichen Existenz gegangen wäre.

Das Einzige, was an meiner Geschichte unmöglich hatte stimmen können, das Peinliche daran, war die Wanderung durch unwegsames Gelände. Aber die, so hast du es ausgedrückt, könne man als nachträgliches Geschenk an Grethe Cecilie ansehen. Ich hatte Grethe Cecilie diese Wanderung geschenkt.

Mich rührte, wie versöhnlich du mir gegenüber warst. Als ich kurz darauf ging, habe ich mich, glaube ich, über dich gebeugt und dich umarmt. Oder nein, ich *weiß*, dass ich es getan habe, obwohl so etwas nicht zu mir passt und es mir auch nicht leichtfällt. Aber im Grunde war es auch nicht *ich*, der dich umarmt hat, sondern Grethe Cecilies gewandter Wanderkamerad. Als der könnte ich über meinen Schatten gesprungen sein und dich in den Arm genommen haben.

Während ich meinen Mantel holte, drehte ich mich noch einmal um und hörte dich zu den anderen am Tisch sagen: »Ich begreife nicht, wie er das geschafft hat …«

Und ich begreife noch immer nicht, warum du mich beinahe angefleht hast, bis zum Ende der Gedenkfeier zu bleiben.

Auf der kleinen Rasenfläche vor dem Restaurant Bakkekro entdeckte ich die schöne Bronzeskulptur eines kleinen Mädchens. Auf einer kleinen Metallplatte las ich, dass die Skulptur von Tore Vaa stammte und ihr Titel »Sieben Jahre« lautete.

Ich blieb stehen und verliebte mich in dieses kleine Mädchen. Ich hatte nie die Chance gehabt, eine Tochter zu bekommen, und nun plötzlich kam es mir als etwas unvorstellbar Exotisches vor. Eine Tochter zu haben, meine ich.

Das Mädchen war so alt wie Grethe Cecilie, als sie ihr erstes Teleskop bekommen hatte. Damals saß sie also schon im Rollstuhl.

PELLE

MIT DEM BESUCH von Beerdigungen begann ich, nachdem ich Anfang der siebziger Jahre nach Oslo gezogen war.

Ich kam aus Ål in Hallingdal und kannte in der Hauptstadt niemanden, wirklich niemanden. Meine Mutter war ein Jahr zuvor gestorben, und zu meinem Vater hatte ich zuletzt mit fünf oder sechs Jahren Kontakt gehabt. Dennoch kann ich mich gut an ihn erinnern. Er hatte lange dunkle Haare und eine große Warze auf der Nase. Und er lachte. Vater lachte. Er konnte über so gut wie alles lachen.

Mein Vater hieß Edvard Jacobsen und kam, wie schon erwähnt, aus Bergen. In Ål war er nur auf Durchreise. Ich weiß nicht mehr, ob er nach meiner Geburt je für längere Zeit in Ål gewohnt hat. Ich sehe mich über den Hof tapsen und in der Schreinerwerkstatt oder hinter der Scheune verstecken, und irgendetwas im Halbdunkel der Geschichte sagt mir, dass er nur ab und zu vorbeischaute. Meine Mutter redete über diese Dinge nicht, und ich stellte auch keine Fragen. Es hatte ja keine Bedeutung mehr. Alleinstehende Mutter, und zwar in Vollzeit, wurde sie auf jeden Fall, als ich fünf oder sechs Jahre alt war. Die wenigen Bilder, die es von Vater und mir gab – einige mit Angelrute und hohen Stiefeln unten am Fluss, andere auf dem Hofplatz bei uns zu Hause und schließlich ein paar aus Vats und oben von Reineskarvet –, mochten ein Beleg dafür sein, dass mein Vater in Ål gewohnt hat, sie konnten aber auch das Gegenteil bedeuten. Man machte eben nicht dauernd Fotos von den Menschen, mit denen man ohnehin zusammenlebte, jedenfalls damals nicht. Meine Theorie ist, dass meine Mutter mit diesen Bildern dokumentieren wollte, dass ich einmal einen Vater gehabt hatte und damit eine Art Familienhintergrund besaß.

Anfang August des Sommers, in dem ich eingeschult wurde, fuhr meine Mutter mit mir hoch zum jährlichen Volksfest in Hol, wo ein Brautpaar zu Pferde entweder wirklich geheiratet hatte oder einfach zeigen wollte, wie man in alten Zeiten in Hallingdal zünftig Hochzeit feierte. Wir gehörten zu einer großen Gästeschar, die hinter dem Brautpaar den Holsfjord entlangwanderte; es war fast wie ein Umzug zum Nationalfeiertag, nur eben mitten im Sommer. Ich kann mich nicht mehr an sehr viel erinnern, ich war erst sieben, aber als wir beim Museum von Hol ankamen, gab meine Mutter mir ein paar Kronen, und ich gewann an einer Losbude eine sorgfältig gestaltete Handpuppe. Das war Pelle. Oder Peder Ellingsen Skrindo, wie er sich bei offiziellen Anlässen vorstellt.

Du bist ihm ja begegnet, Agnes. Und es war nicht zu übersehen, dass du schon einen guten Eindruck von ihm hattest, als wir von Arendal losfuhren. Du seist begeistert von ihm, hast du gesagt. Einige Kilometer später sogar, du seist »absolut hin und weg« von ihm.

Und wenn ich dir jetzt schreibe, dann übrigens auch nicht ganz, ohne Pelle mit einzubeziehen. Ich schreibe für uns beide.

Als ich Pelle zum ersten Mal über meinen Arm streifte, reichte er mir bis zur Schulter. Meiner Mutter bis zum Ellbogen.

Wie du inzwischen weißt, ist Herr Skrindo ein Mann in den besten Jahren. Sein Beruf ist unbekannt, seine Bekleidung besteht aus einem marineblauen Blazer mit Silberknöpfen und einer weißen Hose. Als Kind war ich überzeugt, dass er früher Schiffskapitän gewesen sein musste, aber heute bin ich mir nicht mehr so sicher. Ich weiß nun mal nichts über Pelles Vergangenheit. Es ist wie bei manchen Adoptivkindern: Ich weiß nichts über sein Leben, ehe er zu mir kam. Aber von da an waren wir fast unzertrennlich.

Schon auf dem Heimweg von Hol an jenem Nachmittag im August fing Pelle an, mit mir zu sprechen. Ich nahm seine freimütigen Bemerkungen ganz ernst und antwortete ihm aus ehrlichem Herzen. Das war der Anfang, unser lebenslanges Gespräch begann.

Ich hatte nie Zweifel daran, dass Pelle selbst das Wort führt, wenn wir miteinander reden. Er muss sich nur die Stimme von mir leihen.

Herrn Skrindos Eintritt in mein Leben erscheint mir auf mehr als nur eine Weise als Wendepunkt. So weiß ich zum Beispiel sicher, dass ich meinen Vater nach jenem Tag in Hol des Jahres 1959 niemals wiedergesehen habe. Wenn mein Vater Pelle kennengelernt hätte, hätte ich das nicht vergessen, und mein Vater ebenso wenig, denn wenn Pelle immer schon eine Gabe besaß, dann die des Redens. Er kann Dinge sagen, die ich selbst verschweigen würde, weil ich sie nicht sagen will und nicht zu sagen wage.

In Arendal hast du selbst erlebt, wie taktlos er sein kann. Pelle stellte dir Fragen, die im Grunde zwar harmlos waren, die ich meinerseits dir aber nie zu stellen gewagt hätte. Für mich gingen sie eindeutig zu weit, denn er kannte dich doch gar nicht. Ihr wart euch noch nie begegnet, und trotzdem hast du dich ihm geöffnet und dich nicht provozieren lassen, hast ihm in die Augen geschaut und ihm ehrliche Antworten auf seine Fragen gegeben.

Als wir auf die E 18 fuhren, habe ich mich dann zu dir umgedreht und dich um Entschuldigung für sein respektloses Verhalten gebeten, aber du meintest nur, ich könne schließlich nichts für seine Frechheiten, oder jedenfalls nicht für alle. Ich sagte, das sei auch meine Meinung, und fand wirklich, du hattest es klug und einsichtsvoll ausgedrückt. Ich fühle mich tatsächlich nicht für alles verantwortlich, was dem vorlauten Herrn Skrindo in den Sinn kommt.

Etwas sagt mir, dass mein Vater mit ihm anders umgesprungen wäre. Hätte er Herrn Skrindo kennengelernt und sich mit dessen idealistischen Vorstellungen von Wahrheit und Aufrichtigkeit konfrontiert gesehen, hätte er ihn mir wohl vom Arm gerissen und ihm den Hals umgedreht oder, wahrscheinlicher: ihn in den Ofen geworfen.

Mein Vater war mir gegenüber nicht gewalttätig. Dazu hatte er auch nie einen Grund. Wie tolerant er war, muss dennoch eine offene Frage bleiben. Ich habe ihn niemals auf die Probe gestellt. Aber Pelle hätte er wohl kaum gewähren lassen.

Pelle ist seit Schulbeginn und fast mein ganzes Leben hindurch meine wichtigste Stütze. Eine kleine Unterbrechung waren die Jahre, in denen ich mit meiner Frau zusammenlebte. Damals fristete er ein kümmerliches Dasein in einem Kleiderschrank, und er tat mir von Herzen leid. Als er dann doch aus dem Schrank herauskam, tat es mir weh, mit ansehen zu müssen, wie sehr meine Frau ihn verabscheute.

Wenn ich als Kind mit Pelle sprach, oft hinter der Scheune oder in der Schreinerwerkstatt, dann immer laut. Ich redete mit meiner eigenen Stimme, und Pelle lieh sich für die Antwort eine etwas tiefere, rauhere Stimme von mir. Obwohl geliehen, war diese Stimme ganz und gar seine. Dass er von meiner Kehle abhängig war, wenn er sich artikulieren wollte, änderte daran nichts. Schon damals plapperte er öfter wild drauflos, und ich ärgerte mich, weil am Ende ich es war, der heiser wurde und einen wehen Hals bekam, nicht er. Stoffpuppen kennen keine Halsschmerzen.

Es war nie schwer zu hören, welcher von uns das Wort führte. Wir hatten nicht nur unterschiedliche Stimmen, wir hatten auch ein unterschiedliches Temperament, und unsere Meinungen zu vielen Themen gingen oft sehr stark auseinander. Bedenkt man, wie eng wir immer zusammengelebt haben, ist es bemerkenswert, wie selten wir einer Meinung waren.

Unsere Meinungsverschiedenheiten betrafen etwa so wichtige Fragen wie die, wann wir miteinander reden sollten und wann einer von uns seine Ruhe zu haben wünschte. Vor allem abends, wenn ich vor der Nacht zur Ruhe kommen möchte, pflegt Pelle besonders munter und redselig zu werden, und ich habe ihn im Laufe der Jahre oft zum Schweigen bringen müssen. Peinlich wurde das auch einige Male: Ich muss ja am nächsten Morgen zur Arbeit. Als Klassenlehrer habe ich ausgeruht zu sein. Pelle nicht. Er kann es sich morgens zu Hause gemütlich machen. Erst in fortgeschrittenem Alter habe ich es mir zur Gewohnheit gemacht, ihn einfach vom Arm zu schütteln, wenn ich ihm nicht mehr zuhören will. In jungen Jahren war ich nicht so herzlos.

Es konnte aber auch genau umgekehrt sein, das will ich nicht leugnen; so gesehen sollte ich mich vielleicht nicht gar zu sehr beklagen. Manchmal war ich es, der mit ihm reden wollte, und er blieb stumm wie ein Fisch, weil er aus irgendeinem Grund sauer war und sich an mir rächen wollte. Das war die eine Möglichkeit. Die andere war, dass er in seine eigene Welt abgetaucht und sich selbst genug war. Ich habe mich dann oft abgewiesen gefühlt und versucht, ihn zum Antworten zu zwingen. Ich habe ihn mir auf den linken Arm gesetzt und ihn angeschrien und geschüttelt, aber es hat nichts genutzt.

Als ich älter wurde, brauchte Pelle sich keine Stimme mehr von mir auszuleihen, wenn er mit mir sprach. Damit ließ auch mein Konsum an Halspastillen nach. Der Grund war, dass wir mehr und mehr dazu übergingen, durch eine Art Gedankenübertragung zu kommunizieren; bald brauchten wir nicht einmal mehr im selben Zimmer zu sein, um uns gegenseitig kleine Mitteilungen zukommen zu lassen. Ich erarbeitete mir die Fähigkeit, in meinem Kopf zu hören, was Pelle sagte, und brauchte, um ihm zu antworten, nur an ihn zu denken. Pelle wusste von da an, was ich dachte, ein Kunststück, über das ich noch immer nachgrübele und das mir einen gewissen Respekt abnötigt, weil ich dabei keineswegs an etwas Übernatürliches denke. Deshalb schreibe ich ja »Kunststück«.

Wir haben für diese Art der Kommunikation nie feste Regeln aufgestellt. Es kam durchaus vor, dass ich meine Antworten auf Pelles Einfälle auch dann flüsternd oder durch kleine Zurufe gab, wenn wir physisch außer Reichweite waren. Wenn ich durch Oslo ging oder im Zug oder Bus saß, erregte das gelegentlich Aufsehen, wobei mir in den letzten Jahren gewisse Veränderungen im öffentlichen Leben zugutekamen: Seit es Mobiltelefone mit winzigen an der Jacke oder am Hemd befestigten Mikrofonen gibt, ist mein Verhalten weniger auffällig. Früher dachten die Leute wohl, ich leide am Tourette-Syndrom. Heute bin ich nicht mehr der Einzige, der laut redend durch die Straßen der Stadt – oder den Wald – geht, und wer mich sieht und hört, kann nicht wissen, ob ich mit jemandem wie Pelle spreche oder zum Beispiel mit meiner Frau telefoniere. Beide Male handelt es sich um eine Form drahtloser Verbindung. Drahtlos, aber dennoch perfekt funktionierend.

Das bedeutet nicht, dass wir beide aufgehört hätten, ganz normal miteinander zu reden. In der Regel sitzt Pelle auf meinem Arm, wenn wir ein Gespräch führen, anders kann er heute nur noch selten einen echten Meinungsaustausch mit mir erzwingen. Wenn wir uns nicht im selben Raum befinden und er nicht auf meinem Arm sitzt, kommt es allenfalls zu kurzen Wortwechseln und Zurufen, und manchmal quengelt er auch nur, weil er auf meinen Arm will.

Ich nehme Pelle oft mit auf Reisen, und das nicht nur ihm zuliebe, sondern auch, damit ich einen Gesprächspartner habe. Wenn man allein ist, kann der Tag lang werden, und ich bin kein typischer Fernsehkonsument. Lieber sitze ich mit Pelle auf dem Arm in einem Hotelzimmer, und wir reden über Gott und die Welt. Es interessiert mich durchaus, was Pelle denkt. In Frühstücksräumen sehe ich oft Ehepaare, die nicht miteinander reden, vielleicht, weil es nichts mehr gibt, worüber sie reden könnten. Sie tun mir aufrichtig leid.

Zu meinen Vorträgen in Westnorwegen reist Pelle nicht nur mit, er spielt dabei sogar eine wichtige Rolle: Ich stelle mich dort schon länger nicht mehr aufs Podium und rede allein drauflos, sondern führe einen Dialog mit Pelle. Dass dieses Rollenspiel wesentlich zu meinem Ruhm als Vermittler wissenschaftlichen Fachwissens beigetragen hat, davon bin ich fest überzeugt. »Die siamesischen Zwillinge Jacobsen und Skrindo eroberten die Versammlung im Sturm …«

Ich habe auch versucht, Pelle mit ins Klassenzimmer zu nehmen, zum Beispiel im Grammatikunterricht, aber es war kein so großer Erfolg. Ein paar Jahre lang musste ich mich danach von den Schülern Pelle nennen lassen, wenn nicht von Angesicht zu Angesicht, dann hinter meinem Rücken. Natürlich kam es da zu Gerede im Lehrerzimmer. Ein Kollege wollte wissen, warum die Schüler mich so nannten. Es war derselbe Kollege, der mit deiner Schwester zusammen Physik studiert hatte.

*

Als ich mithilfe eines Vormunds den Hof in Ål verkauft hatte und nach Oslo gezogen war, lebte mein Vater weiter dort oben, und nur wenige Jahre darauf starb er. Er hinterließ eine Lebensgefährtin, oder jedenfalls eine Dame, die unter demselben Dach gelebt hatte wie er. Ich glaube, sie hieß Solveig, aber sie hatten keine gemeinsamen Kinder. Als einzigem Erben fiel mir deshalb eine schöne Stange Geld zu, so viel, dass ich mich oft gefragt habe, wovon mein Vater eigentlich gelebt hat.

Wir hatten uns zuletzt gesehen, als ich noch klein war, aber ein Versuch, seine Vaterschaft zu leugnen, wäre dennoch zum Scheitern verurteilt gewesen, denn ich hatte nicht nur diese Bilder von ihm. Bis zu meinem achtzehnten Geburtstag schickte er mir auch Weihnachts- und Geburtstagskarten, das rechne ich ihm hoch an. Die Karten habe ich bis zum heutigen Tag aufbewahrt.

In meiner Studentenzeit wohnte ich billig in einem der Studentenwohnheime in Kringsjå, aber ich hatte immer Geld in Reserve. Es tat gut zu wissen, dass ich mir jederzeit eine eigene Wohnung kaufen könnte.

Ich habe, wie gesagt, keine Geschwister, aber in Ål leben ein Vetter und eine Kusine von mir. Ich könnte ihre Namen nennen, aber das hätte keinen Sinn. Der Vater der beiden Geschwister war der Bruder meiner Mutter, die sonst keine Geschwister hatte. Onkel Embrik kam kurz nach Mutters Tod bei einem Traktorunglück ums Leben.

Ein Vetter und eine Kusine in Ål waren für mich kein Grund, eine Beziehung zu unserem Dorf aufrechtzuerhalten. Die losen verwandtschaftlichen Bande konnten mich nie zu einem Besuch dort verleiten, weder zu Weihnachten oder Neujahr noch etwa zur Ernte und zum Almabtrieb. Ein paarmal wurde ich eingeladen, zu Hochzeiten zum Beispiel, aber zu einem Besuch ist es nie gekommen.

Wenn ich Kinder hätte, hätten sie vier Vettern oder Kusinen zweiten Grades in Ål. Mir wurden auch schon Fotos dieser Vertreter der jungen Generation geschickt. Zwei von ihnen haben bereits eine eigene Familie gegründet. Vor einigen Monaten erhielt ich eine MMS mit dem Bild eines neugeborenen Kindes. Ich glaube, es war ein Junge. Es war nichts an ihm auszusetzen.

Ich reise gern, und vor allem liebe ich Streifzüge durch mein eigenes Land, das ich wirklich in alle Himmelsrichtungen durchfahren habe, obwohl ich im Urlaub auch schon in anderen Ländern war, in Schweden und Dänemark etwa. Einmal habe ich sogar Island und die Färöer besucht. Aber nach Ål fahre ich nie, und das hat nur einen einzigen Grund: Ich fahre nicht nach Ål, weil ich dort aufgewachsen bin. Dort habe ich in meinen ersten Jahren mit einem Vater und einer Mutter zusammengewohnt – oder aber mit einer Mutter und der Vater kam in regelmäßigen Abständen zu Besuch.

In den Fünfziger- und Sechzigerjahren war es nicht leicht, eine alleinstehende Mutter zu sein, und ich stelle mir vor, dass es umso schwieriger gewesen sein muss, je enger und abgelegener das Tal war, in dem man lebte. Auch dem Kind haftete ein unauslöschliches Stigma an. Ich bin mir nicht sicher, ob das Urteil der Umwelt gnädiger ausfiel, weil der Vater bisweilen zum Übernachten kam. Es wäre wahrscheinlich besser gewesen, er hätte sich überhaupt nicht blicken lassen, und er zog daraus, noch ehe der Junge eingeschult wurde, die richtige Konsequenz.

Aber natürlich wusste die ganze Klasse, dass Mutter und ich allein auf unserem Hof wohnten und mein Vater ein Herumtreiber war. Ich hörte zudem Kommentare über die Warze auf seiner Nase und phantastische Vermutungen darüber, aus welchem Grund ihm diese Warze gewachsen war. Zu den vermuteten Gründen zählte nicht nur, dass er aus Bergen kam.

Ich könnte sehr viel mehr über dieses Thema erzählen, aber ich denke nicht, dass es nötig ist.

Um nur eines noch klarzustellen: Ich will hier nichts Böses sagen, weder über die Gemeinde Ål noch über die Menschen, die dort leben oder lebten. Wenn ich in Oslo oder in Bergen aufgewachsen wäre, in Årvoll zum Beispiel oder in Fyllingsdalen, hätte ich mir durchaus vorstellen können, mich in Ål niederzulassen. Das Dorf besitzt heute ein gewisses kulturelles Leben, im Fluss gibt es noch immer Fische, und nach einer kurzen Autofahrt hat man den Landesteil erreicht, der vor zwei Jahrzehnten plötzlich und auf amtlichen Beschluss hin den Namen Skarvheimen erhielt.

In meinen Jugendjahren bin ich oft allein dort oben durch die Berge gewandert, vor allem, als ich endlich ein Moped hatte. Ich bekam es zu meinem sechzehnten Geburtstag von meiner Mutter; vielleicht hat sie es auch von Geld gekauft, das ihr mein Vater überlassen hatte. Nachgedacht habe ich darüber erst später, nachdem ich so viel von ihm geerbt hatte. Aber auch bevor ich sechzehn war, hat es mich in die Berge gezogen. Entweder habe ich mit dem Fahrrad den Weg des Milchwagens genommen, oder ich bin von Ål aus zwanzig Kilometer über steile, mit Birken bewachsene Hänge bergauf gestrampelt. Zum Ausgleich konnte ich mich dann auf dem ganzen Heimweg über Leveld und Votndalen bergab rollen lassen.

Ich bin nie per Anhalter gefahren, obwohl es damals schon etwas Autoverkehr in den Bergen gab, vor allem in den Sommermonaten, wenn die Besitzer der Ferienhäuser in unserem Tal und den Nebentälern unterwegs waren. Es gab zwar weniger Autos als heute, dafür war die Chance, dass eins anhielt, um einen Tramper mitzunehmen, größer. Auch auf den Straßen herrschte eine gewisse Art von Gemeinsinn. Nur die wenigsten konnten sich ein eigenes Auto leisten, und Trampen galt nicht als ehrenrührig. Mir selbst war es nur zu nervenaufreibend, mit erhobenem Daumen am Straßenrand zu stehen und nicht zu wissen, wer irgendwann anhalten und mich einsteigen lassen würde, und aus welchen Motiven. Mit belegten Broten und anderen notwendigen Dingen steckte immer auch Pelle in meinem Rucksack, und ich hatte Angst, jemand Fremdes könne hineinschauen und Herrn Skrindo etwas antun.

Die Menschen im Dorf wussten nicht nur über meinen Vater Bescheid, sondern auch über Pelle. Allerdings kam es nur ein einziges Mal vor, dass jemand ein Gespräch zwischen Pelle und mir mitanhörte, und zwar in Nysetlia, als ich wieder einmal unterwegs in die Berge war. Zwei Mädchen aus meiner Klasse gingen zwischen den Birken herum und pflückten Blaubeeren, als ich, mit der Rechten das Fahrrad schiebend und Pelle auf der Linken, die Straße heraufkam. Pelle hatte einen schlechten Tag und redete wie ein Wasserfall, aber ich hielt mit lauter Stimme dagegen. Die Mädchen machten sich erst nach einer ganzen Weile bemerkbar. Sie kicherten und lachten, und die Geschichte verbreitete sich wie ein Lauffeuer in Leveld und Ål.

Ich begriff sehr früh, dass mein Vater nicht der einzige Grund war, warum ich von den Gleichaltrigen verprügelt wurde. Mir ging schon damals auf, dass es auch an meiner Person etwas geben musste, was diese unschöne Behandlung herausforderte. Auch heute, als erwachsener Mann, besitze ich genügend Selbsterkenntnis, um mich als der Eigenbrötler und Außenseiter zu sehen, der ich bin.

In Orten wie Ål gab es damals kein kollektives Vergessen. Ansätze dazu machten sich bemerkbar, als das Fernsehen seinen Einzug hielt, aber erst in den siebziger Jahren waren die Fernsehapparate flächendeckend verbreitet. Das alte Dorfkino in der Sundrehall hielt die Gerüchteküche noch zusätzlich warm, und dasselbe galt für das Gebetshaus. Ich selbst ging in meinen frühen Jahren so gut wie nie ins Kino. Und niemals setzte ich einen Fuß ins Gebetshaus. Aber ich ging manchmal in die Kirche. Dort konnte ich mit anderen Menschen zusammen sein, sie ansehen und erleben, vielleicht sogar einige Worte mit ihnen wechseln und dennoch meine Ruhe haben.

Buchstäblich wie bildlich gesprochen gab es in der Kirche mehr Raum zum Atmen als im Gebetshaus. Ich fühlte mich in dieser Atmosphäre so wohl, dass es durchaus dazu beigetragen haben könnte, mich viele Jahre später für Religionswissenschaften als zweites Nebenfach neben einem eher linker Hand absolvierten Grundstudium der Philosophie zu entscheiden.

Im Vordergrund stand hier natürlich das fachliche Interesse, und der Vorteil dieser Entscheidung war, dass ich nun zwei Gymnasialfächer unterrichten konnte: Norwegisch, da Nordistik mein Hauptfach gewesen war, und Religion. Mit meinen Fächern hatte ich eine solide Grundlage auch für mein zweites Fach, in dem es ja nicht nur um die Weltreligionen, sondern auch um Ethik und, in geringerem Maße, so etwas wie Lebensphilosophie geht.

Auf dem Weg mit dem Zug nach Bergen fahre ich oft durch Hallingdal, und beim Halt in Ål habe ich nicht selten Tränen in den Augen und wildes Herzklopfen. Wenn der Zug sich dann wieder in Bewegung setzt, packt mich manchmal die Scham, dass ich mich so von nostalgischen Gefühlen habe hinreißen lassen. Selbst wenn der Zug einige Minuten im Bahnhof steht, verlasse ich nie meinen Platz am Fenster und steige aus; wahrscheinlich würde ich auf dem Bahnsteig zusammenbrechen. Außerdem ist es durchaus vorstellbar, dass einer meiner früheren Klassenkameraden jetzt bei der Eisenbahn arbeitet oder auch gerade auf Reisen ist.

Zwei Mal bin ich auf dem Weg nach Aurland oder Geilo mit dem Auto durch Ål gekommen, aber nun ist schon länger die Umgehungsstraße gebaut. Vom Zug aus kann ich noch immer den Hof sehen, auf dem ich damals gewohnt habe. Von der neuen Straße aus ist das nicht möglich.

Ein einziges Mal, es muss ungefähr zehn Jahre nach meinem Umzug in die Hauptstadt gewesen sein, habe ich diesen Zug in der ausdrücklichen Absicht genommen, unseren alten Hof zu sehen. Ich stieg in Finse aus und atmete die frische Gebirgsluft, ehe ich mich in den Zug zurück nach Oslo setzte. Auch auf der Rückfahrt schaute ich zum Hof hoch. Jetzt wohnten dort andere Menschen. Ich fragte mich, ob wohl auch Kinder darunter waren.

Später bin ich auch die alten Wege durchs Gebirge gegangen, ohne durch eines der vertrauten Dörfer zu kommen. Das mag seltsam klingen, aber im Sommer führt dort eine private Mautstraße, der sogenannte Fanitullvei, von Hemsedal hinauf und weiter nach Ål in Hallingdal. Im Sommer kann man also den Gipfel des Reineskarvet erreichen, ohne Leveld oder Vats passieren zu müssen.

Mit den Bergen in Hallingdal habe ich nie gebrochen. Ich denke nicht schmerzlich an sie, nur sehnsüchtig. Und es erschien mir nie ganz ungefährlich, mich durch diese Landschaft zu bewegen. Jederzeit hätte ich dort jemandem von früher begegnen können, denn längst begeistert sich auch die Landbevölkerung für Bergwanderungen. Es ist nun doch fast hundertfünfzig Jahre her, dass Slingsby die Bauern Westnorwegens in Angst und Schrecken versetzte, weil er in die Berge und, schlimmer noch, auf einen Gipfel steigen wollte.

Für den Fall einer unerwünschten Begegnung – zum Beispiel mit demjenigen, der *wusste*, warum mein Vater eine Warze auf der Nase hatte – legte ich mir vorsichtshalber eine brauchbare Erklärung zurecht. Ich wollte erzählen, dass ich von Hemsedal heraufkäme und mich aus einem ganz besonderen Grund in der Gegend aufhielte. Ich hatte mir sogar eigens ein paar Geschichten ausgedacht, die ich im Fall der Fälle aus dem Hut hätte ziehen können.

Eine der Bergtouren in meiner alten Heimat unternahm ich zusammen mit der Frau, mit der ich verheiratet war. Sie hielt den Straßenatlas des Automobilverbandes auf den Knien und wollte nicht einsehen, warum wir auf dem Weg zurück ins Flachland dieselbe steile und holprige Straße nehmen mussten wie auf dem Hinweg, wo es doch kürzer und bequemer gewesen wäre, über Leveld und Votndalen zum Riksvei 7 zu fahren, mit anderen Worten: die Strecke durch Hallingdal zu nehmen. Aber Entfernungen sind bisweilen relativ, und ebenso verhält es sich mit der Bequemlichkeit. Es gibt etwas, das Idiosynchrasie heißt. Mir kam der Weg durch Hemsedal kürzer und bequemer vor.

Einige Tage zuvor hatte ich meiner Frau zum ersten Mal etwas ausführlicher von meiner Kindheit in Ål und auch von meiner Zeit als Mobbingopfer erzählt. Dass ich ohne Vater aufgewachsen war, war ihr seit unserer ersten Begegnung bekannt, und es hatte sie nicht übermäßig beschäftigt. Aber die Vorstellung, mit einem Mobbingopfer verheiratet zu sein, konnte sie nicht ertragen. Es war, als ob etwas von dieser Schande nun auch auf sie abfärbte.

Erst kurz vor dieser Bergtour hatte Reidun Pelle gefunden, im Kleiderschrank, genauer gesagt, in einer der Schubladen, die nur mir gehörten. Als ich von einer Sondersitzung des Schulkollegiums kam, stand sie im Flur und fuchtelte mit ihm herum. Mir blieb nichts anderes übrig, als ihn ihr vorzustellen. Ich streifte ihn über den linken Arm und begann ein freundschaftliches Gespräch mit ihm. Er sprach mit seiner charakteristischen Stimme, die nun nicht mehr tiefer war als meine, eher ein wenig höher, was daran lag, dass ich irgendwann den Stimmbruch durchgemacht hatte. Herrn Skrindos Art zu reden hatte sich nicht geändert. Gegenüber Reidun gab er den Charmeur, aber sie ließ sich nicht bezirzen. Wirklich überrascht hat mich das nicht. Ich hatte so etwas geahnt und ihn genau deshalb im Kleiderschrank versteckt.

Meine Frau war schön, jedenfalls hatte sie schöne Augen, aber zu Tändeleien neigte sie nicht. Sie hatte keinen Sinn für Rollenspiele, in keiner Hinsicht. Ein einziges Mal hatte ich versucht, sie mit Sonnenbrille, weißer Schirmmütze und knallbunten Bermudashorts verkleidet zu verführen, und geendet hatte es in einem Desaster. Noch Wochen danach war sie unnahbar, ich glaube sogar, noch Monate. Nicht viel besser erging es mir, als ich eines Abends ihr hellrotes Nachthemd anzog und mich auf ihre Seite des Bettes legte. Da wurde sie wütend.

Wenn ich nach all der Zeit meiner Frau ein Kompliment machen sollte, dann dieses, dass sie sehr ordnungsliebend war und auf keine Weise affektiert. Wir tranken zusammen Wein und unterhielten uns nett, aber beschwipst habe ich Reidun nie erlebt.

Die Bergtour war ein Versuch meinerseits, unsere Ehe noch zu retten, aber es gelang mir nicht. Ich hatte die seltsame Vorstellung, Reidun werde sich vielleicht von Felsrücken und wildromantischen Almwegen entzücken lassen, und hoffte außerdem, sie könnte dann auch die weniger schönen Seiten meiner Kindheit in einem anderen Licht und mit versöhnlicherem Blick sehen. Aber sie war unbestechlich. Je mehr ich betonte, dass eben diese Gebirgswelt in meiner Jugend mein Zufluchtsort gewesen sei, desto mehr zog sie sich zurück. Ich fühlte immer stärker den Drang, sie zu beeindrucken, und prahlte mit wundersamen Taten, die ich in den Bergen vollbracht haben wollte. Den Ausdruck »wundersame Taten« verwendete ich wohl wissend, dass Reidun »Peer Gynt« niemals gelesen oder gesehen hatte. Sie wusste kaum, wer Peer Gynt war. Aber sie war unbestechlich. Sie sah nur den Schatten eines erbärmlichen Mobbingopfers in den Bergen herumstiefeln. Anders als Grethe Cecilie war sie keine Naturmystikerin. Ich zeigte ihr noch Lauvdalsbrea und erzählte, dass Peder Skrindo alias Pelle und ich oft dort oben gesessen und tiefschürfende Gespräche über die Mysterien des Universums geführt hatten. Aber auf diesem Ohr war sie taub.

Meine Frau hatte also keinerlei Verständnis für meine Weigerung, den vermeintlich kürzeren und bequemeren Heimweg zu nehmen. Ich meinerseits konnte nicht nachgeben, hatte absolut keinen Verhandlungsspielraum. Es sei für mich schlicht und ergreifend unmöglich, durch Hallingdal zu fahren, beteuerte ich und setzte meinen Willen durch.

Als wir uns Sokna näherten, sagte sie, sie müsse pinkeln, und ich hielt an und ließ sie beim Rustad Café aussteigen. Es war das einzige Mal, dass wir auf dieser langen Autofahrt miteinander sprachen. Ich blieb hinter dem Lenkrad sitzen und wartete, bis sie zurückkam. Ich weiß nicht einmal mehr, ob ich den Motor ausgemacht habe.

Eine Stunde darauf waren wir wieder zu Hause. Ich konnte mir sicher sein, dass Pelle noch im Schrank lag, denn seit er aufgetaucht war, betrat Reidun das Schlafzimmer nur noch in meinem Beisein. Aber in dieser Nacht lag ich noch lange wach und wartete, bis sie eingeschlafen war, denn ich hatte Angst, dass sie sich an ihm vergreifen könnte.

*

Nach der Grundschule ging ich aufs Hallingdal-Gymnasium in Gol, einige Dutzend Kilometer weiter unten im Tal. Es tat gut, anderen Jungen und Mädchen zu begegnen als denen aus Ål, aber Wörter sind ansteckend, damit kenne ich mich aus, denn so ist es schon seit Jahrtausenden, und bald wussten fast alle an der neuen Schule, wer ich war.

Ich stand auf dem Schulhof, unterhielt mich mit einem Mädchen aus Nes, und urplötzlich, als gäbe es auf der Welt nichts Wichtigeres, verlangte sie eine Erklärung für die Warze auf der Nase meines Vaters. Ich hatte den Mann seit über zehn Jahren nicht mehr gesehen, und immer noch verfolgte mich diese Warze! Ein andermal sprach mich ein hinreißendes Mädchen darauf an, ob ich wirklich mit Puppen spielte. All das war viele Jahre nach der Begegnung mit den beiden Mädchen, die in Nysetlia Blaubeeren gepflückt hatten.

Dass ich schon mit sechzehn mein eigenes Moped hatte, beeindruckte meine Mitschüler so sehr, dass sie mich für eine Weile weniger schikanierten. Dennoch fuhr ich mit dem Schulbus zur Schule. Die Strecke Ål–Gol–Ål war zu weit für das Moped, und teuer war es überdies. Aber schon sechs Wochen nach meinem achtzehnten Geburtstag machte ich den Führerschein und kaufte mir für das Geld, das ich in den Sommermonaten beim Lebensmittelhändler Bergo verdient hatte, einen Gebrauchtwagen. Im letzten Jahr auf dem Gymnasium hatte ich also ein eigenes Auto, und anders als die meisten anderen Altersgenossen fuhr ich in meinem eigenen fahrbaren Untersatz bei der Schule vor. Ich stellte meinen klapprigen Ford auf dem Lehrerparkplatz vor dem Schulhaus ab, und natürlich erregte das ziemliches Aufsehen. Ich glaube, dass ich von da an in Ruhe gelassen wurde. Ich blieb zwar bis zum Ende der Schulzeit ein Eigenbrötler, aber von nun an einer mit eigenem Auto. Manchmal wurde ich am Wochenende als Chauffeur angeheuert, damit die anderen trinken konnten. Vorübergehend konnte ich mich dann als einer von ihnen fühlen.

Was mich auf dem Gymnasium rettete, war ein inspirierender Norwegischlehrer. Er hieß Harald Indreeide und kam aus Sunnmøre. Es ist keine Übertreibung, wenn ich sage, dass er mich zu dem gemacht hat, der ich heute bin. Er weckte mein Interesse für Sprache und Sprachgeschichte, vor allem für die altnordische Kultur mit der Sagaliteratur und dem alten Mythenschatz als eigentlichem Silberschmuck an der Nationaltracht. Obwohl wir hier, zugegeben, den Isländern blutiges Unrecht tun. Die altnordische Literatur ist bekanntlich nicht »altnorwegisch«, sondern isländisch.

Im Lehrbuch wurden die »indogermanischen Sprachen« nur kurz als Hintergrund des Germanischen und Urnordischen vorgestellt. Aber meine Neugier war geweckt. Ich hatte Hunger nach mehr. Als ich darauf aufmerksam wurde, dass es eine mögliche indogermanische Verbindung auch zur altnordischen Mythologie gab, geriet ich auf die Fährte, auf der ich mich noch heute bewege. Wie es der Zufall wollte, hatte Herr Studienrat Indreeide auch seinen Georges Dumézil gelesen. Er war, wie er ausdrücklich betonte, dankbar für einen Schüler wie mich, und er fing an, mir Bücher zu leihen. Noch ehe ich nach Oslo kam, war mein weiterer Weg vorgezeichnet. Ich war bereits Philologe.

Dem Norwegischlehrer am Gymnasium von Hallingdal kommt jedoch nicht alle Ehre für meine fachliche Entwicklung zu. Bei den Hausaufgaben – ich würde fast sagen, meinen ersten Studien – war mir Peder Skrindo eine große Hilfe. Er half mir jeden Tag, das Gelernte zu repetieren, und er besaß faszinierenderweise ein besseres Gedächtnis als ich. Von uns beiden war er eindeutig das hellere Köpfchen, ein Umstand, den ich meinen Mitschülern niemals hätte anvertrauen können. Nicht einmal Harald Indreeide ahnte, dass ich selbst im Fach eher dilettierte und vieles nur im Gespann mit Pelle zuwege brachte. Sowohl in der Vorzensur als auch bei der Abiturprüfung bekam ich die Bestnoten im schriftlichen und mündlichen Norwegisch, aber eigentlich müsste ich »wir« schreiben.

Einmal, einige Jahre später, rutschte Herrn Skrindo heraus, er sei ein »Skrindogermane«. Auch bei solchen Wortspielen ist er mir weit überlegen.

Nach den vorgeschriebenen Einführungskursen begann ich dann, Norwegisch zu studieren, oder Nordistik, wie es offiziell hieß. Ich war Norweger, und damals wäre es mir unvorstellbar gewesen, zum Beispiel Französisch oder Italienisch zu studieren. Dass zur Nordistik auch ein gutes Stück Schwedisch und Dänisch gehörte, fand ich exotisch genug. Ganz zu schweigen vom Altnordischen. Das war etwas anderes als Schwedisch und Dänisch, aber für mich nicht weniger magisch. Wir sprechen hier von der eigentlichen Wurzel meiner Muttersprache, die ja ein Zweig des Norwegischen oder Nordgermanischen ist. Und mein Germanisch war nun seinerseits nur einer von mehreren Zweigen am indogermanischen Sprachenbaum, dessen andere Zweige von den indoiranischen, keltischen, italischen, baltischen und slawischen Sprachen sowie vom Griechischen, Armenischen und Albanischen gebildet werden. Nicht zu vergessen die ausgestorbenen Sprachgruppen und Sprachen wie die anatolischen Sprachen oder das Tocharische.

Eine besondere Stellung innerhalb des Faches Norwegisch hatte übrigens eine schillernde Disziplin inne, die wir damals »Mündliche Sprache« nannten und die in gewisser Hinsicht von mir selbst handelte. Ich war ein lebendes Beispiel für mündliche Sprache, genauer gesagt für die eines bestimmten Tals. Täler, Fjorde und Berge haben die vielen norwegischen Dialekte geschaffen und am Leben erhalten. Man reiste erst durch die Berge in andere Täler, als die Osloer Elektrizitätswerke neue Straßen angelegt hatten, weil nur so die Wasserkraft im Land erschlossen werden konnte. Von ihr, der Wasserkraft, hingen unsere Zivilisation und unser wachsender Lebensstandard so lange ab, bis wir in der Nordsee Öl fanden.

Zu Beginn der siebziger Jahre war es in bestimmten Milieus noch peinlich, einen Dialekt zu sprechen. Das galt jedoch nicht für die Studierenden am Nordischen Institut, und auch nicht für das Volkskundliche Seminar, an dem man damals eines der angesagtesten Kulturfächer studierte. Dort galt es als Ehre, einen waschechten Dialekt zu beherrschen, vor allem, wenn man mit archaischen Wörtern und Ausdrücken oder extravaganten Dativformen und aufregenden Pluralbeugungen der Verben brillieren konnte. Hinter so etwas lagen immer uralte Deklinationen und Konjugationen auf der Lauer. Ein Dialekt wie mein eigener enthielt lebende Spuren prähistorischer Muster aus indogermanischer Zeit.

Ich will mich aber nicht in der Philologie verlieren. Ich möchte nur noch hinzufügen, dass ich die ganze Zeit vollkommen zweisprachig war. Die Sprache von Hallingdal beherrsche ich bis heute aus dem Effeff. Aber genauso tadellos ist seit meinem ersten Tag in Oslo mein Standardnorwegisch. Ich hatte einen Vater, der Wert auf seine Sprache legte. Wichtiger ist aber wohl, dass ich so viel norwegische Literatur gelesen habe und dass ich vor allem immer schon ein gutes Ohr für Sprachen hatte.

Die Wahl zwischen zwei Sprachformen ist bisweilen auch eine Frage des Nutzens. Es kann von Vorteil sein, wenn deine Sprache nichts über deine Herkunft verrät; in anderen Situationen ist es vielleicht ein Vorteil, den Dialekt von Hallingdal zu sprechen. In den letzten Jahren ist es fast die Regel, dass ich Pelle auf Standardnorwegisch anspreche, während er mir auf Hallingdalisch antwortet. Oder umgekehrt. Keiner von uns hat ein Problem mit diesem sprachlichen Rollentausch. Wir sind beide gleich zweisprachig.

Ich weiß nicht, Agnes, ob du dir irgendwelche Gedanken über meine Sprache gemacht hast. Wenn ich raten soll, vermute ich, dass nicht, denn wenn ich auch kein typisches Ostnorwegisch spreche, so drücke ich mich doch dem Standard entsprechend aus. Aber warte nur bis zu unserer nächsten Begegnung, denn dann werde ich auf Hallingdalisch anno 1960 umschalten. Deine Reaktion darauf stelle ich mir witzig vor.

Keine Angst, ich will dir nicht zu nahetreten! Ich weiß ja nicht einmal, ob wir uns jemals wiedersehen werden.

*

In den ersten Monaten in Oslo lebte ich als Hippie. Das erwähnte ich ja schon. In dieser Szene habe ich Marianne und Sverre kennengelernt, und außerdem Jon-Jon, der, vielleicht mit Ausnahme von Pelle, mein einziger wirklicher Freund gewesen ist. Leider dauerte unsere Freundschaft nur kurze Zeit, ein paar Wochen, oder lass es einen Monat gewesen sein.

Aber genug davon! Das ist eine ganz andere Geschichte und gehört in eine ganz andere Zeit. Damals war es so, dass ich in meiner Einsamkeit irgendeine Form von Gemeinschaft suchte, und diese Suche führte mich in den Schlosspark. Ich war nicht der Einzige, der allein in die Hauptstadt gekommen war. Einige von uns fanden zueinander, und wir versuchten, uns hinter den jeweils anderen zu verstecken. Ich glaube, viele von uns waren damals mehr als durchschnittlich belesen, aber es ist gut möglich, dass ich mich hier irre.

Du hättest uns oben auf dem Nisseberget sehen sollen, in unseren typischen Hippiegewändern! Niemand hätte mich da für ein Landei aus Ål gehalten!

Als kleine Kuriosität möchte ich erwähnen, dass ich mich in diesen Kreisen Pelle nannte. Pelle selbst konterte damit, dass er sich, als ich ihn Jon-Jon als Herrn Skrindo vorstellte, Jakop nannte. Wozu das Ganze gut sein sollte, weiß ich nicht mehr. Ich hatte wohl das Gefühl, in dem ganzen Hippietheater eine *Rolle* spielen zu sollen. Vielleicht erschien mir Jakop aber auch nur nicht als passender Name für ein Blumenkind. An der Universität dagegen blieb ich Jakop Jacobsen, wie es ja auch in meinen Immatrikulationspapieren stand. So gesehen hatte ich zwei Identitäten. Während ich im Lesesaal saß oder im Sophus-Bugge-Haus Vorlesungen hörte, saß Pelle zu Hause in Kringsjå auf der Fensterbank und wartete auf mich.

Ein purer Zufall war es allerdings nicht, dass ich mich ausgerechnet zu den Blumenkindern im Park hingezogen fühlte. Die Hippiebewegung war in vieler Hinsicht eine philosophische Bewegung, teilweise mit indischen Wurzeln. Schon bevor ich nach Oslo gekommen war, hatte ich mich von der indischen Philosophie inspirieren lassen, vor allem von der *Advaita Vedanta* genannten Schule.

Das Sanskritwort *advaita* bedeutet nicht-zwei oder nicht-zweifaltig. Wir haben es also mit einer monistischen oder nicht-dualistischen Philosophie zu tun. Das *a* in *a-dvaita* ist das uralte Verneinungspräfix, wie wir es aus dem griechischen *a-* (in *A*-gnostiker) und dem deutschen *un-* (in *un*-möglich) kennen, und *dvaita*, der Name der dualistischen Philosophie in Indien, ist verwandt mit dem norwegischen Zahlwort *to*, vom urindogermanischen **dwo-*, auf Gotisch *twai*, Deutsch *zwei*, Englisch *two*, Latein *duo*, Kymrisch *dwy*; die indogermanische Verwandtschaft zeigt sich zudem deutlich im schwedischen *två* und in Ausdrücken und Wörtern wie *zweideutig, Zweikampf, Zwiebel, Zweifel, Zwille* und *zwo*. Fast alle indogermanischen Sprachen haben dieses protoindogermanische Zahlwort behalten, und *dvaita* ist natürlich verwandt mit dem lateinischen Fremdwort *Dualismus*, sowohl etymologisch als auch in seiner philosophischen Bedeutung.

Also – und hier habe ich mich nachträglich darüber geärgert, dass ich das Ylva gegenüber nicht präzisiert habe, als ich ihr nach der Beerdigung ihrer Tante auf dem Waldweg begegnet bin –: Nicht nur die indogermanischen Wörter sind verwandt, sondern mehrere indogermanische *Denkweisen* zeigen eine vergleichbare Verwandtschaft, denn der Gedanke folgt dem Wort und umgekehrt. Zugegeben, es gab natürlich auch einen bedeutenden kulturellen Kontakt zwischen Indien und den Ländern um das Mittelmeer, darauf hätte Ylva sicher hingewiesen. Ich möchte aber dennoch festhalten, dass wir in der indischen Philosophie einen philosophischen Dualismus finden *(dvaita)*, wie wir ihn auch von westlichen Denkern wie Platon und Descartes kennen. Beim Vorsokratiker Heraklit finden wir Gedanken, die an Buddhas Philosophie erinnern; beide lebten ungefähr zur selben Zeit, aber bevor buddhistische Missionare die Mittelmeerländer erreichten. Auch ihren Spinoza hatte die indische Philosophie. Er hieß Shankara und lebte zu Beginn des neunten Jahrhunderts. Er entwickelte ein philosophisches System, das auf der Advaita-Philosophie aufbaute – eben einer nicht-dualistischen *(a-dvaita)* oder pantheistischen Philosophie. Ihr zufolge gibt es keine Trennung zwischen dem Göttlichen und dem Weltlichen. Dass wir eine solche Trennung erleben, liegt nur an *maya*, einem Blendwerk oder einer Illusion. Aber alles, was existiert, ist eine einzige unteilbare Einheit. Alles ist Gott.

Als ich zum ersten Mal zu den Hippies in den Schlosspark kam, hatte ich die »Upanishaden« und die »Bhagavad Gita«

gelesen, die in Wirklichkeit nur ein kleiner Einschub im »Mahabharata« ist, diesem mächtigen Epos mit seinen hunderttausend Doppelversen, dem größten Heldenepos der Welt. So gesehen stand ich in dieser Szene auf eigenen Beinen.

Ich musste jedoch sorgsam darauf achten, mich nicht zu akademisch auszudrücken. Ich erwähnte diese Dinge immer nur nebenbei und pflegte im Übrigen das freie und dennoch auf Tiefsinn bedachte Assoziieren in Hippiemanier. Das machte Eindruck. Ich verkniff es mir auch nicht, einige Sanskritbrocken fallen zu lassen. »*Aham brahmasmi*«, sagte ich bisweilen: »Ich bin Brahman« oder »Ich bin das Weltall«, »Ich bin das, was ist«. Oder ich zeigte müde auf einen Rosenstrauch irgendwo am Hang und erklärte, ohne die Stimme zu heben, aber im Brustton einer beinahe bodenlosen Erkenntnistiefe: »*Tat tvam asi!* – Das bist du!«

Dieser Rosenstrauch, das bist du! Ich erwähnte *nicht*, dass *tat* etymologisch mit *das* verwandt ist, *tvam* mit *du* und *asi* mit bestimmten konjugierten Formen von *sein*. Es wäre gewesen, als hätte ich einer Seifenblase einen Tritt versetzt, und meine Karriere auf dem Nisseberget wäre zu Ende gewesen, noch ehe sie eigentlich begonnen hatte.

*

Nach diesen ersten Monaten in der Hauptstadt begann ich, Beerdigungen zu besuchen. Oder nein, so unpräzise sollte ich es nicht ausdrücken. Ich »begann« nicht wirklich mit etwas. Vielmehr war es so, dass Pelle und ich zusammensaßen und in *Aftenposten* blätterten, als mein Blick auf eine Todesanzeige fiel, die sofort mein Interesse weckte – um nicht zu sagen, meine Sehnsucht nach etwas, was ich offenbar vermisste.

Hinter all den flirrenden Personennamen erahnte ich die

Umrisse einer großen Familie, die sich nun, da der Paterfamilias von ihr gegangen war, zu treffen anschickte. Die Anzeige strotzte geradezu vor Zusammengehörigkeitsgefühl und Familiensinn, und ein wichtiger Satz am Ende besagte, dass alle nach der Beisetzung zu einer kleinen Gedenkfeier eingeladen seien.

Ich packte den dunklen Anzug aus, den ich aus Ål mitgebracht hatte; es war mein Konfirmationsanzug, denn einen anderen besaß ich damals nicht. In ihm besuchte ich meine allererste fremde Beerdigung. Man könnte es als mein Debüt bezeichnen, obwohl dieser Ausdruck erst jetzt, im Nachhinein, zutreffend erscheint. Beim ersten Mal hielt ich es für ein einmaliges Ereignis, eine Art soziales Experiment.

Ich glaube nicht, dass mein Gefühlsleben weniger stark ausgeprägt ist als das der meisten anderen Menschen. Vielleicht bin ich in einigen Zusammenhängen sogar sensibler als viele andere, zum Beispiel lasse ich mich leicht zu Tränen rühren. Nur besonders schreckhaft war ich noch nie. Was ich für den Besuch fremder Beerdigungen mitbrachte, war die Erfahrung mit meiner Hippierolle. Bei einer vielbesuchten Beerdigung aufzutauchen kam mir jedenfalls nicht kühner vor, als das Blumenkind zu geben. Auch Beerdigungen sind eine Art Theater, wenn auch mit einem düstereren Gepräge als das farbenfrohe Spiel der Hippies.

Ich schwitzte nicht und hatte auch keinen beschleunigten Puls, als ich die Kirche von Nordstrand betrat. Die Kirche war voll besetzt, was mich nach den vielen Namen unter der Todesanzeige nicht überraschte. Ich war zudem mit den großen Bauernbeerdigungen in Hallingdal aufgewachsen.

Es gab mehrere Gründe, weshalb ich nicht nervös war. Abgesehen von den Hippies und einigen Kommilitonen, kannte ich niemanden in dieser Stadt, also gab es auch keinen Grund zur Scham. Scham setzt voraus, dass es einen Grund gibt, sich zu schämen. Unser Schamgefühl ist in gewisser Weise ein Luxusphänomen. Nur wer über längere Zeit hinweg mit wenigstens einem gewissen Minimum an sozialen Kontakten lebt, kann sich schämen. Schamlos war ich deshalb nicht, denn auch zur Schamlosigkeit braucht es jemanden, dem gegenüber man beschließt, sich *nicht* zu schämen. Scham und Schamlosigkeit verlangen die »anderen« oder zumindest einen davon, ein »du«. Ich glaube nicht zu übertreiben, wenn ich an der Stelle gestehe, dass du, Agnes, der Mensch bist, dem gegenüber ich mich in meinem Leben am meisten geschämt habe.

Was nun mein Debüt betrifft, so hatte ich mich durch das Lesen eines ausführlichen Nachrufs so gut vorbereitet, dass ich vor einem eventuellen Gespräch darüber, woher ich den Verstorbenen kannte, keine Angst zu haben brauchte. In Hallingdal wäre das nicht nötig gewesen. Dort besuchte man eine Beerdigung auch, wenn man nur aus demselben Tal oder Nebental kam, eine weniger enge Verbindung zu dem Verstorbenen trug einem umso größere Achtung ein. Städtische Beerdigungen erscheinen da wie das genaue Gegenteil.

Ungeübt, wie ich noch war, hielt ich mich bei diesem ersten Mal sorgsam im Hintergrund. Ich hatte mir eine kurze Geschichte darüber zurechtgelegt, wie ich den Verstorbenen kennengelernt hatte, aber sie war weder sonderlich elegant noch gar phantasievoll. Wie ich schon vermutet hatte, brauchte ich nicht darauf zurückzugreifen. Beim Kaffee wurde ich gefragt, ob ich zur Familie gehörte, denn ich war ja ein sehr junger

Mann, mehr als sechzig Jahre jünger als der Verstorbene, aber als ich den Kopf schüttelte, reichte das wohl, um mir weitere Fragen zu ersparen.

Eine Woche später ging ich abermals zu einer Beerdigung, in der darauffolgenden Woche wieder, und man kann es nicht anders sagen, als dass mir diese Besuche mit der Zeit zu einer lebensnotwendigen Gewohnheit wurden, auch wenn viele eher von einem Laster sprechen würden. Aber ein anderes Familienleben hatte ich nun einmal nicht.

Ich weiß noch, wie ich einmal mit Pelle an meinem Schreibtisch in Kringsjå saß und wir in langen Listen erfassten, wie die Wörter für *Vater, Mutter, Schwester, Bruder, Sohn* und *Tochter* in den verschiedenen indogermanischen Sprachen lauten, den toten wie den lebenden. Tatsache ist, dass sich diese sechs Wörter auf die urindogermanischen Formen **ph2tēr, *me2htēr, *swesōr, *bhreh2tēr, *suHnus* und **dhugh2tēr* zurückführen lassen. (Die phonetischen Zeichen deuten die Aussprache der Wörter an; wir haben heute eine gewisse Vorstellung davon, wie die indogermanischen Sprachen klangen.) Was die Wörter bezeichnen, nämlich die Stellung innerhalb der Familie, ist für die meisten Menschen ja auch von existentieller Bedeutung. Ob das für mich zutrifft, steht auf einem anderen Blatt. Ich hatte nie einen richtigen Vater gehabt, und jetzt hatte ich auch keine Mutter mehr. Ich hatte nie eine Schwester oder einen Bruder gehabt, und ich werde wohl kaum je einen Sohn oder eine Tochter haben.

Agnes! Du hast mich um eine Erklärung für mein Erscheinen bei Grethe Cecilies Beerdigung gebeten, und ich bitte dich, mach wenigstens den Versuch zu verstehen, was meine Gründe gewesen sein könnten: Ich komme aus einer unvollständigen Familie, und schon als Kind galt ich als Eigenbrötler und Außenseiter, obwohl nicht ich es war, der sich aus der »großen Gemeinschaft« zurückzog. Ich benutze hier bewusst den euphemistischen Ausdruck, der in den ersten Jahrzehnten nach dem Zweiten Weltkrieg bei uns in Mode war.

Die Bilder von mir und meinem Vater, die Mutter überall im Haus aufgehängt hatte, konnten nicht ausgleichen, dass dieser Vater nur ab und zu bei seinem Kind und dessen Mutter vorbeischaute. Details unserer speziellen Familienbande, von denen die Kinder des Tals nicht wissen konnten und die sie auch nicht verstanden hätten, wurden von den zugehörigen Erwachsenen fleißig erfunden und hinzugefügt. Die mündliche Überlieferung, überhaupt eine umfassende epische Tradition hat in den norwegischen Tälern über Jahrtausende floriert. Die Winter und die Winternächte waren lang, und über irgendetwas muss man schließlich reden, wenn die Sonne untergegangen ist. Etwas so Alltägliches wie ein Essen im Familienkreis kann besonders reich an epischen Elementen sein. In diesem Mahlstrom erfundener Geschichten also fanden Mutter und ich uns wieder.

Ein genuin bäuerliches Vergehen, dessen wir uns schuldig machten, war dieses: Obwohl wir auf dem alten Hof der Familie wohnten, waren nicht wir es, die den Boden bestellten und Schafe in den Bergen hatten oder Kühe und Hühner im Stall. Wir gingen auch nicht in den Birkenwald und hackten eigenhändig das Holz, das wir benötigten. Ich glaube, einmal gehört zu haben, unsere Wohnsituation sei die Folge einer Entscheidung des Gemeinderates gewesen, und auch die örtliche Sparkasse habe dazu beigetragen, mir und meiner Mutter die Existenz zu sichern. Von den damit verbundenen Schulden – und Dankesschulden – konnte ich mich erst durch den Verkauf des

Hofes befreien. Ich wollte niemandem etwas schuldig sein, nicht in Ål, also verkaufte ich. Für den Hof bekam ich gerade so viel, dass es für die Schulden reichte. Es blieb die Einrichtung, und auch die habe ich verkauft.

Wir waren nicht wie andere. Wir gehörten nicht zur »großen Gemeinschaft«. Für viele galten wir als Schmarotzer und Abschaum.

Seit ich nach Oslo gekommen war und ein neues Leben angefangen hatte, fühlte ich mich von großen und intakten Familien unwiderstehlich angezogen. Ich wollte so gern einer solchen Gemeinschaft angehören. Ich bin wahrscheinlich kein größerer Menschenfreund als die meisten anderen. Aber das Leben hat mich zu jemandem gemacht, der Familien liebt.

Ich mag Mütter und Väter, Söhne und Töchter, Schwäger und Schwägerinnen, Vettern und Kusinen, Neffen und Nichten, Tanten und Onkel. Ich genieße die Wärme und das Gefühl der Zusammengehörigkeit in solchen engmaschigen familiären Netzwerken. Mir gefallen die vielen Rollen und Beziehungen darin, und ich habe mich mitunter dabei ertappt, wie ich Menschen beneide, die von außen kommen und plötzlich – vielleicht nur aufgrund eines zufälligen erotischen Impulses – in eine solche unzerstörbare Sippe aufgenommen werden, ob sie nun einheiraten oder nur irgendwie dazugehören.

Ich selbst war ja auch einmal verheiratet und für diese Zeit einer von zweien. Durch Schaden klug geworden, werde ich mich hüten, die Ehe oder das Familienleben zu idealisieren. Es gibt Eheprobleme, es gibt die Eifersucht unter Geschwistern, und es gibt etwas, was man seelische Grausamkeit nennt. Das alles weiß ich. Allerdings stammte auch die Frau, mit der ich fast drei Jahre lang verheiratet war, aus einer kleinen Familie, hatte weder Tanten noch Onkel und war ein Einzelkind wie ich. Unsere eigene Ehe führte dann nicht einmal zu einer solchen kleinen Familie. Unser Zusammenleben war nicht fruchtbar. Nicht einmal für Pelle war Platz genug. Reidun und ich lebten in dem, was Zweisamkeit genannt wird und oft doch nur eine andere Form von Einsamkeit ist.

Einsam zu sein kann auch den schwer ankommen, der eigentlich dazu veranlagt ist. Trotzdem erscheint es mir persönlich immer noch besser, als zu zweit zu leben. Wenn man allein lebt, ist man doch immerhin sein eigener Herr. Das Leben in großen Familien sehe ich anders: Ich glaube, dass in ihnen mehr Freiheit möglich ist als in einer beengenden Ehe.

Aber genug davon!

Es wurde mir zur Gewohnheit, zu Beerdigungen zu gehen. Ich war gierig nach Familienleben, könnte man sagen. Denn ein anderes Familienleben als das, was ich mir auf diese zudringliche Weise erschlich, hatte ich nicht.

Ich trat bei diesen Beerdigungen niemals als Voyeur auf, und ich genoss die Rolle des Außenstehenden auch nicht. Im Gegenteil, würde ich sagen. Ich wollte nur so weit wie möglich und so lange es ging ein Teil der Gemeinschaft sein.

Wenn die Glocken zu einer Beerdigung läuteten, dann läuteten sie für mich.

Ich bin jedes Mal im echten Gedenken an den Verstorbenen dorthin gegangen und mit ehrlichem Mitgefühl für die Angehörigen, von denen ich nur die Namen in der Todesanzeige kannte. Immerhin war ein lebender Mensch aus dem Gang der Zeiten ausgeschieden.

Der Gedanke an die Familienmitglieder, die mir begegneten und denen ich in der Regel die Hand schüttelte, hat mich auch nach der Beerdigung nicht gleich losgelassen. Um alles in Erinnerung zu behalten, habe ich sorgfältig alle Todesanzeigen und Nachrufe, ja sogar die kleinen, eigens angefertigten Liederhefte aufbewahrt. Diese mir wichtigen Dokumente liegen chronologisch geordnet in einem Stapel Zigarrenkisten. Sie sind so etwas wie ein Archiv der Familien und Menschen, die mir auf den Wegen des Lebens und des Todes begegnet sind. Man könnte auch vom Repertoire für meine Auftritte sprechen, eine Wortwahl, die manchem unpassend erscheinen mag, aber andere produzieren sich auf Facebook, haben also dort ihre Auftritte, worauf ich freiwillig verzichte. Die meisten Menschen haben zudem eigene Familienangehörige, deren Beerdigungen sie besuchen können.

Ich denke lieber an die in den Dokumenten in meinen Zigarrenkisten Verzeichneten als an all die anderen, denen ich in meinem Leben sonst begegnet bin. Oder wie Pelle einmal sagte: »In den Kisten steckt dein ganz persönliches Einwohnermeldeamt. Nur du hast genau diese Sammlung von Menschen in der Schublade liegen.«

Peder Skrindo wusste, wovon er redete. Er hatte lange selbst in einer Schublade gelegen, und noch dazu im selben Schrank wie die Zigarrenkisten.

Die hatte meine Frau noch vor Pelle entdeckt, vielleicht zehn oder zwölf an der Zahl. Aber sie regte sich mehr über Pelle auf, besonders, nachdem ich ihn mir über den Arm gestreift hatte und er Reden schwang, wie ich es ihr gegenüber niemals gewagt hätte. Aber auch die Zigarrenkisten waren ihr nicht geheuer …

In der Zeit, in der ich mit meiner Frau zusammenlebte, besuchte ich nicht viele Beerdigungen. Ich versuchte, mich zu mäßigen, und hatte ja endlich auch mein eigenes Leben. Ich hatte Reidun. Aber gelegentlich überkam es mich doch, und ein paarmal fragte ich mich auch, ob meine Frau nicht Verdacht schöpfte. Ich kam darauf, weil sie plötzlich wissen wollte, was ich hinterher beim Kaffee gesagt und in welcher Beziehung ich zu dem Verstorbenen gestanden hätte.

Ich weiß nicht, ob sie mir glaubte, was ich erzählte. Einmal fragte sie, warum ich früher so viele Freunde gehabt hätte, und jetzt, wo wir zusammen seien, nicht mehr. In den Tagen danach wurde sie immer ungehaltener, wenn wir über dieses Thema sprachen. Warum bekamen wir nie Besuch? Warum wurden wir nie zum Essen eingeladen? Warum waren wir immer nur zu Hause in unserer Wohnung und gingen uns gegenseitig auf die Nerven?

Ich habe nie ernsthaft mit dem Gedanken gespielt, mich Trauernden aufzudrängen, die von Anfang an klar zu erkennen gaben, dass sie in ihrer Trauer allein sein wollten und sich deshalb so wenig Aufmerksamkeit wie möglich wünschten. Stand in den Anzeigen, die Trauerfeier werde »am Grab«, »in der Kapelle« oder »in der Kirche« enden, ging ich grundsätzlich nicht hin. Ebenso wenig habe ich Beerdigungen besucht, wenn in den Traueranzeigen darauf hingewiesen wurde, dass es danach keinerlei Zusammenkunft mehr geben werde.

Ich habe mich von offenen und freundlichen Formulierungen angezogen gefühlt, wie »nach der Beisetzung sind alle noch zum Kaffee gebeten«. Ob es dann ins Gemeindehaus, in ein Versammlungslokal oder ein gutes Restaurant ging, war mir gleich.

Es kommt auch vor, dass der Geistliche am Ende der Trauerfeier im Namen der Familie zum Beisammensein bittet.

Dann gehe ich natürlich davon aus, dass die Einladung auch mir gilt. Oder soll man etwa davon ausgehen, dass Geistliche lügen oder etwas wider besseres Wissen daherreden?

Nicht selten geht auch einer der Angehörigen unter größtmöglicher Diskretion herum und wählt aus. Das heißt, ihm ist die Aufgabe übertragen zu entscheiden, wem er möglichst leise zu verstehen gibt, dass sie oder er beim nachfolgenden Beisammensein willkommen ist. Solche Niederlagen habe ich wie ein Mann genommen und nur den Umstehenden noch zugenickt, bevor ich mich zurückgezogen habe. Die peinliche Rolle dessen, der nicht dazugehört, habe ich schließlich mit der Muttermilch aufgesogen. Da ich schon einmal gut angezogen war, habe ich mich in solchen Fällen bisweilen doch in ein Restaurant oder die Bar eines nahe gelegenen Hotels gesetzt, mir ein Glas Wein bestellt und allein eine kleine Gedenkfeier abgehalten. Von Trauerfeiern in der Kirche oder der Kapelle brachte ich ja genügend Stoff zum Nachdenken mit. Eine Trauerfeier erzählt immer eine Geschichte, und Gesang und Musik haben mir schon immer viel gesagt.

Einmal landete ich – man kann schließlich nicht alles wissen – in der Bar eines kleinen Hotels, wo genau die Gedenkfeier stattfand, zu der ich nicht eingeladen war. Die Trauergäste saßen in einem kleinen Speisesaal, von dem aus die Bar gut einzusehen war, und ich bemerkte, wie einige von ihnen verstohlen zu mir hersahen. Sie überlegten wohl, wer der Herr war, der dort mutterseelenallein vor einem Glas Weißwein saß. Oder war es Whisky? Jedenfalls dachte ich gar nicht daran, gleich wieder zu gehen. Die knickrige Familie hatte schließlich nicht das ganze Hotel gemietet. Vielleicht gab es sogar Angehörige, die mich um meinen Wein – oder Whisky – beneideten, denn auf ihren Tischen mit weißen Damastdecken standen nur Limonade und alkoholfreies Bier. Ich bestellte ein zweites Glas und ließ mich nicht beirren.

Aber bitte, ich habe vollstes Verständnis für alle, die nach einer Beerdigung im engsten Familienkreis zusammensitzen möchten. Ich wäre dann nur gern einer von ihnen.

Wie ich schon einmal andeutete, bin ich kein Einzelfall. Es gab mindestens einen anderen Menschen in Oslo, der sich auch auf fremden Beerdigungen herumtrieb. Ich meine den großen dunklen Mann, der oft auf denselben Beerdigungen auftauchte wie ich. Ich war also nicht der einzige blinde Passagier im Kirchenschiff.

Ich wusste nie, wie der andere über unser beider Tun dachte. Wir sprachen nie miteinander. Wir wussten nur voneinander. Irgendwann vor vielen Jahren machten wir es uns zur Gewohnheit, uns da, wo es sich nicht vermeiden ließ, kurz zuzunicken. Aber in der Regel versuchten wir beide, uns aus dem Weg zu gehen oder etwas so Intimes wie längeren Blickkontakt zu vermeiden.

Alles, was ich sonst über diesen großen dunklen Mann und, wenn man so will, Kollegen sagen kann, ist, dass ich ihn zutiefst verachtet habe – wobei ich einräume, dass dieses Gefühl womöglich einer Art Selbstverachtung entspringt.

Aber natürlich bin ich nicht nur dem großen dunklen Mann mehr als einmal begegnet. Schließlich habe ich im Laufe der Jahre vielleicht zweihundert Beerdigungen aufgesucht. Wir sprechen hier also von Begegnungen mit vielleicht zwanzig- bis dreißigtausend Menschen. So umfangreich ist meine »Familie« geworden, meine »Sammlung«, könnte man mit Pelle sagen. Da bin ich selbstverständlich vielen mehrfach begegnet, einigen sicher vier oder fünf Mal. Aber selbst da wäre mir etwa ein »Sie auch hier?« als unpassend erschienen. Und den Betroffenen sicher auch. Nun ja. Man könnte sagen, es kam über die Jahre zu vier oder fünf peripheren Bekanntschaften. Die Rolle des Sohnes oder Bruders, Neffen oder engen Freundes war mir nie vergönnt.

Dass ich über einen längeren Zeitraum alle Kinder und Enkel Erik Lundins wiedergesehen habe, mag auf dem Papier bedeutungsvoll erscheinen. Aber das liegt nur an der großen Zahl der übrigen Familien, mit denen ich in Kontakt kam, an der Fülle des Materials, wenn man so will. Je größer eine Lotterie ist, desto beeindruckender sieht der Hauptgewinn aus, obwohl der Gewinner ja ein Vermögen für Lose ausgegeben haben kann.

Apropos Vermögen: Die Grundvoraussetzung für mein Tun war das größere Erbe, das mir mein Vater hinterlassen hatte. Nur so konnte ich in all den Jahren ohne Vollzeitstelle auskommen und mich an den unterrichtsfreien Tagen meinen Ersatzfamilien widmen – ein kleines Paradoxon: Wäre dieser Vater mir ein richtiger Vater gewesen, hätte ich wohl kaum das Bedürfnis entwickelt, fremde Beerdigungen zu besuchen, aber das von ihm stammende Erbe ermöglichte es mir, nach einem Ersatz für mein fehlendes Familienleben zu suchen.

Wie ich schon sagte, habe ich mir immer Mühe gegeben, mich so umfassend wie möglich über die jeweilige verstorbene Person und deren Familie zu informieren. Vor einigen Jahrzehnten konnte das noch eine zeitraubende Arbeit sein. Heute ist es kinderleicht, und in Zeitnot reichen ein paar Tastendrucke auf dem Weg zur Kirche oder Kapelle. Durch das Internet und die sozialen Medien ist es beinahe zu leicht, so zu leben wie ich. Während der öffentliche Raum immer größer wurde, ist die

Intimsphäre geschrumpft. Dem epikureischen »Lebe im Verborgenen!« zu folgen ist heute ein größeres Kunststück als in der Antike.

Was die Beerdigungen selbst angeht, so habe ich gelegentlich zu improvisieren gewagt, nämlich im Falle von »Blindversuchen«, wie ich sie nenne, bei denen ich von dem Menschen, dem die letzte Ehre erwiesen werden sollte, nur wusste, was aus der Todesanzeige hervorging. Hier waren große Aufmerksamkeit, eine gewisse Spontaneität und ein fast chamäleonhaftes Anpassungsvermögen vonnöten, denn das Ganze war um ein Vielfaches kühner und wohl auch um einiges unverschämter als die Teilnahme etwa an der Beisetzung einer mehr oder weniger öffentlich bekannten Persönlichkeit. Ohnehin braucht es keine besondere Legitimation, um auf der Beerdigung eines beliebten Künstlers oder Politikers zu erscheinen. Es handelt sich dabei, wie bei den großen Bauernbeerdigungen, um öffentliche Rituale.

*

Erik Lundin kannte ich als den Professor und Dozenten, der er während der siebziger Jahre an der Osloer Universität gewesen war. Ich kannte ihn gut, aber wir hatten nie eine persönliche Beziehung. Das heißt, ein gewisses Recht, dreißig Jahre später als »einer seiner Studenten« an seinem Grab zu stehen, hatte ich doch. In meiner Anmaßung steckte ein winziges Körnchen Wahrheit.

Als Lundin an einigen Dienstagen zwischen 11.15 und 13.00 Uhr die »Völuspá« durchgegangen war, wurde ich urplötzlich von einer bei mir damals seltenen Inspiration und Entschlossenheit ergriffen. Überwältigt davon, dass die Welt nach der großen Götterdämmerung noch eine Chance bekommen hatte, saß ich mit einer Frage da, die mit der allerletzten Zeile in diesem monumentalen Göttergedicht zu tun hatte.

Als Lundin den Hörsaal verlassen wollte, trat ich aus einer der hinteren Bankreihen, um dem gelehrten Professor noch eine Frage zu stellen, ehe er sich am darauffolgenden Dienstag dem »Grimnesmál« zuwandte. Ich hatte natürlich den Grundtext aus dem »Codex Regius« und dem »Hauksbók« sowie einige moderne Nachdichtungen sorgfältig studiert.

Die letzte Strophe im »Codex Regius« lautet in der modernen Nachdichtung:

Nun kommt der dunkle Drache geflogen,
Die Natter hernieder vom Niðarberge.
Das Feld überfliegt er und trägt auf den Flügeln
Nidhöggurs Leichen — und senkt sich nieder.

Und hier hatte ich nun einen möglichen Widerspruch zum mittelalterlichen Original entdeckt.

Meine Knie zitterten, ich spürte mein Herz hämmern, und mir wurde abwechselnd heiß und kalt. Ich weiß noch, dass ich beschloss, den Professor im gröbsten Dialekt anzureden, weil ich hoffte, mir auf diese Weise Respekt zu verschaffen. Ich hatte ja bis dahin nie ein Wort mit ihm gewechselt.

Ich fragte, ob es in den mittelalterlichen Schriften ganz eindeutig sei, dass die Seherin »sich niedersenken« sollte und nicht das Chaosmonster Nidhögg. In meinen Studien sei ich nämlich auch auf Hinweise gestoßen, dass es umgekehrt sein könnte.

Der Professor machte große Augen und sagte, das sei eine relevante Frage. Dann passierte etwas Unglaubliches: Er lud mich zu einer Tasse Kaffee ins Wergeland-Haus ein, wo sein

Büro lag. In den siebziger Jahren kamen spontane Einladungen nach einer Vorlesung nur sehr selten vor, ja, sie waren geradezu unerhört, auch deshalb, weil es zwischen den Studierenden und den Lehrstuhlinhabern zu einer politisch bedingten Spaltung gekommen war. Professor Erik Lundins Einladung war deshalb eine kleine Sensation. Und ich, das Landei von einem heruntergekommenen Bauernhof in Hallingdal, wusste nicht, wie ich auf dem kurzen Weg zwischen Sophus-Bugge-Haus und Wergeland-Haus meine Füße setzen sollte.

Aber das war noch nicht alles. Wir waren unterschiedlicher Meinung, und das fanden wir lustig. Der Professor und ich – der ich zu diesem Zeitpunkt gerade die allerersten Zwischenprüfungen hinter mich gebracht hatte – waren unterschiedlicher Meinung über die Auslegung dieses apokalyptischen Göttergedichtes.

Lundin argumentierte zuerst überzeugend dafür, dass es doch aller Wahrscheinlichkeit die Völva oder Seherin sei, die – nachdem alles gesagt ist – sich zurückziehen und »sich niedersenken« könne. Aber natürlich, man könne auch die Auffassung vertreten, dass Nidhögg es sei, der sich in diesem allerletzten Bild eines Kampfes – oder eines beendeten Kampfes eigentlich, bei dem die guten Götter einen endgültigen Sieg über die Chaoskräfte errungen haben – als von Göttermacht überwunden ansehen und »sich niedersenken«, also sich zurückziehen muss.

Dass diese letzte Deutung möglich sei, wollte ich dem Professor gegenüber nicht zugeben: Das Pronomen »hón« im mittelalterlichen Text müsse sich eben doch eindeutig auf die Seherin beziehen, da »Drache« und der Name Nidhögg beide Maskulina seien.

Lundin erwiderte, genau wie ich erwartet hatte, dass in der ältesten Quelle, eben dem »Codex Regius«, das Pronomen nicht vollständig ausgeschrieben sei. Auf der alten Kalbshaut stehe nur ein h, und in der von Sophus Bugge besorgten Ausgabe sei daraus »h*on*« geworden – freilich habe er die beiden in der Handschrift fehlenden Buchstaben deutlich kursiv geschrieben. Streng genommen könne es also durchaus sein, dass Nidhögg gemeint sei.

Ich fand das alles ungeheuer spannend und bat um einen Bleistift und ein Blatt Papier.

»In seiner wissenschaftlichen Ausgabe der Eddalieder hat Sophus Bugge eine Bemerkung hinzugefügt«, sagte ich.

Der Professor sah mich fragend an, und ich erklärte:

»Er hat hinter dem h auf dem Pergament ein kleines Verkürzungszeichen notiert, und in der Fußnote schreibt er: h*on geschrieben wie h°, was nicht als hann gelesen werden kann* – was es ja müsste, wenn es ein Er sein soll.«

Ich hatte die Fußnote auf das Blatt Papier geschrieben, das ich dem Professor überreichte. Er starrte den Satz einige Sekunden lang an.

»Aber natürlich kann sich sogar Sophus Bugge geirrt haben«, sagte ich, wenngleich vor allem der Höflichkeit halber.

Ich glaube, Erik Lundin schüttelte vorsichtig den Kopf. »Das hatte ich komplett vergessen«, sagte er nur.

»Und im ›Hauksbók‹«, fügte ich nun hinzu, »der jüngsten Quelle, steht unbestreitbar ›hon‹. Auch hier hat Sophus Bugge einen Kommentar hinzugefügt, obwohl der eigentlich vollkommen überflüssig ist. Er schreibt: ›Es muss hier eine *Sie* gemeint sein, kein *Er.*‹«

Der Professor nickte: »Ja, was das ›Hauksbók‹ angeht, hat es nie einen Zweifel gegeben, dass sich das Pronomen auf die

Seherin bezieht, die sich nach erfülltem Auftrag in ihr chthonisches oder unterirdisches Element zurücksinken lassen konnte.«

»*Ich* meine, dass der große Philologe im Falle beider Quellen ausdrücklich betonen wollte, dass sich die Seherin zurückgezogen hat und nicht Nidhögg. Das heißt, es muss vor Sophus Bugges Edda-Ausgabe von 1867 wohl Zweifel daran gegeben haben.«

Lundin nickte freundlich, und wir sahen einander einige Sekunden lang an, dann begann er, seinen Schreibtisch aufzuräumen. Die Audienz war beendet.

Wir hatten zuvor nie miteinander gesprochen, und wir sprachen auch danach nie wieder miteinander. Einmal begegneten wir uns bei den dürftigen Setzlingen, aus denen Jahrzehnte später die ehrwürdige akademische Allee zwischen dem Sophus-Bugge-Haus und der Mensa werden sollte. Wir nickten einander kurz zu und versicherten uns auf diese Weise des gegenseitigen Respekts. Es war dieser Blick und seine Vorgeschichte, die ich bei der Trauerfeier für den Professor großzügig ausgeschmückt habe.

Über meine kurze Ehe habe ich genug gesagt, und zwar aufrichtig so, wie ich es in Erinnerung habe. Es ist wahr, dass wir den letzten Streit nach meinem Auszug über den alten Toyota Corolla hatten. Und es ist auch wahr, dass ich damals hin und wieder eine alte Tante in einem Altersheim in Åsgårdstrand besuchte. Ich musste ihr bei der Steuererklärung helfen. Allerdings bin ich nie die lange Strecke von Oslo nach Åsgårdstrand mit dem Taxi gefahren.

Bevor ich die Todesanzeige in *Aftenposten* las, hatte ich Andrine Siggerud nie gesehen. Auch ihren Namen hatte ich nie gehört. Es muss also einer meiner ersten »Blindversuche« gewesen sein. Die längere Geschichte, die ich bei der Gedenkfeier im Østreheim erzählte, entstand zur Gänze, während ich der Ansprache der Pastorin lauschte. Eine gute Hilfe war mir auch das schöne Foto von Andrine vor einem roten Mercedes auf der Vorderseite des Liederheftes. Das meinte ich damit, dass ich in meinem Bericht die Reihenfolge vertauscht hätte: Ich habe mein angebliches Verhältnis zu Andrine geschildert, ehe ich die Ansprache der Pastorin zusammengefasst habe.

Dass ich hier Marianne, Sverre und Ylva begegnete, war wie ein Schock für mich. Aber ich erlebte es nicht als seltsamen oder überraschenden Zufall. Bei den vielen Beerdigungen, die ich besuchte, war mir klar, dass es zu einer solchen Begegnung jederzeit kommen konnte. Ich wunderte mich eher darüber, dass es nicht häufiger passierte. Aber nun waren mir zum ersten Mal einige der früheren Blumenkinder aus dem Schlosspark begegnet. Und ich verstand überhaupt nicht, warum Marianne und Sverre offenbar nicht wiedererkannt werden wollten. War es wirklich noch immer ein unaussprechliches Familiengeheimnis, dass sie früher einmal der Hippiebewegung angehört hatten?

Ich habe versucht, alles, was mit Runar Frieles Beerdigung, der vorwurfsvollen Rede des Pastors bei der Trauerfeier und dem darauffolgenden Beisammensein im Hotel Terminus zu tun hat, so zu schildern, wie ich es erlebt habe. Dazu gehört auch alles, was Sigrid mir über den letzten Besuch der Familie in der alten Villa erzählt hat, aber ich bin diesem unglücklichen Menschen niemals selbst begegnet, weder im Restaurant des Hotel Norge noch anderswo. Die einzige Quelle für meine angeblichen Gespräche mit Runar während unserer Essen war die Trauerrede des hervorragenden Geistlichen.

Ich war, wie gesagt, auf dem Weg zu meinem alljährlichen Augustbesuch in Bergen, als ich auf die seltsame Todesanzeige in der *Bergens Tidende* stieß. Ich blieb eine weitere Nacht in der Stadt, sagte mir, ein weiterer dunkler Anzug könne nicht schaden, und ging zu Dressman, um mir einen zu kaufen. Dann fuhr ich mit dem Taxi zur Kapelle in Møllendal.

Auch diesmal war es also ein »Blindversuch«, und ich war in der passenden Stimmung. Ich hatte wieder einmal mit der hervorragenden Unterstützung Herrn Skrindos meinen Vortrag über Ull und Tyr gehalten, und ich hatte prächtige Laune, was nicht heißt, dass ich weniger Gefühl in meinen Auftritt legte. Schon das Lesen der Todesanzeige hatte mich nicht wenig erschüttert.

Wieder traf ich Angehörige der Familie Lundin, aber nun handelt mein Bericht ja auch von genau diesen Begegnungen. Ich könnte ebenso gut über die Angehörigen anderer großer Familien schreiben, denen ich im Laufe der Jahre mehrfach begegnet bin. Es gibt eine ganze Reihe solcher Fälle, aber hier steht nun einmal die Familie Lundin im Mittelpunkt. Die Begegnungen mit ihr bilden den roten Faden dieses Berichts.

Und warum gerade diese Familie und keine andere? Weil wir uns durch sie begegnet sind, auf der Beerdigung deiner Schwester, bei der auch dein Vetter Truls mit seiner Frau Liv-Berit Lundin und den beiden Töchtern Tuva und Mia anwesend war. Und wie sagtest du, Agnes: Diese Menschen sind dir fast so nah wie deine eigene Familie. Truls war für dich immer wie ein Bruder, und Liv-Berit ist heute deine beste Freundin. Ich war ehrlich bezaubert davon, wie du auf der

Heimfahrt von Arendal zum Beispiel über das Ferienhaus auf Hvaler gesprochen hast.

Du hast mich festgehalten und mich beinahe angefleht, die Gedenkfeier nicht zu verlassen, obwohl ich mir eine Beziehung zu Grethe Cecilie erschwindelt hatte, die es nicht gab. Und wieder frage ich: Warum hast du mich nicht gehen lassen?

Von diesem Moment an wurdest auch du mit deiner Familie zu einer Faser im roten Faden dieser Geschichte.

Auf Grethe Cecilies Beerdigung ging ich nicht unvorbereitet. Ich hatte einen ganzen Tag in der Universitätsbibliothek gesessen und mich in die Doktorarbeit deiner verstorbenen Schwester vertieft, eine überaus originelle Untersuchung über die astrophysikalischen Voraussetzungen für Leben im Universum.

Ich war vorher schon betroffen von dem, was ich über den entsetzlichen Unfall im Bogstadvei gelesen hatte. Im Lehrerzimmer hatte ich, wie gesagt, einen Kollegen, der mit Grethe Cecilie zusammen studiert hatte und sie sehr gut kannte. Des Weiteren hatte ich mit großem Interesse ihre Website studiert und ungeheuer anregend gefunden. Es gab dort übrigens auch mehrere Bilder von ihr. Nur deshalb konnte ich einige Tage später über deine Ähnlichkeit mit ihr staunen.

Aber niemand, einfach niemand, und auch nicht Grethe Cecilie auf ihrer Website hatte mir Grund zu der Annahme gegeben, dass sie im Rollstuhl saß. Wie du weißt, hat es nicht einmal der Geistliche bei der Trauerfeier erwähnt. Mein Kollege hatte recht, als er mir später erklärte, es habe Grethe Cecilies Umgang mit ihrer Behinderung entsprochen, diese nicht der Rede wert zu finden. Es war nicht von Bedeutung, jedenfalls nicht im Vergleich zu ihrer Beschäftigung mit den Galaxien des Universums.

Mein Kollege hätte mich vielleicht trotzdem vorwarnen müssen. Aber woher hätte er von meinem Laster wissen sollen? Wie auf die Idee kommen, dass ich bei Grethe Cecilies Beerdigung auftauchen würde? Oder sich gar vorstellen, dass ich den Angehörigen die Geschichte einer anstrengenden Wanderung durch das unwegsame Aurlandsdal aufzutischen gedachte? Wenn er das auch nur geahnt hätte, hätte er mich sicher vorgewarnt.

Ehrlich gesagt, habe ich mich ein wenig darüber gewundert, dass er nicht zur Beerdigung kam. Ich hielt nach ihm Ausschau, und hätte ich ihn entdeckt, wäre ich sicher auf ihn zugegangen, um ihm zu sagen, wie sehr mich das, was ich über den Todesfall gehört und gelesen hatte, ergriffen habe, und dass ich an der Trauerfeier einfach habe teilnehmen *müssen*. Schlimmstenfalls hätte er das als leicht exzentrisch aufgefasst. Aber so sieht man mich ohnehin: als leicht exzentrisch eben.

Wäre dieser Kollege in der Kapelle aufgetaucht, wäre ich danach natürlich nicht mit zur Gedenkfeier gekommen. Ich hätte mich also niemandem vorstellen müssen und wäre folgerichtig nicht entlarvt worden. Aber dann hätte ich dich nicht kennengelernt und hätte mich auch nicht hingesetzt, um dies hier zu schreiben.

Es ist keine große Kunst, sich einen anderen Lauf der Dinge vorzustellen.

ANDREAS

UNSERE ZWEITE BEGEGNUNG fand etwas über ein Jahr später statt, genauer gesagt, am 15. April dieses Jahres. Es war ein seltsamer Zufall, aber ich glaube weder an die Vorsehung, noch erscheinen mir Dinge, die mit geringer Wahrscheinlichkeit geschehen, gespenstisch. Dass wir uns auf einer Beerdigung begegneten, war im Grunde auch nicht weiter verwunderlich. Du hattest deine schwerwiegenden Gründe, dich dort einzufinden, und ich hatte meine; sie waren nur sehr verschieden.

Nach dem peinlichen Zwischenfall bei der Beerdigung deiner Schwester hatte ich mir geschworen, nie mehr zu Beerdigungen wildfremder Menschen zu gehen, jedenfalls nicht in Oslo, wo ich inzwischen immer öfter mit den Folgen meiner Auftritte rechnen musste.

Immer häufiger hatte ich auf meinen Gängen durch die Stadt das Gefühl, angestarrt oder von Blicken verfolgt zu werden. Es mag Einbildung gewesen sein, aber auch im Klassenzimmer kam es mir manchmal so vor, als könnten irgendwelche Geschichten über mich im Umlauf sein. Ich war bei den Beerdigungen natürlich auch Schülern oder ehemaligen Schülern begegnet. Nach so vielen Jahren an der Schule und so vielen Schülern war es sicher nicht paranoid, wenn bei mir hin und wieder ein Warnlämpchen aufleuchtete.

Ich hatte einen Wendepunkt erreicht. Wenn ich weitere Beerdigungen besuchen wollte, musste ich Oslo verlassen.

Ich las noch immer Todesanzeigen, damit werde ich niemals aufhören, auch wenn ich sie heute nicht mehr konsequent sammle. Ich las vom plötzlichen Tod eines Andreas Dannevig, und nach einigem Googeln war mir klar, dass ich auf diese Beerdigung in Arendal nicht verzichten konnte. Noch diese eine …

Ich stellte meinen Wagen in einer Seitenstraße ab, verabschiedete mich von Pelle und ging auf die Dreifaltigkeitskirche zu, die auf einer Anhöhe über dem Marktplatz und Tyholmen thront. So weit weg von zu Hause hatte ich keine Angst, dass ich entlarvt werden könnte. Wie üblich hatte ich auch eine hieb- und stichfeste Geschichte parat, wie der bekannte Meeresforscher und ich einander kennengelernt hatten.

Ich war weder nervös noch aufgeregt, nur erwartungsvoll. Ich wollte mich wenigstens ein letztes Mal einer Familie zugehörig fühlen. Der Todesfall selbst war entsetzlich: Andreas hatte mit nur fünfundfünfzig Jahren draußen auf dem Meer einen Herzanfall erlitten und war in seinem kleinen Forschungsschiff vor Hisøya gestorben.

Ich war ergriffen und empfand echtes Mitgefühl für seine Familie, die Ehefrau Martine und die vier Kinder Barbro, Aurora, Petter und Undine. Die Geschichte meiner Bekanntschaft mit Andreas gründete sich auf Artikel und Interviews, die ich im Netz gefunden hatte. Selbst erfunden waren ein paar kleine Anekdoten, die unsere Beziehung ins rechte Licht rücken sollten.

Wenn ich noch einmal auf Angehörige von Erik Lundin stieße, hätte ich ein hieb- und stichfestes Alibi. Es hätte schon Reidun auftauchen müssen, um mich zu entlarven, meine Exfrau, die um meine Zigarrenkisten wusste. Sonst war meine Geschichte unangreifbar. Kein Mensch der Welt würde mein

Recht, an Andreas Dannevigs Beerdigung teilzunehmen, in Zweifel ziehen können.

Andreas hatte eine Hütte in Ål. Sie lag am Birkenhang bei Hesthovda oberhalb von Vats. Andreas hing an diesem Ort, und er nahm gern Arbeit dorthin mit, um sich ein paar Tage ungestört von der Familie oder Kollegen damit zu beschäftigen. Noch mehr: Er hatte Wurzeln in der gewaltigen Gebirgswelt geschlagen; der Birkenhang war dazu nur das Eingangstor. Er war ein eifriger Wanderer, da hatten wir eine erste Gemeinsamkeit. Wir waren uns darin einig, dass wir unsere Gedanken schneller bewegen konnten, wenn wir auch unsere Körper bewegten. Durch die Berge zu gehen ist eine Art zu denken. Es ist ein eigener Erkenntnismodus.

Unsere erste Begegnung fiel auf einen sonnigen Tag Ende August auf Reinestølen. Ich meine, noch zu wissen, dass es bei unserem allerersten Gespräch um die alte Weise der Almwirtschaft ging. Bald lernten wir einander besser kennen, und im Laufe der Jahre machten wir einige lange Wanderungen zusammen. Wir waren zweimal oben auf Lauvdalsbrea, wo man einen phantastischen Rundumblick über die gesamte norwegische Gebirgswelt von Jotunheimen im Norden bis zum Gaustatoppen im Süden hat, und an einem klaren, kalten Herbsttag stiegen wir den Reineskarvet hinauf. Ich weiß noch, es war gleich nach der Moltebeersaison, als die Herbstfarben noch besonders intensiv leuchteten. Oben angekommen, ließen wir uns nieder und führten ein längeres Gespräch über den von unserer Generation verursachten fatalen CO_2-Ausstoß, dessen unerbittliche Konsequenz die Erwärmung der Atmosphäre, die Verschmutzung der Meere und der durchgängige Verlust an Lebensraum auf der Welt ist. Ich verfolgte diese

Entwicklung seit Ende der achtziger Jahre unter anderem durch Zeitungslektüre, aber erst hier oben auf dem Felskamm, fast auf dem Dach der Welt, erklärte mir Andreas die naturwissenschaftlichen Grundlagen dieser Vorgänge. Er erzählte, dass der CO_2-Gehalt der Atmosphäre vor fünfundfünfzig Millionen Jahren sprunghaft angestiegen sei, vielleicht weil die Nordwanderung des indischen Kontinents den Erdboden gestreift und vulkanische Aktivitäten ausgelöst hatte, bei denen gewaltige Kohlendioxidmengen freigesetzt worden waren. Als Folge dieser Freisetzung seien die Temperaturen innerhalb kurzer Zeit heftig angestiegen, das Landeis geschmolzen und der Meeresspiegel um einige Dutzend Meter gestiegen. Andreas fügte hinzu: »Jetzt äffen die Menschen dieses globale Experiment nach, wir machen das Gleiche mit dem Kohlendioxid wie damals die indische Kontinentalplatte, nur in sehr viel kürzerer Zeit, und es wird ungefähr hunderttausend Jahre dauern, das CO_2-Gleichgewicht wiederherzustellen.«

Ich fragte, ob er glaube, dass es auf anderen Planeten intelligentes Leben gebe, und Andreas sagte:

»Leben gibt es bestimmt. Was die Intelligenz angeht, bin ich mir weniger sicher. Wir haben von niemandem dort draußen je etwas gehört, und dass wir keinen Kontakt zu außerirdischen Zivilisationen aufnehmen können, hat vielleicht sogar mit unserem Thema zu tun – ich rede von der Verbrennung fossiler Brennstoffe.«

Ich begriff nicht, was er damit meinte.

»Wieso das?«, fragte ich.

Andreas musterte mich nachdenklich und sagte:

»Leben gibt es nur dort, wo es eine lebensfördernde Atmosphäre gibt. Eine Voraussetzung dafür ist, dass auf einem Planeten, wie auch immer, große Mengen Kohlenstoff auf irgendeine Weise eingeschlossen werden, in versteinerten Sedimenten, aber auch in der Vegetation und dem, was von toten Pflanzen und Tieren übrig bleibt, also in fossilen Schichten. Das Paradoxon ist hier, dass technologisch entwickelte Zivilisationen vielleicht erst entstehen, wenn solche fossilen Energielager abgebaut und verbrannt, also fossile Brennstoffe verbraucht werden. Damit ändert sich die Atmosphäre des Planeten radikal, und es dauert nicht lange, ehe eine Zivilisation wie unsere zugrunde geht.«

Wir saßen oben auf dem Reineskarvet. Wir saßen auf einem Planeten in der Milchstraße. Vielleicht saßen wir auf einem kranken Planeten …

Das war es, was ich den Angehörigen erzählen wollte. Einiges würde ich dabei noch vertiefen und ausmalen, und das alles in breitestem Hallingdaldialekt. Der wäre ein zusätzlicher Pluspunkt. Er würde mich zum Bauernsohn machen, der zum Wanderkameraden und Klimafreund eines Meeresforschers aus Arendal geworden war. Dass ich nicht mehr in Ål wohnte, spielte dabei keine Rolle. Schließlich setzte ich mich immer wieder ins Auto und fuhr hinauf in diese Gebirgswelt, an der ich schon als Kind so sehr gehangen hatte. Sollte wider Erwarten jemand aus dem Dorf bei der Beerdigung auftauchen, hatte ich eine reizende Geschichte darüber in petto, wie ich mir unten in Hemsedal ein Quartier gesucht hatte, das für einige Jahre der Ausgangspunkt meiner Bergwanderungen in Ål wurde.

Und dann kamst in der Dreifaltigkeitskirche du durch den Mittelgang. Wie ich dir später sagte, glaube ich, dass wir einander ungefähr gleichzeitig bemerkten und dass wir beide zusammenzuckten. In dem schwarzen Cape und mit den dunkel herabfallenden Haaren warst du lässig und elegant zugleich, mild und kühl. Mir wurde bewusst, wie oft ich im vergangenen Jahr an dich gedacht hatte. Wie würde nun unser Wiedersehen verlaufen?

Du warst mindestens ebenso unschlüssig wie ich, denn ich saß schon in einer Bank, und dort wäre Platz genug gewesen, aber du hast überlegt. Wohin solltest du dich setzen? Ich hielt es nicht für angebracht, dir mit einer galanten Armbewegung den Platz neben mir anzubieten. Ich habe dich kurz zögern sehen, Agnes, aber dann hast du beschlossen, vorbeizugehen und dich weiter nach vorn zu setzen. So warst du auch näher beim Altar.

Aber: Als wir die Kirche verlassen hatten und der schwarze Leichenwagen davonfuhr, gingen wir gemeinsam mit vielen anderen zum Clarion Hotel. Du hast erzählt, dass Andreas und du zur gleichen Zeit studiert hättet und ihr seither in Kontakt geblieben wärt. Ich meine, du hättest auch etwas von einem Puppentheater gesagt.

Du hast nicht gefragt, woher *ich* Andreas gekannt hätte. Ich deutete das als Zeichen eines besonders feinen Taktgefühls. Aber vielleicht wolltest du dir auch nur nicht wieder anhören, wie ich drauflosfabulierte. Auch das ist gut möglich.

Beim Betreten des Hotels hast du mich angeschaut und gesagt: »Wir setzen uns vielleicht an denselben Tisch?«

Warum hast du das gesagt? Ich weiß nicht mehr genau, wie ich reagiert habe, aber als wir uns setzten, hätte man denken können, wir repräsentierten dieselbe Familie, ein für mich ganz und gar ungewohntes Gefühl: mit jemandem zusammen aufzutreten.

Wir saßen dann zu acht am Tisch. Ich begriff sofort, dass ihr anderen sieben miteinander bekannt wart und vermutlich auch wusstet, in welcher Beziehung ihr jeweils zu Andreas gestanden hattet. Ich war die Ausnahme, eine Rolle, die mir ja vertraut war. Nur du warst mir schon einmal begegnet.

Ich wurde zwar mit forschendem Blick gemustert, aber nicht skeptisch, sondern freundlich und einladend. Dann kam die unerbittliche Frage: »Und woher haben *Sie* Andreas gekannt?«

Ich hatte die Antwort parat, sie lag mir schon auf der Zunge, könnte man sagen: Ål in Hallingdal, Vats, der Reineskarvet, lange Bergwanderungen …

Aber ich brachte sie nicht heraus. Denn du hast neben mir gesessen und mich gekannt. Ich konnte keine erfundene Geschichte auftischen. Ich wusste nicht, wie du auf eine weitere schwülstige Probe meiner Beredsamkeit reagieren würdest.

Einige Sekunden vergingen, und ich brachte kein Wort über die Lippen. Das hast du gesehen. Vielleicht hast du damit gerechnet, dass ich wieder davonstürze.

Ich habe dich angesehen und überlegt: Kann ich sagen, dass ich Andreas überhaupt nicht gekannt habe? Dass ich zusammen mit dir nach Arendal gekommen bin?

Die Situation wurde immer unangenehmer. Immer angespannter.

Und da hast du mir auf die Schulter getippt, in die Runde geschaut und erklärt, ich hätte Andreas leider nicht mehr kennengelernt und sei in deiner Begleitung gekommen.

Die anderen am Tisch schienen erleichtert aufzuatmen, und ich weiß nicht, ob deshalb, weil sie mich jetzt einordnen konnten, oder weil sie es schön fanden, dass du mit einem Begleiter nach Arendal gekommen warst.

So oder so hattest du mich gerettet. Zum zweiten Mal hattest du mich gerettet.

Wir lauschten den Ansprachen, die jetzt gehalten wurden, hier sogar über eine solide Lautsprecheranlage. Mehrere Trauergäste sprachen mit tränenerstickter Stimme. Andreas war ohne jede Vorwarnung aus dem Leben gerissen worden. Er war noch nicht einmal als vermisst gemeldet, als ein Segler sein hilflos auf dem Meer umhertreibendes Schiff entdeckte. Der Mann, der ebenfalls bei der Trauerfeier anwesend war, hatte Andreas leblos an Deck gefunden.

Auch an unserem Tisch wurde natürlich über den Verstorbenen gesprochen. Mehrere der Anwesenden waren Klimaforscher, zwei waren Kollegen am Institut für Meeresforschung in Flødevigen bei Arendal gewesen, der Grund, weshalb man in der Runde auch auf das Klima zu sprechen kam. Zum ersten Mal seit mindestens 800 000 Jahren seien mehr als 0,04 Prozent CO_2 in der Atmosphäre gemessen worden, erzählten die Forscher, ein Rekord, der vor allem dem Verbrauch fossiler Brennstoffe durch uns Menschen geschuldet sei. Es reiche auch nicht mehr aus, den CO_2-Ausstoß nur zu stoppen. Das Gas müsse früher oder später wieder aus der Atmosphäre gesaugt werden, zum Beispiel durch die ausgedehnte Verwendung von Biobrennstoff mit CO_2-Abscheidung und -Speicherung.

*

So, wie du uns beide in die Runde eingeführt hattest, war es nicht nur natürlich, sondern unvermeidlich, dass wir zusammen aufbrachen. Vor dem Hotel waren wir dann uns selbst überlassen, und die Frage war, wann oder wie sich unsere

Wege trennen sollten. Eine selbstverständliche Antwort darauf gab es nicht.

Wir machten erst einmal einen Spaziergang am berühmten Hafen von Arendal entlang und redeten über dies und das. Wir mussten beide zurück nach Oslo, und ich war mit dem Auto gekommen. Du hattest für den frühen Abend einen Flug gebucht, und wir entschieden, dass ich dich zum Flughafen bringen würde, ehe ich nach Hause fuhr.

Bei meinem Auto angekommen, habe ich mich hinters Steuer gesetzt, und du hast die Tür zum Beifahrersitz geöffnet. Dort saß Pelle, wie immer, wenn er auf mich warten musste. Ich hob ihn hoch und spielte eine Sekunde lang mit dem Gedanken, ihn auf die Rückbank zu werfen, was ich durchaus hätte tun können, ohne dass es ihm geschadet hätte, denn er lebt ja nicht …

Aber als du dich gerade setzen wolltest, habe ich mir Pelle über den linken Arm gestreift, und er hat natürlich die Gelegenheit genutzt und dich angesprochen. Er hat einen ordentlichen Diener vor dir gemacht und sich vorgestellt:

»Gestatten, Peder Skrindo. Aber meistens werde ich einfach Pelle genannt.«

Du hast gestrahlt. Du hast Pelle angesehen und zu ihm gesagt:

»Und ich bin Agnes. Agnes Berg Olsen.«

Pelle darauf:

»Dann sind Sie vielleicht mit dem legendären Altnordistikforscher Magnus Olsen verwandt?«

Was eigentlich eine absurde Frage war, denn Olsen gehört zu den häufigsten Nachnamen hierzulande. Aber du hast genickt:

»Ja, wir sind verwandt, allerdings nur sehr weitläufig.«

Es war offensichtlich, dass Pelle witzig sein wollte, denn er sagte:

»Für mich ist weitläufig nahe genug, Mylady. Ist Ihnen klar, dass er in der Stadt aufgewachsen ist, in der wir uns gerade befinden?«

Du warst verdutzt.

»Nein, das wusste ich nicht, wirklich nicht.«

»Oder dass sein Neffe, ebenfalls aus Arendal, Professor der Altnordischen Philologie an der Universität Bergen war? Er hieß Ludvig Holm-Olsen.«

Du hast interessiert gelächelt, aber nur gesagt:

»Auch das habe ich nicht gewusst.«

»Man kann nicht alles wissen«, erklärte Herr Skrindo gnädig.

Du hast ihn angesehen, aber nichts mehr gesagt, und da ist es ihm herausgerutscht:

»Sind Sie verheiratet?«

Du hast gelacht. Du hast genickt, aber gleich darauf den Kopf geschüttelt.

Und Pelle, mit dem Hinterkopf in meine Richtung nickend:

»Der da auch nicht.«

Du hast Herrn Skrindo weiter in die Augen gesehen, als wäre ich gar nicht da, und dein Gesicht hat sich für einen Moment verdüstert.

»Ich *war* verheiratet«, hast du gesagt.

Pelle stutzte nur kurz, dann nickte er wieder zu mir her und sagte:

»Man glaubt es nicht, aber der da auch. Inzwischen ist er allerdings wieder zu haben. Und was ist mit Ihnen?«

Wieder hast du gelacht. Du hattest fast einen Lachkrampf. Und noch immer hast du nicht zu mir hergeschaut, du warst nur auf Pelle konzentriert. Du hast gelacht, als wolltest du nie wieder damit aufhören.

Da habe ich Herrn Skrindo vom Arm gezogen und ihn über die Schulter auf den Rücksitz geworfen. Ich war aus dem Kerl noch nie wirklich schlau geworden, und jetzt war er entschieden zu weit gegangen.

Aber als ich den Motor angeworfen hatte und den Gang einlegen wollte, spürte ich plötzlich deine Hand. Es war nur für eine Sekunde, aber du hast sie ganz deutlich und mit leichtem Druck auf meinen Handrücken gelegt. Dann habe ich aufs Gaspedal getreten, und wir fuhren los.

Kurz bevor ich in Richtung Flughafen abbiegen wollte, hast du mich dann gefragt, ob du mit mir nach Oslo fahren könntest. Es komme dir nicht richtig vor, eine Fahrt zu unterbrechen, die du lieber fortsetzen möchtest, hast du gesagt.

So hatten wir auf der Heimfahrt viele Stunden zusammen. Wir sprachen über alles zwischen Himmel und Erde. Du wolltest mehr über Grethe Cecilie und unsere Wanderungen durch Aurlandsdalen hören, und ich sah zu dir hinüber und fragte, ob das dein Ernst sei. Ob ich wirklich *mehr* über Grethe Cecilies Wanderung durch Aurlandsdalen erzählen solle? Du hast übers ganze Gesicht geheimnisvoll gelächelt. Es war, als wärst du plötzlich ein kleines Kind und meine Geschichten steckten in einer riesigen, für mehr als ein Menschenleben reichenden Tüte Süßigkeiten. Also habe ich erzählt.

Danach sprachen wir über deinen Vetter Truls. Ich glaube, es fing damit an, dass ich nach der markanten Narbe auf seiner Stirn fragte. Aber es war weit bis Oslo, und du hast ganz am Anfang angefangen.

Ihr wärt beide im November 1957 geboren und also genau gleich alt, hast du erzählt. Deine eigenen Brüder seien viele Jahre älter als du, und deine ganze Kindheit hindurch sei Truls wie ein Extrabruder für dich gewesen. Auch als Erwachsene hättet ihr immer engen Kontakt gehalten.

Truls habe Liv-Berit schon zu Beginn seines Studiums kennengelernt, sie hätten früh Kinder bekommen, und ihre beiden Töchter seien auch dir ans Herz gewachsen. Du seist für sie wie eine Tante, du selbst hättest ja keine eigenen Kinder.

Inzwischen war Truls ein bekannter Neurologe und Gehirnforscher geworden, und man hat dir deutlich angemerkt, wie stolz du auf ihn warst. In fachlichen Kreisen war er schon in aller Welt bekannt, und vor nicht langer Zeit hatte er in Oslo einen internationalen Kongress zum Thema *The Human Brain and Memory* geleitet. Das war sein Forschungsgebiet.

»Und wie erklärt er das Gedächtnis?«, habe ich gefragt.

Du hast gelacht. »Das habe ich ihn auch schon oft gefragt, und weißt du, was er dann antwortet?«

Ich schüttelte den Kopf.

»Dass er keine Ahnung hat. Truls gehört zu den bedeutendsten Gehirnforschern weltweit, aber was das Gedächtnis eigentlich ist, begreift er trotzdem nicht.«

Jetzt war ich es, der lachen musste. Ich fand es so schön mit dir, Agnes.

»Alle Zwölfjährigen wissen, was Denken ist«, hast du hinzugefügt. »So wie die meisten Jungs alles über das Universum wissen, während die Astronomen die Hände ringen und zugeben, dass es ihnen ein Buch mit sieben Siegeln ist.«

Wir lachten beide.

»Und was hat es mit der Stirnnarbe auf sich?«, wollte ich immer noch wissen.

Da musstest du mir die Geschichte erzählen:

Als Kind habt ihr den Sommer immer im Ferienhaus eurer Großeltern auf Hvaler verbracht, und obwohl Truls ein Junge war und du ein Mädchen, habt ihr dort noch als Teenager ein Zimmer geteilt. Als eure Eltern irgendwann eine andere Lösung vorschlugen, wolltet ihr davon nichts wissen.

Du hast erzählt, ihr hättet nächtelang reden können, bis es hell wurde und die Sonne für einen neuen Tag aufging. Oder ihr hättet wach gelegen und der Nachtigall zugehört. Sie habe so schön und mit solcher Inbrunst gesungen, dass ihr euch ansehen und lachen musstet, um nicht von Rührung gepackt zu werden. So schön sei es manchmal gewesen, dass ihr Lachkrämpfe bekommen hättet.

Und einmal, beim Spielen draußen unter den Apfelbäumen, ist es dann passiert. Ihr wart damals erst acht Jahre alt, da warst du dir ganz sicher, denn es war der erste Sommer, den Grethe Cecilie im Rollstuhl verbrachte. Truls und du habt euch am Deckel für den alten Brunnen zu schaffen gemacht, einer dicken, schweren Holzscheibe, die aber nicht am Brunnenrand festgeschraubt war. Ihr habt den Deckel zur Seite geschoben, um in den Brunnen hineinzuschauen, dort unten aber kein Wasser gesehen, sondern nur in tiefe Dunkelheit geblickt.

»Apropos Gedächtnis«, hast du an der Stelle gesagt und erzählt, du könntest dich nicht erinnern, was genau dann eigentlich passiert ist. Ich nehme an, du hast es einfach verdrängt. Jedenfalls endete das Spiel damit, dass Truls kopfüber in den Brunnen gefallen ist, du um Hilfe gerufen hast und alle vier Erwachsenen gleichzeitig angestürzt kamen. Sie konnten den Jungen sehr schnell aus dem Brunnen befreien, aber auch da konntest du dich nicht mehr an Einzelheiten erinnern, nur daran, dass dein Vetter eine schlimme Kopfverletzung davongetragen hatte und heftig blutete. Aber er sei nicht bewusstlos gewesen und habe nicht geweint, hast du erzählt.

Das alles geschah, bevor es eine Brücke und eine Straße zu den Inseln gab, aus denen die Gemeinde Hvaler besteht. Als Truls provisorisch verarztet war, musste deshalb in aller Eile eine Überfahrt nach Kråkerøy organisiert werden, wo der Krankenwagen schon im Hafen wartete. Man hat den Jungen ins Krankenhaus von Fredrikstad gebracht, aber du durftest nicht mitkommen, und das, hast du dich erinnert, sei eigentlich das Schlimmste gewesen: auf der Insel sitzen zu müssen und zu warten. Du hättest das Gefühl gehabt, dass dich alle ansahen, als ob sie dir die Schuld an diesem Unfall gäben. Nach dem, was ein halbes Jahr zuvor mit Grethe Cecilie geschehen war, gab es in der Familie einfach keinen Platz für ein weiteres Unglück.

Am späten Abend kamen Truls und sein Vater aus der Stadt zurück, Truls mit einem soliden Kopfverband. Die siebzehn Stiche, mit denen sie ihn hatten nähen müssen, haben später zu der Narbe geführt.

Und noch einmal hast du betont, dass die Sache mit dem Gedächtnis ein gewaltiges Rätsel sei und du längst nicht mehr alle Einzelheiten wüsstest. Nur eins konntest du nie vergessen: die Tüte mit gefüllten Drops, die Truls bekommen hatte und die er erst öffnen wollte, wenn er wieder auf der Insel war und sie mit dir teilen konnte.

Am Ende der Geschichte angekommen, hast du ein paar Sekunden lang nur auf die Straße gestarrt. Doch dann hast du wieder zu mir herübergesehen und fast verlegen ausgerufen: »Ich weiß gar nicht, warum ich dir das alles erzähle!«

Ich wusste es sehr gut. Ich hatte dich ja darum gebeten.

Und alles war so schön! Es war schön, dich erzählen zu hören. Es war, als hätten wir uns schon seit vielen Jahren gekannt.

Dennoch, und die Frage drängt sich natürlich auf: Warum erzähle *ich* das jetzt alles? Warum sitze ich hier auf Gotland und wiederhole diese ganze Geschichte? Du weißt doch, worüber wir auf der Fahrt gesprochen haben.

Ja, Agnes. Aber ich genieße es, alles noch einmal zu wiederholen. Du hast so lebendig, so warm und klug davon erzählt. Es war so belebend, dir zuzuhören. Ich war diese Art von *Nähe* nicht gewöhnt.

Ich war schon viele Jahre nicht mehr mit einem Menschen, mit dem ich reden konnte, auf einer längeren Autofahrt gewesen. Die Fahrten mit Andrine nach Åsgårdstrand hatte ich mir ja nur aus den Fingern gesogen. Sie entsprangen reinem Wunschdenken.

Auf diese Weise habe ich mich schon viel zu oft selbst betrogen.

Irgendwann hast du mich dann gebeten, auf einem Rastplatz anzuhalten, weil du mit Pelle reden wolltest. Er hat sich einigermaßen zusammengerissen, aber auch dieses Gespräch nahm eine Wendung, bei der ich mich für ihn fremdgeschämt habe. Ich fand, dass er dir zu viele persönliche Fragen stellte. Du hast ihm geduldig geantwortet und wieder gelacht, aber du hast die Gelegenheit auch genutzt, um Pelle ein paar Gegenfragen zu seiner Person zu stellen. Was er durchaus bereitwillig erzählt hat, reichte bis zu jenem Tag des Jahres 1959 zurück, als Jakop – ich also – ihn an der Losbude auf dem Volksfest in Hol gewonnen hatte. An die Zeit davor hatte er keine Erinnerungen.

Wir näherten uns Oslo, und mir war klar, dass unsere lange

Autofahrt nun bald ein Ende hätte. Ich weiß nicht mehr, wer vorschlug, dass wir im Marché bei Holmestrand anhalten und etwas essen könnten. Und dort, beim abschließenden Kaffee, kamen wir überein, dass ich dir schreiben könne. Wir verabredeten kein Wiedersehen. Wir sprachen auch nicht darüber. Aber ja, ich könne dir schreiben. So hast du es ausgedrückt. Und am Ende hast du mich sogar *gebeten*, dir zu schreiben. Du wolltest versuchen zu verstehen, was ich für ein Mensch bin und warum ich bei Grethe Cecilies Beerdigung aufgetaucht war.

Und an noch etwas erinnere ich mich kristallklar. Obwohl wir beide kein Wiedersehen verabredeten, sagtest du bei der Ankunft in Oslo, du würdest Pelle gern wieder treffen. Mehr noch: Du hast mir dazu ein Versprechen abgenommen. Ich musste dir versprechen, dass du Pelle wiedersehen würdest.

Ich bin mir immer noch nicht sicher, ob ich dir meine Geschichte schicken werde. Ehe ich mich dafür oder dagegen entscheide, muss ich dir noch erzählen, was ich hier auf Gotland erlebt habe. Auch hier spielt ein kleines Lundin-Kapitel. Wenn nicht, gäbe es von hier, abgesehen davon, was ich bisher zu Papier gebracht habe, nichts zu berichten.

SVEN-ÅKE

MONTAG, 20. MAI 2013, Pfingstmontag

Ich schaue über Almedalen und die Ostsee. Das Meer ist hellblau und spiegelglatt, die Sonne geht über dem Wasser unter, und es ist fast windstill.

Ich habe beide Fenster geöffnet. Es ist das wärmste Pfingsten seit Menschengedenken.

Ich sitze nun schon vier Tage in diesem Hotelzimmer und schreibe, nur unterbrochen von kurzen Ausflügen in die Stadt, um etwas zu essen und abends ein paar Glas Wein zu trinken. Ich bestelle immer glasweise, auch wenn es am Ende nie weniger als eine Flasche wird, aber Bescheidenheit ist eine Zier, und ich mag es, wenn man mir Gläser auf den Tisch stellt, auch wenn es am laufenden Band geschieht. Mein Stammlokal in Visby heißt Bolaget, weil in diesem alten Gebäude früher einmal der staatliche Alkoholladen war, Systembolaget.

Wenn ich davon absehe, was ich über Hallingdal erzählt habe, umspannt mein Bericht fast zwölf Jahre. So viel Zeit ist vergangen, seit ich bei der Beerdigung von Professor emeritus Erik Lundin deinen Vetter getroffen und mit Ylva meinen kleinen Streit über indogermanische Angelegenheiten ausgefochten habe. Nur Monate später bin ich der jungen Dame auf einem Waldweg oberhalb von Årvoll wieder begegnet, nach Andrines Beisetzung.

Seither hatte ich sie nicht gesehen – ich schreibe »hatte«, denn Ylva tauchte plötzlich *hier* auf, auf Gotland, und ich nähere mich dem Punkt in meinem Bericht, an dem sie abermals eine Rolle spielen wird. Es war am Nachmittag des 17. Mai, meines zweiten Tages auf der Insel.

Ich war nach Gotland gefahren, um mich zu isolieren, und dies im wahrsten Sinne des Wortes. Ich hatte einen Stapel Aufsätze korrigiert, den letzten vor dem Sommer, und hatte nun längere Pfingstferien, in denen ich mit dem Laptop in einem Hotelzimmer sitzen und schreiben konnte. An dich, Agnes. Ich hatte ja angekündigt, dass ich es versuchen wolle.

Und nun muss ich etwas einflechten, was sich nur eine Woche nach unserer letzten Begegnung ereignete. Eines Vormittags hatte ich oben in Oppegård etwas zu erledigen, das mit meinem Beruf als Lehrer zu tun hatte. Ich ging zu Fuß und kam auf dem Weg zum Bahnhof an der Kolbotn-Kirche vorbei. Es war nicht zu übersehen, dass in der alten Kirche etwas vor sich ging. Ich sah einen Leichenwagen, und mir war klar, dass hier gerade eine Beerdigung stattfand.

Wie aus alter Gewohnheit bog ich deshalb von der Straße ab und schlich mich in die Kirche. Vor dem Altar stand ein schlichter weißer Sarg mit einem einzelnen Blumengesteck. Ein Pastor hielt die Trauerfeier, und unter der Kanzel links vom Mittelgang saßen drei Menschen. Zwei Vertreter eines Bestattungsunternehmens hatten sich auf eine Bank ganz hinten gesetzt, nur wenige Meter von der Stelle entfernt, wo ich für einige Sekunden stehen blieb.

Von einem weiß gestrichenen Holzstuhl im Vorraum hatte ich ein Programm für die Trauerfeier mitgenommen, und erst jetzt warf ich einen Blick darauf. Auf der ersten Seite prangte ein Bildnis des Verstorbenen. Es war der große dunkle Mann!

Ich stürzte entsetzt aus der Kirche, rannte zum Bahnhof und hatte nur einen einzigen Gedanken im Kopf: Das hätte auch ich sein können!

Mir war klar, dass hier und jetzt etwas zu Ende gegangen war. Nie wieder würde ich mich bei Beerdigungen einschleichen! Auch eine kleine Strafpredigt, die du mir auf unserer gemeinsamen Autofahrt gehalten hattest, fiel mir ein.

Und dennoch: In meinen Koffer für die Reise hier nach Gotland packte ich wie gewohnt einen schwarzen Anzug und ein Paar blank geputzte Schuhe – für alle Fälle.

Insgeheim glaubte ich wohl selbst nicht daran, es für längere Zeit allein und ohne wenigstens die Möglichkeit zum Anschluss an andere Menschen auszuhalten. Begegnungen mit Kellnern, Serviererinnen und anderem Hotelpersonal, Leuten, mit denen ich gern ein bisschen plaudere und denen ich bisweilen wohl auch auf die Nerven falle, sind dafür leider kein Ersatz.

Pelle nahm ich natürlich mit, wie immer, wenn ich länger verreise. Er ist nun mal ein guter Gesprächspartner.

In der Ankunftshalle auf dem kleinen Flughafen von Visby, wo wir kaum länger als zwei oder drei Minuten auf unser Gepäck warten mussten, sah ich in einem Papierkorb eine Ausgabe der hiesigen Zeitung, *Gotlands Allehanda*. Das ist jetzt vier Tage her.

Es war nicht das erste Mal, dass ich an einem Ort ankam und als Erstes eine Lokalzeitung zur Hand nahm. Es war eine gute Möglichkeit, den Ort kennenzulernen und eventuell zu erfahren, was dort gerade die Gemüter erregte.

Die Zeitung war schon ein paar Tage alt, und als ich später im Hotelzimmer darin blätterte, erfuhr ich, dass der alte Theologe und Geistliche Sven-Åke Gardell am nächsten Vormittag bei der Kirche von Bro beigesetzt werden sollte. Wie ich herausfand, war das gute zehn Kilometer östlich der alten Hansestadt. Das Datum für die Beerdigung war der 17. Mai, der erste Freitag meines kleinen Pfingsturlaubs.

Ich las die Todesanzeige ein weiteres Mal, musste dabei an den Verstorbenen denken, und im Laufe des Abends verfestigte sich meine Überzeugung, dass ich es Sven-Åke schuldig sei, an seiner Beerdigung teilzunehmen. Es erschien mir als passender Abschluss einer langen Karriere, denn ich wollte ernsthaft bei meiner Entscheidung bleiben, mich in Zukunft nicht mehr bei fremden Beerdigungen blicken zu lassen. Dass ich mich im Ausland aufhielt, erleichterte mir den Entschluss, hier sozusagen meine Abschiedsvorstellung zu geben. Vieles, was man sich im eigenen Land bereits abgewöhnt hat, erlaubt man sich im Ausland noch ohne größere Bedenken, und ich bin sicher nicht der Einzige, dem es so geht.

Ich setzte mich dann vor meinen Laptop und googelte Sven-Åke Gardell. Ich brauchte einen durch und durch plausiblen Grund, auf seiner Beerdigung zu erscheinen, und kam zu dem Schluss, dass ich ein ganzes Arsenal an gewichtigen Gründen anführen könne, die ich, je länger ich darüber nachdachte, auch immer mehr verinnerlichte, mir also zu eigen machte und entsprechend unterfütterte.

Zu Lebzeiten gehörte Gardell zu den profiliertesten liberalen Theologen der schwedischen Kirche, was ihn nicht nur auf Gotland, sondern in ganz Schweden zu einem heftig umstrittenen Mann machte. Er hatte seine eigene Auffassung von Jesus als Sohn Gottes, eine Variante der Theorie, wonach Jesus von Gott adoptiert worden sei und also nicht qua Geburt dessen Sohn. Mit dieser Auslegung bestritt er die jungfräuliche Geburt, von der in den Evangelien des Matthäus und des Lukas erzählt wird. Dass die beiden Evangelisten womöglich einem falsch übersetzten Vers des Propheten Jesaja (7,14) aufgesessen sind, ist ja bekannt. Der Prophet hatte hebräischen Urtexten zufolge verkündet, dass eine »junge Frau« *(almá)* ein Kind gebären werde, doch in der Septuaginta, der zweihundert Jahre vor Christi Geburt angefertigten griechischen Übersetzung aus dem Hebräischen, wurde dieses Wort missverständlich mit »Jungfrau« *(parthenos)* übersetzt, und Lukas und Matthäus zitieren aus eben dieser Übersetzung.

Gardell hatte sich einmal sogar zu der Behauptung verstiegen, seine christliche Identität sei nicht mehr abhängig vom Dogma der Auferstehung Jesu im wortwörtlichen Sinne, so wenig wie von Christi Himmelfahrt oder dem Pfingstwunder. Die aufrührerischen Worte waren in einem Radiointerview gefallen. »Wenn Christus *nicht* auferstanden ist, bin ich dennoch ein Priester Jesu Christi«, hatte Gardell gesagt. Er wurde über viele Jahre immer wieder aufgefordert, diese Aussage zu widerrufen, aber er hat es nie getan.

Ich hatte mir inzwischen eine detaillierte Geschichte darüber ausgedacht, wie der Pastor und ich uns vor langen Jahren kennengelernt hatten. Der theologische Diskurs hatte uns demnach zusammengeführt, aber auch als Menschen hatten wir einander viel bedeutet. Als Religionslehrer fiel es mir nicht schwer, eine tiefe und wohlbegründete Sympathie für Gardells theologische Ansichten zum Ausdruck zu bringen.

Ich war besonders beeindruckt von seiner Fähigkeit und seinem Mut, sich zu seiner Überzeugung zu bekennen und

Zeugnis abzulegen. Zu viele Theologen verschweigen ihrer Gemeinde und überhaupt der Öffentlichkeit, dass sie nicht mehr an die Dogmen der Kirche glauben, und schon gar nicht an Engel und Dämonen, den Sündenfall und das Jüngste Gericht. Ich glaube, es gibt Geistliche, die im stillen Kämmerlein schon längst kein Abendgebet mehr sprechen und dennoch ihr täglich Brot damit verdienen, während des Gottesdienstes liturgische Gebete herunterzuleiern. Es gibt Pfarrer, die ohne Skrupel mit ihrer Gemeinde das apostolische Glaubensbekenntnis aufsagen, ohne auch nur noch einen Hauch von persönlichem Glauben zu besitzen, weder an Gott noch an Jesus noch an den Heiligen Geist.

Ich habe den Glaubensvorstellungen anderer Menschen immer große Toleranz entgegengebracht – vielleicht ein Relikt aus meiner Hippiezeit. Aber ich habe zugleich den allergrößten Respekt vor Menschen, die Teile ihres Kinderglaubens verlieren oder aufgeben müssen und die das nicht verschweigen, sondern damit an die Öffentlichkeit gehen und offen sagen, woran sie nicht mehr glauben. Das Gegenteil nenne ich Heuchelei.

*

Nirgendwo sonst auf der Welt gibt es, sowohl pro Quadratkilometer als auch pro Kopf der Bevölkerung, mehr Kirchenbauten aus dem Mittelalter als auf Gotland, und die Kirche von Bro gehört angeblich zu Gotlands schönsten und bemerkenswertesten.

In die Kirchenmauern sind heidnische Bildsteine eingelassen, die zum Teil aus dem vierten Jahrhundert stammen. Der prachtvollste zeigt ein großes Sonnensymbol, zwei Rosettenmuster und ganz unten ein Schiff mit Ruderern, alles auf gotländischen Bildsteinen vielfach verwendete Motive. Unter dem Turmbogen ganz hinten in der Kirche steht ein riesiges aus Sandstein gehauenes Taufbecken, das um das Jahr 1200 entstanden ist, ein Gebilde von rührender Schönheit, ein kleines wie aus Porzellan gemachtes Meisterwerk. Und auch die reizendste Darstellung, die ich je vom Garten Eden gesehen habe, befindet sich in dieser Kirche, genauer gesagt, an der Rückwand links vom Altar. In ihrer ganzen Anmut sehen wir Adam und Eva inmitten von Raubtieren und weidenden Tieren, die in trauter Eintracht beieinanderstehen, obwohl die Unschuld der Welt schon in Gefahr ist, denn Eva streckt bereits die Hand aus und nimmt die verbotene Frucht von der Schlange, die sich vom Baum des Wissens herunterlässt. Aber Eva! Weißt du, was du tust?

Ich war bereits eine gute Stunde vor Beginn der Trauerfeier in Bro. So konnte ich mich ungestört in der Kirche umsehen und hatte Zeit genug, mich mit dem kleinen Friedhof vertraut zu machen, der, eingerahmt von alten Kalksteinmauern, die Kirche umgibt. Ich fand den Namen Gardell auf mehreren Grabsteinen, und nun hatte man auch für den betagten Theologen ein Grab ausgehoben.

Gardell ist ein alter gotländischer Name, der auf der Insel ziemlich häufig vorkommt. Um die Mitte des 18. Jahrhunderts nahm der Pastor Lars Berthold Hallgren diesen Namen nach der Gemeinde *Garde* oder *Garda* an, was so viel wie Gehege bedeutet. Diese Namen, wie auch der norwegische Nachname *Gaarder*, sind etymologisch verwandt mit dem norwegischen *gård* und *gjerde*, deutsch Garten, französisch und spanisch *jardin*, italienisch *giardino* und englisch *garden*, sowie mit *yard* wie in *courtyard*, dessen beide Bestandteile vermutlich auf dieselbe indogermanische Wurzel **gher-* in der Bedeutung umfassen oder einhegen zurückgehen. Dieselbe Wurzel finden wir übrigens im mythologischen Mid*gard*, der Weltenmitte, wo die Menschen leben, in As*gard*, der Heimat der Götter, und in Ut*gard*, der Burg in Jotunheim, wo die Riesen und Trolle herrschen. Der altnordische Name für Konstantinopel oder Byzanz war Mikla*gard*, die große Stadt. Dieselbe indogermanische Wurzel finden wir im sanskritischen *grhás* für Haus oder Wohnstatt, im lateinischen *hortus* für Garten, wovon der Name der *Hortensie* abgeleitet ist, im griechischen *khórtos* für Gehege, dem irischen *gort* für Acker, dem kirchenslawischen *grad* für Burg oder Stadt, wie in Lenin*grad*, und dem russischen *gorod*, wie in Now*gorod*, »der neuen Stadt«.

Und warum bin ich dermaßen besessen von sprachlichen Verwandtschaftsbeziehungen? Die Antwort ist fast peinlich einfach: Ich selbst habe im Grunde keine Verwandtschaft vorzuweisen. Ich habe keine andere Großfamilie, mit der ich mich auseinandersetzen könnte, als die indogermanische Sprachfamilie. Behaupte jetzt bitte nicht, dass Zusammengehörigkeit und Identität nichts mit Sprache zu tun hätten! Ich bin mit dem Dialekt von Hallingdal als Muttersprache aufgewachsen, einem Zweig des *Norwegischen*, das seinerseits ein Zweig der *nordischen* oder *nordgermanischen* Sprachen ist, die wiederum ein Teil der *germanischen* Sprachen sind, zu denen die *westgermanischen* Sprachen wie *Englisch, Deutsch, Niederländisch, Friesisch* und *Jiddisch* sowie die *ostgermanische* Sprache *Gotisch* zählen, wobei das *Gotische* schon lange ausgestorben ist, früher jedoch eine Schriftsprache war, in der Teile einer Bibelübersetzung aus der Mitte des vierten Jahrhunderts auf uns gekommen sind, die sogenannte Wulfila-Bibel, bei der es sich, abgesehen von einigen noch älteren Runeninschriften, um das älteste germanische Schriftstück überhaupt handelt. Als Ganzes gesehen ist der *germanische* Zweig der *indogermanischen* Sprachfamilie einer von mehreren solcher Hauptzweige …

Ich habe keine lebenden Kinder oder Enkelkinder und keine lebenden Geschwister oder Eltern, aber ich habe lebende Wörter in meinem Mund, und ich kann deutlich sehen, dass es von Verwandten dieser Wörter von Island bis Sri Lanka überall im indogermanischen Sprachraum nur so wimmelt – und das über eine Zeitspanne von nicht weniger als sechstausend Jahren.

Die Sprache, die ich spreche – und ich rede hier über nichts anderes, ich rede *nicht* über biologische Zweige, die rein gar nichts mit Sprache zu tun haben –, geht auf eine kleine Gruppe von Menschen zurück, die Urindogermanen oder Protoindogermanen, die vor fünf- bis sechstausend Jahren gelebt haben, wo, weiß man nicht genau, vielleicht in den südrussischen Steppen. Meine Sprache habe ich von diesen Menschen geerbt. Ein Großteil der Wörter, die ich verwende, sind indogermanische Erbwörter.

Ich gehöre also einer Sprachfamilie an, der ich mich stark verbunden fühle. Hier haben meine Wörter ihre Großeltern, Urgroßeltern und Ururgroßeltern, ihre Tanten und Onkel, ihre Vettern und Kusinen ersten, zweiten und dritten Grades. Ich überschaue die unterschiedlichen Zweige dieser Familie über einen Zeitraum von mehreren Jahrtausenden. Dagegen habe ich absolut keine Ahnung von der sinotibetischen Sprachfamilie, auch wenn es die zweitgrößte der Welt ist, oder von den Niger-Kongo-Sprachen, zu denen an die tausend Sprachen in Afrika gehören, unter anderem alle Bantusprachen. Aus den afroasiatischen Sprachen habe ich immerhin das eine oder andere Wort aufgeschnappt, da diese Sprachfamilie Hebräisch,

Arabisch und Ägyptisch zu ihren Mitgliedern zählt. Mindestens ein Wort aus dieser Familie habe ich bereits erwähnt, nämlich das Hebräische *almá* für junge Frau. Und hier kann ich gern noch eins hinzufügen, nämlich das aramäische *abba*, das *Vater* bedeutet und das Jesus im Neuen Testament benutzt, wenn er sich an Gott wendet.

Kein böses Wort über diese anderen Sprachfamilien! Sie sind eben nur nicht *meine* Familie.

*

Die alte Kirche liegt an einer Landstraße mitten zwischen Wiesen und Feldern. Als jetzt nach und nach die Menschen herbeiströmten, musste ich an das Tal meiner Kindheit denken, wo die Gäste von Hochzeiten oder einer Beerdigung auch oft von weit her gekommen waren. Die nummerierten Kirchenbänke waren bald voll besetzt. Hinten im Kirchenschiff zwängte sich zudem noch eine Gruppe Menschen stehend in den engen Raum zwischen dem alten Taufbecken und dem Mittelgang.

Der Pastor bekannte seinen und der Gemeinde Glauben an den auferstandenen Christus, betonte aber zugleich, dass Jesus seinen Jüngern niemals solche Glaubenssätze auferlegt habe. Wurde der Schächer am Kreuz nicht auch in den Himmel aufgenommen, ohne Glaubensbekenntnis? Wer könne deshalb Zweifel daran haben oder säen, dass Sven-Åke Gardell ein Diener der Kirche und ein wahrer Christ gewesen sei?

Ganz am Ende der Trauerrede sagte der Pastor: »Die schwedische Kirche muss großzügiger werden. Wir wissen weder genau, wie sich Jesus ausgedrückt hat, noch können wir sicher wissen, wie er sich und seine Rolle sah. Aber auch heute, bei der Beerdigung von Sven-Åke Gardell, müssen wir mit Paulus sagen dürfen, dass unsere Botschaft und unser Glaube sinnlos sind, wenn Christus nicht auferstanden ist. Sven-Åke ist jetzt in Gottes Hand! Wenn er selbst nicht an dieses Wunder glauben konnte, dann können *wir* das für ihn tun. Wir können an Sven-Åkes Auferstehung glauben und darauf hoffen.«

Ein wenig gingen mir die belehrenden, ja, fast herablassenden Worte des Geistlichen über die Christologie eines geachteten Kollegen gegen den Strich – vielleicht würde sich später noch eine Gelegenheit finden, ihm meine Meinung dazu zu sagen. Ich weiß noch genau, dass ich das dachte. Ich glaubte, Sven-Åke so gut zu kennen, dass es mir wie eine Verpflichtung erschien, stellvertretend für ihn zu sprechen und für sein geistiges Erbe einzutreten.

Nun wurden nämlich alle Anwesenden zu einer anschließenden kleinen Gedenkfeier eingeladen. Mir war nicht ganz klar, ob die in irgendeinem Lokal oder auf einem der Höfe der Umgebung stattfinden sollte, denn es wurde nur ein Name genannt, und ich wusste nicht, ob es sich dabei um einen Orts- oder Familiennamen oder beides handelte. Ich war eben noch nie in der Gegend gewesen.

Als das Postludium verklungen war, wurde der Sarg durch die Kirche und weiter zu dem nur vierzig oder fünfzig Meter entfernten offenen Grab getragen. Unter einer brennenden Sonne las der Geistliche einige Bibelverse, der Sarg wurde hinabgelassen, und der Geistliche ließ ein wenig Erde darauf fallen, wobei er wieder von der Auferstehung sprach. Ein Choral wurde gesungen, und die Anwesenden, die sich zum üblichen Kreis der schwarz Gekleideten eng aneinandergedrängt hatten, traten auseinander und verteilten sich zwischen den Gräbern und auf dem Weg. Es wurde umarmt und geweint, aber ich registrierte auch hier und da ein freundliches Lächeln.

Wir verließen den Friedhof durch ein weiß gestrichenes Tor, und erst jetzt, als wir uns außerhalb der Kalksteinmauern befanden, kam es zu lockeren Gesprächen zwischen den Trauergästen. Wir waren eine große Gemeinde, ich tippe auf an die hundertfünfzig Menschen, und ich freute mich darüber, Teil einer so großen und vielfältigen Gemeinschaft zu sein.

Nicht alle wohnten auf Gotland. Ich erfuhr, dass viele vom Festland gekommen waren, um Sven-Åke Gardell die letzte Ehre zu erweisen. Er war zwar umstritten gewesen, aber auch eine zentrale Gestalt in der schwedischen Kirche, und er hatte natürlich seine Anhänger gehabt.

Ich wurde angesprochen und antwortete auf Norwegisch. Das hätte ich nicht zu tun brauchen, ich meine, dass ich durchaus imstande gewesen wäre, fast wie ein Einheimischer Schwedisch zu sprechen. Man hätte mich allenfalls nach der Gegend gefragt, aus der ich stamme. Vor fast vierzig Jahren hatte ich einmal an der Universität Lund einen Sommerkurs über schwedische Sprache und Literatur gemacht, aber ich fand, es gebe eine Grenze dafür, wie weit man sich auf einer Beerdigung verstellen darf – oder gerade auf einer Beerdigung, die man ja als Sinnbild der Aufrichtigkeit ansehen könnte.

Ehrlich gesagt, graute mir inzwischen davor, die lange Geschichte meiner Bekanntschaft mit Sven-Åke zu erzählen, jedenfalls so nahe am offenen Grab. Ich musste an Arendal und unser Gespräch im Marché denken. Andererseits musste ich, solange ich Teil dieser Gemeinschaft war, wenigstens auf die Fragen antworten, die hier gestellt wurden. Ich sagte also, ich hätte Sven-Åke vor vielen Jahren bei einer ökumenischen Tagung in der Nähe von Stockholm kennengelernt, von da an sei der Kontakt nie abgerissen. Enge Freunde seien wir gleichwohl nie gewesen.

Innerlich hatte ich bereits begonnen, mich zu mäßigen, und so erzählte ich auf Nachfrage, ich sei aus ganz anderen Gründen nach Gotland gekommen, als um Sven-Åkes Beerdigung zu besuchen, ja, hätte von seinem Tod nicht einmal gewusst. Aber da ich nun schon auf der Insel sei, hätte ich es für eine selbstverständliche Pflicht gehalten, zu seiner Beerdigung nach Bro zu kommen, und ich hätte es gern getan.

Was mich dann fast aus der Fassung gebracht hätte, war die Begegnung mit einem Ehepaar mittleren Alters, das sich als Sven Bertil und Gunilla Lundin vorstellte. Ich fuhr erschrocken zusammen und fragte dann, ob sie zufällig verwandt seien mit Erik Lundin, der früher einmal ein angesehener Philologe an der Universität Oslo gewesen sei. Sie starrten mich so überrascht an, dass ich schon glaubte, ins Schwarze getroffen zu haben. Irgendwo in meinem Hinterkopf spukte mir auch das Paar herum, das bei der Beerdigung des Professors ein so klangvolles Gutnisch gesprochen hatte. Ich fragte mich, ob ich es etwa mit diesen beiden zu tun hatte, und erzählte ihnen von meiner Bekanntschaft mit Erik Lundin, von seinen Kindern und den vielen Enkelkindern, zu denen ich im Laufe der Jahre Kontakt gehabt hätte. Die beiden wechselten einen Blick, ehe sie mich daran erinnerten, dass Lundin einer der häufigsten Nachnamen in Schweden ist. Mehr als fünfzehntausend Menschen trügen diesen Namen, sagten sie, und mir war es peinlich, mich auf diese Weise belehren lassen zu müssen.

Als man mich am Ende aufforderte, mit zum Kaffee zu kommen, lehnte ich dankend ab. Ich müsse zurück nach Visby, sagte ich. Man erwarte mich dort.

Seltsam, mir selbst zuzuhören, wie ich es ablehnte, länger in dieser Gemeinschaft einander zugeneigter Menschen zu verbleiben. Allein schon ihre Sprache und ihr Dialekt waren eine Freude für Ohren und Gemüt. Aber mein Entschluss stand fest. Das Spiel musste ein für alle Mal ein Ende haben.

Sich selbst und seine Reaktionen zu erleben kann eine widersprüchliche Erfahrung sein. Vor allem kann man nicht wissen, wozu es führt.

Ich sehnte mich inzwischen nach Pelle. Und er war nicht weit entfernt. Zusammen mit einer Flasche Wasser und einem Buch steckte er in dem kleinen Rucksack, den ich auch auf meinen Wanderungen gern bei mir habe. Ich habe es noch nie für einen Stilbruch gehalten, zum schwarzen Anzug einen kleinen Rucksack zu tragen, solange der auch schwarz ist.

*

Ich weiß nicht mehr, wie es kam, dass ich irgendwann allein unter einer weit ausladenden Baumkrone stand, während die schwarz gekleidete Gemeinde auseinanderging. Ich erinnere mich nur, dass für eine Weile alles in Zeitlupe geschah. Die anderen verschwanden nach und nach, ich spürte einen Kloß im Hals und stand schließlich mutterseelenallein vor der Mauer, die die mittelalterliche Kirche mit ihrem Friedhof umgab. Ich kam mir vor wie verzaubert und in letzter Minute wieder aus dem süßen Zauberbann entlassen.

Ich hatte keine Ahnung, wie ich nach Visby zurückgelangen sollte. Ich war mit dem Taxi gekommen, aber hier würde ich wohl kaum eins auftreiben können. Ich ging zu Fuß in Richtung Stadt und stand schon bald vor einer Bushaltestelle ohne Wartehäuschen. Aber eine schöne blaue Bank stand für wartende Fahrgäste bereit. In einer Stunde würde ein Bus aus Fårö kommen. In dieser Zeit hätte ich schätzungsweise die halbe

Strecke nach Visby geschafft, aber es war heiß, und ich beschloss, mich lieber hinzusetzen und zu warten.

Ich schnürte meinen kleinen Rucksack auf, trank ein paar Schlucke Wasser und setzte Pelle neben mich auf die blaue Bank. Aber er war kribbelig wie eine Tüte Ameisen und wollte sofort auf meinen Arm. Ich selbst hätte gern noch ein wenig Luft geholt, bevor wir miteinander sprachen, aber er war nicht zu bremsen, und kaum hatte ich ihn über den Arm gestreift, schaute er auch schon zu mir auf und fragte:

»Und jetzt? Was machen wir jetzt?«

»Wir warten auf den Bus«, sagte ich. »Noch fast eine ganze Stunde.«

»Wir sollen nur dumm hier herumsitzen? Eine ganze Stunde lang?«

»Wir können spielen, wir wären Odins Raben«, schlug ich vor. »Oder wir können uns hier umschauen und uns gegenseitig erzählen, was wir sehen.«

Er senkte den Blick, drehte den Kopf und schaute die Straße entlang.

»Ich sehe einen *Weg*«, sagte er, »altnordisch *vegr*, verwandt mit dem norwegischen Wort *vogn*, vom germanischen **wagna-* stammend wie das englische *wagon* und das deutsche *Wagen*, die indogermanische Wurzel ist **wegh-* für verfrachten, die wir auch im lateinischen *veho* für verfrachten, transportieren finden, im Fremdwort *Vehikel* für ein Fahrzeug und, nicht zu vergessen, im lateinischen *via* für *Weg*. Des Weiteren hätten wir die Präsensform *vahati* im Sanskrit in der Bedeutung ›er transportiert‹, wo uns die Verwandtschaft mit den germanischen Wörtern für *bewegen, beweglich* und *Bewegung*, aber auch mit *wiegen* und *Gewicht* und der urgermanischen Wurzel **wegan-* für *bewegen*, heben, *wiegen* ins Auge springt.«

Herr Skrindo musterte mich mit konzentriertem Blick.

»Das reicht«, sagte ich, und jetzt entspannte er sich. Ich spürte es im Handgelenk, wie er ruhiger wurde.

Ich hätte in etwa dasselbe ausführen können wie er, aber auf das Wort *Vehikel*, das dem englischen *vehicle* entspricht, wäre ich wohl kaum gekommen. Ich kannte das Wort natürlich, aber dass es mir in dem Zusammenhang und auf die Schnelle eingefallen wäre, bezweifle ich. Manchmal war Pelle mir eine Nasenlänge voraus, damit musste ich leben.

»Und du? Was siehst du?«, riss er mich aus meinen Überlegungen.

Ich schaute zur anderen Straßenseite und auf die Wiese dort, die früher wohl ein Acker gewesen war, wo jetzt aber nur noch Gras und Unkraut wuchsen. Ich sagte:

»Ich sehe einen ungepflügten *Acker*, von urgermanisch **akra-*, aus der indogermanischen Wurzel **agro, ajra* auf Sanskrit, *ager* auf Latein und *agros* auf Griechisch, woher wir das Fremdwort *Agrar* haben. Vielleicht hatte die indogermanische Grundbedeutung mit dem Land zu tun, auf das man das Vieh trieb, denn die indogermanische Wurzel **ag-* bedeutet treiben, führen und liegt auch dem altnordischen *aka* zugrunde, fahren, das wir im schwedischen *åka*, fahren, wiederfinden und dem norwegischen *ake* für rinnen oder gleiten, ob Letzteres nun auf einem Schlitten passiert oder auf dem Hintern. Thor mit dem Hammer wurde auch *aka*-Thor genannt, da er mit seinem Wagen über den Himmel fuhr. Aus derselben indogermanischen Wurzel stammt eine ganze Reihe lateinischer Fremdwörter, wie *agieren, Agent, aktiv* und *Aktion*, aber auch griechische wie *Demagoge*, einer, der das Volk ›treibt‹, *Pädagoge*, einer, der das Kind ›führt‹, und so weiter.«

Ich schaute nicht mehr zur Wiese auf der anderen Straßenseite. Ich sah Pelle an, wie immer, wenn ich mit ihm redete, weil sich das so gehört. Ich bat ihn um eine kurze Reaktion:

»In Ordnung?«

Pelle nickte beinahe ungnädig.

»Klingt so, ja. Und die Tiere, die den Pflug zogen, waren ins *Joch* gespannt, dasselbe Wort, das wir noch heute dafür benutzen, wenn ein Volk in Knechtschaft unter einem fremden *Joch* schmachtet. Wir finden eine Ableitung in den norwegischen Wörtern *økt* für Pflichtdienst und in *øk* für einen alten Klepper. Das norwegische Wort *åk* stammt vom altnordischen *ok*, deutsch *Joch*, englisch *yoke*, und alles kommt vom urgermanischen **juka-*, abgeleitet vom indogermanischen **yugo-*, nach der Wurzel **yeug-* für verbinden, dem Ursprung des Wortes *Yoga* übrigens, das im Sanskrit Verbindung bedeutet.«

Es kann sein, dass ich Pelle jetzt ins Wort fiel, jedenfalls sagte ich:

»Das Wort für *Joch* ist im ganzen indogermanischen Sprachraum weit verbreitet, wir finden es im Lateinischen und Griechischen, in einer Reihe von keltischen, baltischen und slawischen Sprachen, dazu auf Tocharisch und Hethitisch, und damit verrät es uns etwas über die Lebensumstände der Indogermanen. Sie waren hart arbeitende Bauern, die sich im täglichen Kampf ums Dasein abmühen mussten.«

Ich merkte, wie Pelle an meinem Handgelenk riss. Ich hatte mir in solchen Situationen schon zweimal eine Sehnenscheidenentzündung geholt, beziehungsweise das, was ich bei mir eine Pellehand nenne. Zum Glück ist es nicht die Hand, mit der ich schreibe.

Jetzt spannte er meine Muskeln an und sagte:

»Sie mussten ertragen und *entbehren* – vom Germanischen **beran-* für tragen und *gebären*, das wir in den germanischen

Wörtern für *Bürde, Bahre, Geburt, ebenbürtig, Börde* und *Geburtstag* finden. Alles geht zurück auf die indogermanische Wurzel **bher-* für tragen, die wir vom indischen Namen für Indien kennen: *Bharat*, nach dem Urkönig *Bharata*, was so viel bedeutet wie ›der, der trägt‹. Nicht zuletzt ist uns das lateinische Wort *ferre* für tragen bekannt, das aus derselben Wurzel stammt und das wir in einer Menge Fremdwörter wiederfinden, im *referieren* etwa oder in *differenzieren* und in *fertil*.«

Endlich entspannte er sich wieder.

Auf der Straße kamen inzwischen immer häufiger Autos und Motorräder vorbei. Manche der Vorüberfahrenden fanden es sicher seltsam, einen älteren Mann ins Gespräch mit einer Handpuppe vertieft zu sehen. Aber ich habe gelernt, mit verwunderten Blicken zu leben. Ich hatte nun mal nicht immer jemand anderen, mit dem ich hätte reden können. Wir saßen zudem nicht auf einer Parkbank in Oslo. Wir befanden uns auf dem platten Land auf einer Insel in der Ostsee. Ich möchte an dieser Stelle einen meines Erachtens naheliegenden Vergleich ziehen: Viele haben keine Hemmungen, nackt zu baden, wenn sie nur weit genug von zu Hause weg sind – und ich fand es nun mal nicht peinlich, an einer Landstraße mehr oder weniger im Niemandsland mit Pelle zu reden. Mag sein, dass ich mich dabei auch entblößte, ja, mag sein. Aber meine Schüler konnten mich nicht sehen, und sehr viel mehr Menschen gibt es nicht, vor denen mir etwas peinlich sein könnte.

»Aber sie hatten immerhin Pferde«, sagte ich. »Und neben diesem jüngeren Wort finden wir im Altnordischen auch das indogermanische Wort *jór*, wie in *Jórvik*, also Pferdebucht, dem alten Namen der englischen Stadt *York* und damit auch von *New York*. Im altnordischen Bereich finden wir dasselbe uralte Wort für Pferd auch in beliebten Eigennamen wie *Jostein*, also Pferdestein, womit vielleicht der Stein gemeint war, auf den man sich stellte, um das Pferd zu besteigen, oder *Jóarr* für Pferd und Kämpfer. Wir haben es hier mit dem urindogermanischen Wort **ekwos* zu tun, das wir im lateinischen *equus*, dem griechischen *hippos* wie in *Hippodrom* – leichter erkennbar im jonischen Dialekt als *ikkos* oder auch im Mykenischen als *ikkwos* –, aber auch im Sanskrit als *ásva* und im Altirischen als *ech* wiederfinden. Die Urindogermanen hatten also Pferde …«

Ich spürte ein Zucken im linken Unterarm, als Pelle mich unterbrach:

»… und Wagen.«

»Wie?«

»Die Indogermanen hatten Pferd und Wagen.«

»Darüber sprachen wir bereits. Von *Weg* und *Wagen* war schon die Rede.«

Aber Pelle ließ nicht locker. Mein ganzer Unterarm zitterte. Er sagte:

»Eine Voraussetzung für die Kombination von Pferd und Wagen war, dass zwei Räder an einer *Achse* befestigt wurden. Das war das Ei des Kolumbus. Und diese Technologie muss den Urindogermanen bekannt gewesen sein, denn auch *Achse* ist ein indogermanisches Wort, das sich in großen Teilen des indogermanischen Sprachraums findet.«

Er hatte recht. Das norwegische Wort *aksel*, von altnordisch *oxull* für *Achse*, verwandt mit *oxl* für den Körperteil *Achsel* oder Schulter, geht zurück auf das germanische **ahslo-*, indogermanisch vermutlich **aks-*, davon auch Sanskrit *aksa-*, griechisch *akson* und lateinisch *axis* für *Achse*.

Weiter konnten wir es nicht treiben, denn nun kam der Bus,

hoffentlich mit soliden *Achsen*, damit er keine Probleme beim *Akzelerieren*, also Beschleunigen hätte.

Ich zog Pelle von meinem Arm, faltete ihn sorgfältig zusammen und steckte ihn wieder in den schwarzen Rucksack.

Sobald er meinen Arm verlassen hat, kann er nicht mehr protestieren. Manchmal reiße ich ihn mit einer blitzschnellen Bewegung einfach herunter, damit er genau das nicht tun kann.

Aber ich spüre es, wenn er unbedingt auf den Arm will. Ich verspüre dann eine besondere Art von Unruhe.

Auch in den gut zwei Jahren, in denen er weit hinten im Kleiderschrank gefangen gehalten wurde, war es so. Ich holte ihn dann heraus und sprach mit ihm, allerdings nur, wenn Reidun nicht zu Hause war, was leider viel zu selten vorkam. Und auch dann musste er wieder versteckt sein, bevor sie in die Wohnung zurückkehrte.

Gegen Ende unseres Zusammenlebens kam sie manchmal unangemeldet um Stunden früher nach Hause als sonst. Es gefiel mir nicht, und ich fand es merkwürdig, aber ein paar Wochen lang geschah es immer häufiger. Ich hatte den Verdacht, sie versuchte, Pelle und mich zu überwachen. Ich hatte den Verdacht, dass sie jeden Tag nachsah, wo genau Pelle im Schrank lag, ich meine, auf den Millimeter genau, um herauszufinden, ob er den Schrank verlassen hatte, mit anderen Worten: ob er in ihrer Abwesenheit in Gebrauch gewesen war. Ich stellte mir vor, sie müsse von Pelles Existenz erfahren haben, als sie meine Schubladen durchsuchte, um mir irgendetwas anhängen zu können, egal, was.

Der Verdacht bestätigte sich an dem Tag, als ich von der Schule nach Hause kam und sie im Flur stand und mit Pelle herumfuchtelte. Vielleicht hatte sie da schon erraten, dass

Pelle und ich in einer Art heimlicher Symbiose lebten. Als ich ihn dann über den Arm streifte und ihn frei sprechen ließ, sie also ihre bangen Ahnungen bestätigt fand, musste er zurück in den Schrank. Man konnte das unseren Kompromiss nennen. Am liebsten hätte es meine Frau gesehen, wenn ich Herrn Skrindo in den Müll geworfen hätte.

*

Als ich wieder im Hotel war, tauschte ich den dunklen Anzug gegen etwas Helleres und Leichteres aus und ging durch die gepflasterten Straßen zum Stora Torg und von da wieder zum Skafferiet, dem Café, an dem ich auf einem Abendspaziergang am Vortag, dem Tag meines Eintreffens in Visby, vorbeigekommen war. Ich betrat einen üppigen Garten mit blühenden Rhododendren, Fliederbüschen und Margeriten, dazu einigen Obstbäumen, die noch keine Blüten trugen.

Es war heiß, im Garten waren es vielleicht fünfundzwanzig Grad, aber die Bäume und die weiß getünchten Mauern ringsum spendeten etwas Schatten. Auch das Plätschern eines kleinen Springbrunnens zwischen den Bäumen sorgte für ein kühlendes Gefühl.

Ein kleines blondes Mädchen von fünf oder sechs Jahren hatte den kleinen Springbrunnen gerade erst entdeckt: »Guck mal!«, rief sie ihrem Großvater zu. Sie sprach Schwedisch.

Ich versuchte, mich in den Großvater hineinzuversetzen, was nicht einmal so schwer war. Als er dem Kind die Hand auf den Kopf legte und ihm über die Haare strich, hatte ich fast das Gefühl, es selbst zu tun, und noch lange danach meinte ich, die glatten Haare in meiner Handfläche spüren zu können. Es war ein seltsames Gefühl, erstaunlich, denn ich hatte noch nie die Haare eines kleinen Mädchens gestreichelt.

Ich bestellte mir einen Toast mit Käse und Schinken, einen grünen Salat und ein Glas Rotwein und bekam bald alles an meinen Tisch weit hinten im Garten gebracht. Am nächsten Vormittag sollte ich dann erfahren, dass die junge Dame, die mir Speis und Trank servierte, Ida hieß. An den folgenden Tagen redete ich ab und zu mit ihr, über alles Mögliche. Sie fand es offenbar witzig, sich mit einem Norweger zu unterhalten, der seltsamerweise fließend Schwedisch sprach. Sie erzählte, dass eine Freundin von ihr in Oslo arbeite, ebenfalls in einem Café.

Ich blieb eine Weile sitzen und sah mir die Menschen an, die Blumen in den vielen Krügen und Kübeln, die Sperlinge und Amseln, die Krümel vom Gartenweg pickten, und nicht zuletzt die domestizierten Dohlen, die sich über die Essensreste hermachten, wenn die Cafégäste der Idylle überdrüssig waren und sich in die Stadt zurückbegaben.

Ich merkte, dass es mir nichts ausmachte, den Kaffee nach der Beerdigung versäumt zu haben, rein gar nichts.

Und dann betritt Ylva Lundin den Garten. Sie hält in einer Hand einen Becher mit Tee und zieht mit der anderen einen roten Rollkoffer hinter sich her. Sie trägt eine schwarze Bluse und einen schwarzen Rock. Beides sitzt wie angegossen, aber ich halte es für einen seltsamen Aufzug an diesem heißen Tag. Da Rot und Schwarz einen schönen Kontrast bilden, hat sie sich vielleicht passend zum Koffer angezogen oder den Koffer passend zur Kleidung ausgesucht. Die Sonnenstrahlen treffen ihren Hals, und schon aus der Ferne erkenne ich den saphirblauen Anhänger.

Sie entdeckt mich und bleibt abrupt stehen. Die Überraschung über diese Begegnung beruht offenbar auf Gegenseitigkeit, doch ich halte wenigstens keinen Becher mit einem heißen Getränk in der Hand. Wir haben uns seit über zehn Jahren nicht mehr gesehen. Aber in der Zwischenzeit bin ich mehreren von ihren Familienmitgliedern begegnet, und sie hat sicher allerlei über mich gehört, den geheimnisvollen und vermutlich dubiosen Herrn Inkognito.

Ihr Gesicht leuchtet auf, und ich deute es als eine Art Wiedersehensfreude – oder jedenfalls Freude – und biete ihr den freien Stuhl an meinem Tisch an.

Sie lässt sich elegant und ohne Widerspruch nieder, fast als wären wir verabredet. Sie ist jetzt Ende dreißig, und ihre Züge wirken erwachsen.

»Sind Sie allein?«, fragt sie.

Ich nicke.

»Und Sie?«

Sie umfasst den Becher mit beiden Händen, beugt sich darüber und nickt.

Mir geht auf, dass wir unterhalb dieses halb verbalen, halb mimischen Dialogs womöglich beide einen doppelten Boden erahnen.

Auf dem Dach des Cafégebäudes sitzen zwei Dohlen und schauen auf uns herab, aber mehr als uns haben sie vermutlich die Essensreste auf meinem Teller im Auge. Ylva zeigt zu ihnen hoch und sagt:

»Die beiden sehen alles.«

»Sie meinen, alle Gäste hier im Café?«

Sie schüttelt den Kopf: »Es sind Hugin und Munin, die auf Sie und mich herabschauen.«

Ich lache: »Und dann erstatten sie Odin darüber Bericht?«

Sie nickt: »Und der erzählt es Großvater – der jetzt in Walhalla ist. Bald wird er hören, dass wir uns hier auf Gotland getroffen haben. Großvater hat Gotland geliebt. Er hatte hier Verwandte …«

Ich war am Vortag auf die Insel gekommen und wollte über Pfingsten in Visby bleiben. Ylva war seit einer knappen Woche hier und wollte später am Nachmittag nach Oslo zurück. Sie war sozusagen schon auf dem Weg.

Jetzt gerade kam sie vom »Fornsalen«, dem kulturgeschichtlichen Museum hier in Visby; sie hatte die dortige Sammlung der berühmten gotländischen Bildsteine mit Sonnenkreuzen und mythischen Motiven wie Odin, dem achtbeinigen Ross Sleipnir oder Sigurd dem Drachentöter studiert. An den Tagen zuvor, erzählte sie mir, habe sie in der Bibliothek von Almedalen gesessen und alles über Gotlandica gelesen, was sie finden konnte. Sie hatte Bücher entdeckt, von deren Existenz sie nichts geahnt hatte, und vor allem eines hatte neues Licht in ihre eigenen Forschungsarbeiten gebracht, genauer gesagt, in einen kleinen Teil davon, wie sie betonte.

Ylva wandelte in den Fußstapfen ihres Großvaters. Sie war bereits Universitätsdozentin für Religionsgeschichte und fast fertig mit ihrer Doktorarbeit über Odin in Mythos und Kult. Ich fragte, ob ich sie auf diese Idee gebracht hätte, worauf sie mich mit einem Blick ansah, den ich nicht deuten konnte. Der Gedanke war ihr anscheinend nie gekommen. Erst nach einigen Sekunden legte sie den Kopf schief und sagte: »Vielleicht?«

Am frühen Morgen dieses Freitags, unseres Nationalfeiertags, hatte sie sich ein Elektroauto gemietet und war nach Fårö hinausgefahren, wo ein älterer Vetter zweiten Grades ein Sommerhaus besaß. Auf der Rückfahrt hatte sie bei der Kirche von Bro angehalten, und jetzt verbreitete sie sich über diese Kirche, von der ich eben erst zurückgekommen war. Sie hatte einige interessante Überlegungen über das Wandgemälde vom Garten Eden angestellt, das auch ich erst vor wenigen Stunden bewundert hatte. Und vorn in der Kirche hatte ein weißer Sarg gestanden – warum erwähnte Ylva *den* nicht?

Mir wurde plötzlich schwindlig. Trieb sie etwa Scherze mit mir?

Bei der Beerdigung waren viele Menschen gewesen. War es möglich, dass auch sie da gewesen war und bewusst einen Bogen um mich gemacht hatte? War sie in ihrem Elektroauto davongefahren, während ich noch vor der Kirchentür stand und mich mit anderen Trauergästen unterhielt? Oder war sie eine Stunde später auf der Landstraße an mir vorbeigefahren, als ich, ins Gespräch mit Pelle vertieft, auf der blauen Bank saß? Aber warum hatte sie dann nicht angehalten, um uns mitzunehmen? War es möglich, dass sie Handpuppen grässlich fand, genau wie Reidun?

Ich hatte mich vor allem mit dem Ehepaar mittleren Alters unterhalten, das ausgerechnet Lundin geheißen hatte. War es möglich, dass die beiden ihre Verbindung zu dem alten Professor nur geleugnet hatten, weil sie begriffen, mit wem sie da redeten? Es war zumindest nicht undenkbar, dass sich Gerüchte über mein Treiben auch bei unserem Brudervolk im Osten verbreitet und am Ende sogar eine Insel weit draußen in der Ostsee erreicht hatten. Hatten die beiden nicht diesen Blick gewechselt, als ich gefragt hatte, ob sie mit Erik Lundin verwandt seien …

Ylva war also auf Fårö gewesen, um einen »älteren Vetter zweiten Grades« zu besuchen. Hieß der vielleicht Sven-Bertil?

Mir kam es vor, als wollte sie mich mit allem, was sie über die Kirche von Bro, den Garten Eden und den Sündenfall erzählte, auf die Probe stellen. Auch konzentrierte sie sich meiner Meinung nach etwas zu sehr auf den sexuellen Aspekt des Sündenfalls, und womöglich tat sie es deshalb, weil sie glaubte, sie könne mich damit aus der Fassung und aus dem Gleichgewicht bringen. Aber ich ließ mich nicht beeindrucken. Oder tat jedenfalls so, als wäre ich nicht beeindruckt, zumal mir ihre Temperamentsausbrüche im Østreheim Kro og Selskapslokaler noch gut in Erinnerung waren.

Ich hielt es allerdings für vernünftiger, ihr meinerseits nichts zu verheimlichen, und beschloss, in die Offensive zu gehen. Ich brachte also meine Überraschung darüber zum Ausdruck, dass sie nun schon mehrmals die Kirche von Bro erwähnt habe, denn früher am Tag sei ich selbst in dieser Kirche gewesen, um an der Beerdigung von Sven-Åke Gardell teilzunehmen, dem bekannten Geistlichen und Theologen. Vielleicht kenne sie ihn sogar, schließlich habe der streitbare liberale Geistliche zu einigen innerkirchlichen Auseinandersetzungen Anlass gegeben?

Sie sagte nichts. Sie verzog keine Miene. Sie sah mir nur in die Augen, bis ich den Blick senkte und das saphirblaue Odinsauge in ihrer Halsgrube anstarrte. Auch das registrierte sie.

Ich konnte nicht anders, ich musste weiterreden. Ich musste es einfach. Ich musste ihr so überzeugend wie möglich die Geschichte erzählen, wie Sven-Åke und ich uns in den achtziger Jahren in der Nähe von Stockholm kennengelernt hatten. Der Würfel war gefallen. Und jetzt lag er zitternd zwischen uns auf dem Tisch.

*

Ich begann mit meinem Bericht, und ich glaube, sie bekam genau das zu hören, was sie wollte:

»Es gab eine Zeit in meinem Leben, als ich mich kaum noch

meiner angestammten Kirche zugehörig fühlte. Dafür habe ich der ökumenischen Idee große Zuneigung entgegengebracht. Ich fand, der christliche Glaube und die christliche Lehre – und zwar Christologie, Versöhnungslehre und Eschatologie gleichermaßen – waren schon von Haus aus so überwältigend und aus moderner Sicht irrational, dass es fast unheimlich gewesen wäre, wenn alle Glaubensgemeinschaften sich auf dieselbe Deutung der biblischen Überlieferung hätten einigen können. Die Vielfalt ist die eigentliche Quintessenz des menschlichen Wesens, war es da nicht nur natürlich, dass auch die Christenheit – nach immerhin zweitausend Jahren – von einer gewissen Vielfalt geprägt war? Es gab diese Vielfalt, aber sie durfte uns nicht daran hindern, unsere Gedanken und Ansichten auszutauschen und ab und zu auch einen gemeinsamen Gottesdienst abzuhalten.«

Nach diesen einleitenden Bemerkungen legte ich eine Kunstpause ein und erwiderte Ylvas Blick, um ihre Reaktion auf das bisher Gesagte in Erfahrung zu bringen, etwa so wie ein Wahrsager kleine Signale des Kunden braucht, um zu sehen, ob er den eingeschlagenen Weg weitergehen soll, besser gesagt, um nicht die Orientierung zu verlieren und etwas ganz und gar Falsches zu sagen. Aber Ylva spielte nicht mit, sie gönnte mir nur ein kleinstmögliches Nicken, nicht etwa als Reaktion auf das, was ich gesagt hatte, sondern allein als Zeichen dafür, dass sie mehr von dem hören wollte, was ich zu erzählen hatte. Sie wirkte weder skeptisch noch abweisend. Sie war ganz bei mir, wie man heute sagt.

Zwanzig Jahre nach dem großen Kirchentreffen in Uppsala habe man 1986 etwas außerhalb von Stockholm ein ökumenisches Seminar abgehalten, erzählte ich weiter, und daran hätte ich teilgenommen, nicht als Abgesandter irgendeiner Glaubensgemeinschaft, sondern als freier Beobachter und vor allem deshalb, weil ich seit vielen Jahren am Gymnasium das Fach Religion unterrichtete. Ich sei ins Nachbarland gereist, um mein Wissen ein wenig aufzufrischen, zudem hätte ich mein ganzes Erwachsenenleben hindurch eine Art Liebesbeziehung zu unserem Brudervolk im Osten unterhalten, weshalb auch der Veranstaltungsort ein Pluspunkt gewesen sei. Dort also hätte ich Sven-Åke Gardell kennengelernt, den von Gotland stammenden Pastor und Theologen, und vom ersten Tag an hätten wir uns ausnehmend gut verstanden. Schon bei der Anmeldung seien wir miteinander ins Gespräch gekommen …

Ylva beugte sich über ihren Becher. Sie umfasste ihn noch immer mit beiden Händen, was unmöglich daran liegen konnte, dass sie an den Fingern fror, denn hier, wo wir saßen, wurde es immer wärmer. Sie schaute mich an, freundlich, wie ich fand, als ob sie mir gern zuhörte.

Sie fragte: »Wo hat dieses Seminar noch mal stattgefunden?«

»In Stockholm«, wiederholte ich.

Sah ich die Andeutung eines kleinen Lächelns? Sie fragte: »Aber wo genau? Ich kenne mich da aus.«

Ich tat so, als müsste ich kurz überlegen. »Wie ich schon sagte, etwas außerhalb. In Sigtuna, der alten Stadt zwischen Stockholm und Uppsala, genauer gesagt am nördlichen Ufer des Sigtunafjärd, eines Arms des Mälarsees.«

Sie schaute zuckersüß. Aber lachte sie? Vielleicht, vielleicht nicht. Sie sagte: »Dann war das sicher in der Sigtuna-Schule?«

Aha, dachte ich, so gut kennt sie sich also aus. Ich sagte: »Und in der Volkshochschule. Das Seminar war wie ein großes Festival. Es gab Veranstaltungen überall in der Stadt, sogar in den Straßen. Wie Sie sicher wissen, ist das kleine Sigtuna seit fast hundert Jahren so etwas wie die schwedische Hauptstadt des Humanismus und der Ökumene.«

Sie nickte wieder, und diesmal wohl zur Bestätigung dessen, was ich über Sigtuna gesagt hatte, vielleicht sogar als Zeichen dafür, dass ich mehr darüber erzählen sollte, wie ich Sven-Åke Gardell kennengelernt hatte. Ich wusste noch immer nicht, ob sie selbst in irgendeiner Verbindung zu ihm stand und womöglich auch bei seiner Beerdigung gewesen war. Ich wusste nur, dass sie sich ausführlich über die Kirche verbreitet hatte, auf deren Friedhof er nun begraben lag. Zudem war sie schwarz gekleidet.

Sie hatte ihren Becher inzwischen geleert und losgelassen. Sie setzte sich gerade und fragte:

»Erzählen Sie, wie genau haben Sie den gotländischen Pastor kennengelernt? Sie sagten, Sie hätten sich auf Anhieb gut verstanden.«

Ich dachte: Willst du das wirklich alles hören? Hast du so viel Zeit?

Ihr Blick schien das zu bestätigen. Sie war ganz Ohr.

»Nach dem Seminar fuhren Sven-Åke und ich zusammen nach Stockholm, und schon auf dem Weg in die Stadt stellte sich heraus, dass wir beide erst am späten Abend nach Oslo beziehungsweise Visby weiterfliegen würden. Ich erzählte, dass ich mit dem Gedanken an eine Bootsrundfahrt von der Rathausbrücke zum Schloss Drottningholm gespielt hätte. Er hielt das für eine so gute Idee, dass er mitkommen wollte, und bald saßen wir zusammen an Bord der vom Beginn des vorigen Jahrhunderts stammenden *S/S Drottningholm*.

Auf der Ausfahrt, ich meine, der Fahrt hinaus in die Fahrrinne, gingen wir in das elegante Restaurant, von dem ich noch weiß, dass es tief im Wasser, fast auf Höhe des Wasserspiegels lag. Die Fahrt dauerte eine Stunde, während der wir uns jeder zwei Glas Weißwein zur Vorspeise und zusammen eine Flasche Rotwein zum Hauptgericht genehmigten. Danach tranken wir noch Kaffee und Cognac.

Ich wusste nun ja, dass Sven-Åke ein recht distanziertes Verhältnis zu den kirchlichen Dogmen hatte und dass dieses Verhältnis zugleich sein ökumenisches Engagement befeuerte. Wenn wir uns nur vom Hang zur Dogmenbildung befreien könnten, würden die verschiedenen Glaubensgemeinschaften sich umso leichter um das zusammenschließen können, was für ihn der eigentliche Kern des Christentums war, nämlich Jesu Verkündigung und Vergebung und nicht zuletzt Jesu durch und durch barmherziger Blick auf das Leben und Zusammenleben der Menschen, mit dem er in Widerspruch zu den Pharisäern und Schriftgelehrten geriet, den Rechtgläubigen *seiner* Zeit mit ihren mehr oder weniger doktrinären Gottesvorstellungen.

Noch ehe das zweite Glas Weißwein serviert worden war, beugte Sven-Åke sich über den Tisch und sagte: ›Hören Sie zu! Die Menschen hatten immer schon ein kunterbuntes Glaubensleben. Überall auf der Welt und zu jeder Zeit haben die Menschen im Glauben an übernatürliche Wesen wie Engel, Götter und Dämonen, aber auch an die Geister der Ahnen und einen wilden Haufen Naturgeister Orientierung gefunden. Es gibt keinen Ort und keine historische Epoche, wo das nicht der Fall gewesen wäre. Und dennoch haben wir es womöglich mit etwas zu tun, was sich die Menschen nur zusammenphantasiert haben. Verstehen Sie, was ich meine?‹

Und ob! Es fiel mir überhaupt nicht schwer zu begreifen, worauf der Pastor hinauswollte. Von meinem Kinderglauben war nicht mehr viel übrig. Meine Bindung an die Kirche war zu der Zeit eher sozialer Art und wenig bis gar nicht Ausdruck eines glaubensbedingten Engagements. Damals wie heute mochte ich Menschen und ging gern zum Kirchenkaffee oder einem Vortrag in der Kirchlichen Akademie. Dass ich mit einer wichtigen Persönlichkeit der schwedischen Kirche zusammensitzen durfte, war mir eine Ehre.«

Während ich erzählte, sah ich immer wieder Ylva an, um mich davon zu überzeugen, dass sie mir noch zuhörte. Sie nickte nicht mehr. Sie schien gefesselt. Etwas von dem, was ich erzählt hatte, musste sie zutiefst berührt haben. Sieh einer an, dachte ich. Es war mir eine Genugtuung, einer waschechten Religionshistorikerin zu imponieren, noch dazu der Enkelin des legendären Professors Lundin. Aber ich schloss auch nicht aus, dass sie vor allem von meinem Fabuliertalent beeindruckt war, von meiner Fähigkeit zu lügen, dass sich die Balken bogen.

Ich erzählte weiter:

»Ich gestand dem Pastor, dass auch ich, was übernatürliche Glaubensvorstellungen betreffe, ein Abtrünniger sei, mir aber dennoch das Recht vorbehielte, mich als Christ zu bezeichnen.

Worauf mein Freund das Weißweinglas hob und feierlich sagte: ›Hören Sie zu, mein lieber Bruder! Die Frage ist in der Tat die, ob wir auch als Christen leben können, *ohne* auf einen Offenbarungsglauben zu schwören, und damit meine ich alles vom Glauben an brennende Dornbüsche und Wunder im Schilf bis zu Jesu Auferstehung und Christi Himmelfahrt. Nun ja, wir beide wären dafür schon einmal zwei lebende Exempel. Es gibt vielleicht nicht viele Gleichgesinnte, aber wer weiß, wie vielen in der Kirche einfach der Mut fehlt – und möglicherweise auch die finanzielle Unabhängigkeit –, um mit ihrem Ketzertum an die Öffentlichkeit zu treten?‹

Das war noch einige Jahre vor dem berühmten Radiointerview, in dem er sagte: ›Wenn Christus *nicht* auferstanden ist, bin ich dennoch ein Priester Jesu Christi.‹ Ich hätte ihn vielleicht bremsen können, ihn warnen. Aber das tat ich nicht.

Der alte Dampfer legte vor dem Schloss Drottningholm an, und wir wanderten durch die Schlossgärten. Wir setzten unser Gespräch fort, bis wir zwei Stunden später wieder an Bord gingen. Wir waren inzwischen so müde, dass wir auch an Deck bleiben und ein Nickerchen hätten machen können. Aber wir genossen die Rückfahrt bei einer Flasche Chablis, die wir, fast wie bei einem Sakrament, brüderlich teilten, und das kalte Getränk belebte uns wieder.

Von der Rathausbrücke fuhren wir zusammen zum Flughafen Arlanda, und unsere Wege trennten sich erst, als Sven-Åke in die Halle für Inlandsflüge musste und ich in die für Auslandsflüge.«

*

»Da kam eine Maus. Das Märchen war aus«, sagte Ylva mit strahlendem Lächeln. Das Lächeln war warm und echt, das begriff ich, aber ich war mir nicht ganz sicher, wie ich es deuten sollte.

Sie schaute auf die Uhr, bat um Entschuldigung und fragte, ob ich kurz auf ihren roten Rollkoffer aufpassen könne, dann ging sie durch den Garten und verschwand im Café. Sie war fast sofort wieder da, jedenfalls schneller, als bei einem Toilettenbesuch zu erwarten gewesen wäre. Ich wusste, dass für viele Frauen ein Blick in den Spiegel ebenso dringlich sein konnte, und vielleicht wusste sie ja von einem Garderobenspiegel bei der Eingangstür; aber als sie sich dann setzte, hatte sie weder mehr Lippenstift aufgetragen noch ihre Wimperntusche erneuert, und auch ihre Haare sahen aus wie vorher.

Ich rätselte noch, als kurz darauf Ida kam und eine Flasche eiskalten Chablis und zwei Weingläser auf den Tisch stellte. Sie öffnete die Flasche und ließ mich probieren, und ich nickte. Aber ich wunderte mich auch. Ich erinnerte mich noch gut an den Aquavit nach der Beerdigung von Ylvas Großvater, und dennoch wunderte ich mich.

Ylva hob das Glas und schaute mir in die Augen.

»Prost!«, sagte sie, und wir stießen an.

Ich trank mit dem Gedanken, dass man jemandem, den man verachtete, doch sicher keinen Wein kredenzte und ihm auch noch fröhlich zuprostete.

Aber sie setzte nun doch zu quellenkritischen Fragen an. Eine ergab sich aus ihren Ortskenntnissen. Denn warum waren wir überhaupt nach Stockholm zurückgefahren? Warum waren wir nicht in Sigtuna geblieben und hatten von dort aus einen Bootsausflug auf dem Mälarsee gemacht, um dann zum Flughafen Arlanda zu fahren, der nur einen Steinwurf von Sigtuna entfernt liegt?

Es fiel mir leicht, dafür eine überzeugende Erklärung zu finden. Aber gleich darauf seufzte sie tief und sagte mir ganz offen, dass sie es ein wenig besorgniserregend finde, noch nie von diesem ökumenischen Seminar in Sigtuna gehört zu haben, wo es doch offenbar sehr bedeutend und gar die ganze Stadt mit einbezogen gewesen sei. Sie sprach in vertraulichem Ton davon, ernsthaft Angst zu haben, mit ihrem Gedächtnis stimme etwas nicht, denn in letzter Zeit vergesse sie so viele Dinge. Sie sagte: »Ich *muss* von diesem Seminar gehört haben!«, und machte eine resignierte Handbewegung.

Sie spielte mir etwas vor. Mir war klar, dass sie keine Sekunde an meine Geschichte geglaubt hatte. Sie hatte mir ja auch bei den Beerdigungen ihres Großvaters und ihrer Tante nicht geglaubt. Ich hatte alle überzeugen können – sie nicht. Und doch kam es mir vor, als hätte sie mir diesmal gern zugehört. Womöglich sogar mehr als das: Es hätte mich nicht gewundert, wenn sie an meiner Fabuliererei auch aus beruflichen Gründen Gefallen gefunden hätte. Schließlich war sie Mythenforscherin.

Später, als sich unsere Wege trennten, wusste ich noch immer nicht, ob sie nun bei der Trauerfeier in der Kirche von Bro gewesen war oder Pelle und mich im Vorbeifahren auf der blauen Bank an der Bushaltestelle gesehen hatte.

Wir hatten wohl beide kein Interesse daran, den gegenseitigen Fragen auf den Grund zu gehen. Es war jetzt nicht wichtig. Wir mussten nicht herausfinden, was wirklich geschehen war und was erfunden.

Besonders witzig wurde es deshalb, als ich über meinen Besuch in Erik Lundins Büro erzählte, als der alte Professor und ich, der junge Student, bei einer Tasse Kaffee über die letzte Zeile der »Völuspá« diskutiert hatten: … *und senkt sich nieder.*

Ylva lachte, denn sie glaubte mir kein Wort, und da nun beglückwünschte sie mich zu meinem Talent, mir Geschichten auszudenken. Sie wusste, was für ein Hochstapler ich war, und dennoch lächelte sie mich an und lachte. Das tat weh, denn ausgerechnet an der Geschichte hatte nun jedes Wort gestimmt.

Auch ich lächelte. Ich durfte die gute Stimmung zwischen uns nicht mit dem Versuch ruinieren, Ylva davon zu überzeugen, dass ich ausnahmsweise die Wahrheit gesagt hatte. Meine

Glaubwürdigkeit war sowieso dahin, und selbst wenn ich es wider Erwarten geschafft hätte: Worüber hätten wir dann so befreit lachen sollen?

Als wir die Weinflasche schon ein gutes Stück geleert hatten, kam mir aber doch noch eine Frage in den Sinn, auf die ich gern eine Antwort gehabt hätte. Zur Not wollte ich sie sogar erzwingen.

Ich begann damit, dass ich wie beiläufig die Gedenkfeier im Østreheim erwähnte. Ich kam auf die Götterdichtung Skirnismál zu sprechen und streifte dabei auch Ylvas damalige Ausführungen über Sex. Sie gab vor, keinen blassen Dunst zu haben, wovon ich sprach, tat es aber auf eine Weise, die mir zeigen sollte, dass sie nur die Ahnungslose spielte. Sie kam mir also mit einer geballten Ladung Ironie, und ich verhielt mich ausnahmsweise einmal so wie Pelle: Ich überrumpelte sie mit einer ganz direkten Frage.

»Haben Sie in letzter Zeit heftige Orgasmen gehabt?«, fragte ich und schaute ihr dabei fest in die Augen: »Von kosmischen Dimensionen, meine ich?«

Sie sah mich lange nur schweigend an. Ich glaube, sie war geschockt von der Frechheit, die ich so unerwartet an den Tag gelegt hatte, aber sie verzog dennoch keine Miene.

Ein Schatten huschte über ihr Gesicht, als sie sagte: »Was glauben Sie denn, warum ich ausgerechnet nach der Beerdigung meiner geliebten Tante Andrine von so etwas gesprochen habe?«

Als ich ihr nicht antwortete, fügte sie hinzu: »Sie müssen doch begriffen haben, dass das alles nur für Sie bestimmt war …«

»Für mich?«

»Jetzt tun Sie nicht so!«, schnaubte sie. »Sie waren so unverschämt, dass ich noch eins draufsetzen wollte. Sie waren nur unschlagbar. – Oder soll ich noch mal nach den Taxiquittungen fragen?«

Ich lachte. Dann lachten wir beide.

Wir leerten die Flasche, und irgendwann musste Ylva aufbrechen, um ihren Flug nach Stockholm zu erreichen. Als sie aufgestanden war, beugte sie sich zu mir herunter und umarmte mich. Das tat gut. Sie sagte: »Hat Spaß gemacht, Sie mal wiederzusehen, Jakop, vor allem jetzt, wo Sie sich so gut mit Truls' Kusine verstehen.«

Das waren ihre Worte, Agnes. Gleich darauf ging sie, gefolgt von ihrem roten Rollkoffer, aus dem Garten.

Sie musste es also von jemandem in der Familie gehört haben, und sicher kannte sie dann auch die berühmte Geschichte der Wanderung durch Aurlandsdalen.

Plötzlich ging mir auf, dass sie also auch von Pelle gehört haben konnte.

Ich blieb sprachlos sitzen.

Ylva, dachte ich, oder *Wölfin*, eigentlich ein passender Name, ein Volltreffer sozusagen, vom altnordischen *ulfr*, germanisch **wulfa-*, was im Englischen und Deutschen zu *wolf/Wolf* wurde, von indogermanisch **wlkwo-*, russisch *volk*, im Sanskrit *vrka-s*, griechisch *lúkos* und lateinisch *lupus*.

Ich konnte mich nicht mehr bremsen, fast wie Pelle, konnte einfach nicht aufhören. Gefolgt von einem *roten* Koffer, von germanisch **rauda-*, woraus im Deutschen *rot* und im Englischen *red* wurde, von indogermanisch **reudh-*, russisch *rúdyi*, im Sanskrit *rudhirá*, griechisch *eruthrós*, irisch *rua* und lateinisch *ruber*, wie im Fremdwort *Rubin* …

Natürlich! Sverres Ohrstecker war ein Rubin! Und ich hatte ihn schon vor Jahrzehnten zum ersten Mal gesehen.

Sieh an! Da hatte ich ein kleines Rätsel gelöst. Alles fügte sich allmählich zu einem klaren Bild zusammen.

Oder fiel das Bild in Stücke?

LOFOTEN, JULI 2013

JON-JON

ALS ICH AUS VISBY nach Hause kam, waren vom Schuljahr nur noch wenige Wochen übrig.

Ich wollte in den ersten Ferientagen durchsehen, was ich bisher geschrieben hatte; erst danach wollte ich entscheiden, ob ich es dir schicken konnte. Deine Entscheidung wäre es dann, ob du es lesen wolltest und eventuell sogar die Vorstellung ertragen könntest, mich wiederzusehen.

Man kann mir vieles vorwerfen, aber Mangel an Selbsterkenntnis gehört nicht zu meinen Untugenden. Ich weiß, dass ich eigen bin, ein Exzentriker, manche würden vielleicht sogar sagen, ich sei monströs. Dass du mich nach Grethe Cecilies Beerdigung nicht weggeschickt hast, dass du mich nicht wenigstens hast gehen lassen, kann ich einfach nicht begreifen. Und dann wolltest du auch noch mit mir im Auto von Arendal zurückreisen, obwohl du für das Flugticket nicht eine Krone zurückbekommen hast und um viele Stunden später zu Hause warst, als wenn du geflogen wärst.

Mit Sven-Åkes Beerdigung war mein Bericht eigentlich zu Ende, und ich hatte mich bei meiner kleinen Auswahl von Beerdigungen strikt an das zu Anfang genannte Kriterium gehalten: Es sollten nur solche vorkommen, bei denen Angehörige von Erik Lundin auftauchten. Eine Ausnahme war vielleicht die von Andreas in Arendal, aber auf der warst du. Ob Ylva wirklich in der Kirche von Bro war, ist in diesem Zusammenhang nicht von Bedeutung. Ich bin ihr ja gleich darauf begegnet und habe ihr im idyllischen Garten des Cafés Skafferiet meine kleine Gedenkrede für Sven-Åke Gardell gehalten. Bei Sven-Åkes Beerdigung selbst hatte ich außerdem mit dem Ehepaar Lundin gesprochen. Wie weit die beiden wirklich in meinen Bericht gehören, werde ich vielleicht niemals erfahren.

Ich habe die anderen Beerdigungen, die ich besucht habe, mit keinem Wort erwähnt, auch nicht meine anderen Reisen zum Brudervolk im Osten, wie etwa zwei Ausflüge nach Sunne in Värmland und Fjällbacka in Bohuslän in diesem Frühjahr. Was du hier gelesen hast, war wie eine Lotterie, bei der man nur die Gewinnerlose sieht.

Meine Geschichte war an ihrem Ende angelangt, und ich fand, es könnte ein passendes Finale für meine kleine Familienchronik sein, dass Ylva Lundin, gefolgt von einem roten Rollkoffer, aus dem Garten des Cafés Skafferiet geht. Es hätte sich auch als letzte Szene in einem Film gut gemacht. Ich kann fast den Nachspann vor mir sehen und die beseelte Filmmusik hören. Ein allerletztes Bild könnte vielleicht mich zeigen, der bei den schwarzen Dohlen und der leeren Weinflasche sitzen bleibt; im Zweifelsfall müsste das der Regisseur entscheiden.

Doch dann geschah etwas, das meiner Erzählung eine weitere Wendung gab.

Zu Beginn der Schulferien sah ich eine Todesanzeige für Jon-Jon. Mein Freund aus der Zeit, in der ich mir ganz besonders verloren vorkam, war gestorben. Ich saß über den Küchentisch gebeugt und erstarrte. Es war fast ein größerer Schock, dass er so lange gelebt hatte, als dass er jetzt nicht mehr lebte. Ich dachte, wie viele andere wohl auch, er sei schon vor Jahrzehnten gestorben. Seit den siebziger Jahren hatte niemand mehr von ihm gehört.

Plötzlich stand mir alles aus dieser Zeit meines Lebens wieder glasklar vor Augen. Ich dachte an Marianne und Sverre, aber nicht an die alternden Menschen, die sie heute sind, sondern an sie als blutjunge Blumenkinder.

Wir benutzten damals keine Nachnamen, nie. Marianne war einfach Marianne; ich hatte keine Ahnung, dass sie die Tochter des bekannten Professors war. Sverre war Sverre aus Südnorwegen, und Johannes Skrova, der nun also nicht mehr lebt, wurde immer nur Jon-Jon genannt. Ich selbst nannte mich damals Pelle, und wie schon gesagt, als Jon-Jon ein einziges Mal mit Pelle ins Gespräch kam und die beiden sich in eine muntere Plauderei verwickelten, nannte Pelle sich Jakop, weil er wusste, dass ich mir seinen Namen ausgeliehen hatte.

In der Anzeige stand, Johannes »Jon-Jon« Skrova sei nach längerer Krankheit friedlich eingeschlafen, und das Geburtsjahr und einige andere Angaben ließen keinen Zweifel daran, dass der legendäre Jon-Jon von uns gegangen war.

Ich beschloss, zu seiner Beerdigung auf die Lofoten zu fahren. Die Todesanzeige hatte ich in *Aftenposten* gefunden. Die Hinterbliebenen hatten wohl an seine vielen Freunde aus den sechziger und siebziger Jahren gedacht, und ich hielt es nicht für unwahrscheinlich, dass sich auch Marianne und Sverre auf den Lofoten einfinden würden. Für meine Begriffe gehörte sich das einfach. Oder war es möglich, dass sie jeder für sich die Anzeige entdeckten und sie dem anderen gegenüber nicht erwähnten?

Plötzlich fiel mir etwas ein: Wenn sie zu Jon-Jons Beerdigung kamen, dann sicher ohne Ylva. Natürlich ohne Ylva. Sie war Jon-Jon nie begegnet. Sie hatte rein gar nichts mit ihm zu tun. – Aber warum war mir das eigentlich eingefallen? Ich dachte den Gedanken nicht zu Ende. Es kommt nun mal vor, dass es bei einem vagen Impuls bleibt und ein Einfall nicht wirklich Wurzeln schlägt.

Dass ich bei der Beerdigung vielleicht mit Marianne und Sverre zusammentreffen könnte, ging mir nicht aus dem Kopf. Selbst wenn sie bei unseren späteren Begegnungen geahnt haben sollten, dass ich Pelle war, konnten sie doch nicht ganz sicher sein. Es würde ihnen aber sofort klarwerden, wenn wir einander an Jon-Jons Sarg begegneten. In der Szene damals kannte man mich ausschließlich als Pelle. So hatte ich mich vorgestellt. Was sie auf den Lofoten auch sehen würden, war, dass ich nicht nur zum Vergnügen Beerdigungen besuchte. Vielleicht besserte sich damit sogar mein Ruf bei der Familie Lundin. Auch das ein verlockender Gedanke.

Deshalb sitze ich nun in einem anderen Hotelzimmer und schreibe. Ich habe einen frühen Flug nach Bodø genommen und bin mit der Hurtigrute weiter nach Svolvær gefahren, wo ich gestern Abend gegen neun Uhr eintraf.

Ich werde von Jon-Jons Beerdigung erzählen, aber gestatte mir zuvor eine kleine Abschweifung. Du hast mich gebeten, so aufrichtig zu schreiben, wie ich kann, da muss ich hin und wieder solche Exkurse einfügen.

Ich fliege nicht gern, und vielleicht habe ich deshalb vor dem Abflug im Flughafen zwei Glas Weißwein getrunken. Im Flugzeug saß ich dann neben einer Frau von etwa Mitte dreißig. Abgesehen von einem Nicken, einem konventionellen »Guten Tag« und einigen kurzen Bemerkungen, die mit dem Verstauen von Handgepäck und Zeitungen zu tun hatten, sprachen wir während des Fluges überhaupt nicht miteinander. Der Weißwein hatte mich in einen seligen Dämmerzustand versetzt, aber nicht nur deshalb hielt ich die Augen meistens geschlossen.

Ich saß links von der Frau am Fenster, und als ich den Sicherheitsgurt geschlossen hatte, streifte sie mit der Hand leicht meinen Unterarm. Wegen der anhaltenden Hitzewelle waren wir beide in kurzen Ärmeln unterwegs, ich in einem schwarzen T-Shirt, sie in einem geblümten, oben aufgeknöpften Sommerkleid. Um ganz ehrlich zu sein: Der Moment der Berührung jagte mir einen wollüstigen Schauer durch den Leib, und auf dem ganzen Weg nach Bodø hoffte ich im Stillen, das Ganze könne sich wiederholen. Sicher auch wegen der zwei Glas Wein überlegte ich sogar, ob die junge Frau den Hautkontakt womöglich bewusst gesucht und ihren Arm nicht nur zufällig in meine Richtung bewegt haben könnte. Ich war mir sicher, dass sie mir schon drei oder vier Minuten zuvor ganz nahe gewesen war, und sie zuckte nach der Berührung auch nicht zusammen wie nach einem elektrischen Schlag – sie riss die Hand nicht gleich zurück, sondern zögerte kurz und hob sie danach langsam und würdevoll. Was mir blieb, war eine tiefe Sehnsucht nach mehr. Aber ich schaute die junge Frau natürlich nicht an. Ich stellte mich schlafend.

Ich will hier nicht behaupten, ich hätte die unerwartete Begebenheit als erotischen Annäherungsversuch gedeutet, das nun wirklich nicht. Ich verlor mich auch nicht in Phantasien darüber. Nein, ich wartete nur mehr als eine Stunde darauf, dass die junge Sitznachbarin den schon etwas angegrauten Herrn an ihrer Seite – also mich – noch einmal berührte, und stellte mir vor, es sei ein Ausdruck zwischenmenschlicher Nähe und Wärme. Natürlich gibt es auf der Welt viel Hass und Bosheit, aber es gibt eben auch viel Freundlichkeit. Die junge

Frau hatte mit einem unverkennbaren nordnorwegischen Akzent gesprochen, und ich dachte mir, dass Norweger aus dem Norden vielleicht weniger vor Berührungen zurückschrecken als wir übrigen, die wir ja eher als kühl und reserviert bekannt sind. Ich selbst lasse mich allerdings leicht von Wein beeinflussen, vor allem so früh am Tag; vielleicht hoffte ich deshalb so lange, dass sie mich noch einmal berührte und diesmal ihre Hand für eine Weile liegen ließ.

Ich weiß nicht recht, warum ich dir das alles erzähle, aber ich finde, es gehört zu meinem Bericht dazu. Wenn ich es mir überlege, wurde ich, was Körperkontakte betrifft, in meinem Leben nicht eben verwöhnt. Ich fasse meine Schüler nie an und sie mich auch nicht, obwohl ich immer wieder sehe, dass so etwas zwischen Lehrern und Schülern durchaus nicht ungewöhnlich ist.

Auch die letzte Phase meiner kurzen Ehe mit Reidun fand ohne Körperkontakt statt. Wir schliefen weiterhin in einem Bett, wir hatten gar kein zweites, aber wir streckten uns beide der Länge nach aus und berührten einander nie, jedenfalls nicht absichtlich. Bewegte sich ein Arm im Schlaf auf die andere Seite, legte man ihn vorsichtig zurück – vorsichtig deshalb, damit der oder die andere nicht aufwachte.

Ich sitze also in diesem Hotelzimmer in Svolvær und schreibe meinen Bericht zu Ende. Marianne und Sverre sind wirklich auf die Lofoten gekommen. Wenn hier niemand aus der Familie Lundin aufgetaucht wäre, würde dieses Finale nicht zählen und in dieser Schrift für dich nicht erscheinen.

Es ist Montag, der 1. Juli 2013, und ich bin soeben von Jon-Jons Beerdigung in der Kirche von Vågan, auch Lofotenkathedrale genannt, zurückgekommen. Die Kirche trägt diesen Beinamen nicht ohne Grund, denn die über hundert Jahre alte hölzerne Kreuzkirche mit ihren zwölfhundert Plätzen gehört zu den größten Kirchenbauten des Landes. In der Zeit des traditionellen Kabeljaufangs von Januar bis April waren immer viele Menschen hier in der Gegend, sehr viele Menschen, und die Fischer brauchten eine so große Kathedrale, um sich zum Gottesdienst versammeln zu können.

Auch hier oben im Norden ist es fast erstickend heiß. Zu meinem Hotelzimmer, das fast schon eine Suite ist, gehört ein geräumiger Balkon mit Ausblick auf die Berge im Westen und Norden und einer guten Aussicht über den großen Marktplatz. Aber draußen auf dem Balkon ist es zu heiß zum Sitzen und zu hell, um auf dem Bildschirm zu verfolgen, was ich schreibe.

*

Im Sommer 1967, dem sprichwörtlichen Summer of Love, war Jon-Jon ein Protagonist der wachsenden Hippieszene der Hauptstadt, und das trotz seines jungen Alters. Er war damals erst siebzehn. Als ich ihn einige Jahre später kennenlernte, war er in der Szene schon eine Legende, eine Kultfigur. Ich kam aus Ål, das so weit von Haight-Ashbury entfernt ist, wie man es sich nur vorstellen kann. In irgendwelche knallbunten Fetzen gekleidet, hielt ich als Hippie meinen Einzug in den Schlosspark mit dem Nisseberget genannten Hügel.

Auch hier fühlte ich mich als Außenseiter, aber anders als zu Hause in Hallingdal, wo ich vor allem ein Ausgestoßener gewesen war. Im Schlosspark hatte ich trotz allem das Gefühl dazuzugehören.

Zum ersten Mal erlebte ich ein positives Gefühl von Zusammengehörigkeit. Jon-Jon wusste nichts über meine Kindheit oder meine kaum so zu nennende Familie, und er fragte auch nie danach. Hätte er davon gewusst, hätte er es mir sicher als Pluspunkt angerechnet. Viele im Schlosspark wohnten nicht zu Hause bei ihren Eltern, etliche hatten sich mit ihrer Familie überworfen und waren zu Hause ausgezogen. Ich selbst wusste auch nichts über Jon-Jons Hintergrund, oder nur das, was ich aus seinem nordnorwegischen Akzent heraushörte.

Obwohl die Hippiebewegung so gut wie jeden aufnahm, gab es auch hier gewisse Codes und Regeln. Wenn man Jon-Jon nicht kannte oder nicht wenigstens von ihm gehört hatte, besaß man schon mal schlechte Karten. Ich erschlich mir deshalb schon früh eine rituelle »Sitzung« mit ihm – ich spreche davon, im Lotussitz beieinanderzusitzen und ein Pfeifchen zu teilen. Der kleinen sakralen Szene verdankte ich ohne Zweifel das Ansehen, das ich während meiner wenigen Monate in der Szene genoss.

Sich zu Beginn der siebziger Jahre im Schlosspark aufzuhalten bedeutete in vielerlei Hinsicht, zu einer großen Familie zu gehören. Wie bei anderen Sippen war das Zusammengehörigkeitsgefühl beinahe allumfassend und genau das, was ich damals brauchte: Es gab mir Halt. Man musste sich allerdings recht viel Unsinn anhören. Im Schlosspark gab es keine Zensur und auch kein Meinungsmonopol, die Gedanken und Ansichten gingen in alle Richtungen auseinander. Hätten wir nicht ohnehin die meiste Zeit unter freiem Himmel gesessen, könnte man sagen, wir hätten einen riesigen Freiraum gehabt. Sehr viel schwerer war es, sich gegen gewisse Rituale zu wehren. Ein Pfeifchen oder einen Joint lehnte man nicht ab.

Als ich später Norwegisch studierte und über Peer Gynt in der Halle des Bergkönigs las, musste ich sofort an den Hügel im Schlosspark denken. Allein der Name war eine ironische Parallele: Nisseberget – Zwergenberg. Der Unterschied war vor allem, dass die Halle des Bergkönigs mit den vielen Trollen pure Phantasie war und damit ausschließlich psychedelisch, während die Hippietrolle im Schlosspark bei aller Liebe zum Psychedelischen durchaus auch in der Welt existierten.

In späteren Jahren, als ich nicht mehr zur Hippieszene gehörte, schaute ich bisweilen zum Nisseberget hinauf und dachte, dass ich mich – genau wie Peer Gynt – hatte verzaubern lassen und wirklich einer der Trolle dort oben gewesen war. Inzwischen fand ich die Hippies engstirnig. Sie blieben sozusagen im Gras sitzen, und mit der Zeit kamen die harten Drogen dazu.

Marianne Lundin wurde in der Szene als Jon-Jons Freundin eingeführt. Schon im Spätsommer 1967 war sie an seiner Seite; auch sie war damals erst siebzehn. In ihren wehenden Gewändern waren die beiden die Personifizierung des Summer of Love in Oslo, und Bilder von ihnen wurden in Zeitungen und Zeitschriften abgedruckt. Sie waren die Ikonen der norwegischen Hippiebewegung.

Wir waren wie eine große Familie. Alle waren miteinander befreundet, und »beste Freunde« waren im Grunde verpönt. Ich entsinne mich jedenfalls nicht, dass diese Bezeichnung jemals verwendet worden wäre. Was Jon-Jon anging, so hatte er außer Marianne noch einen zweiten Menschen, dem er unbedingt vertraute, fast einen Schützling, könnte man sagen, nämlich Sverre.

Sverre und Jon-Jon waren beide von zu Hause durchgebrannt, Sverre aus Südnorwegen und Jon-Jon eben von den Lofoten. Sie trafen am selben Tag in der Hauptstadt ein, kamen schon im Ostbahnhof miteinander ins Gespräch, und vom ersten Tag an waren sie das, was wir heute durchaus als »beste Freunde« bezeichnen würden. Das war nur wenige Wochen, ehe Marianne und Jon-Jon sich zum ersten Mal begegneten und sofort ein Paar wurden. Wo sie sich kennengelernt hatten, ich meine, wo in der Stadt, hat man mir nie erzählt. Eines Tages kam Jon-Jon jedenfalls mit Marianne in den Park, vielleicht nur Stunden, nachdem er sie an irgendeiner Straßenecke in der Stadt aufgelesen hatte – was für die Zeit, von der hier die Rede ist, nicht untypisch gewesen wäre. Die Freundschaft mit Sverre blieb davon unbeeinflusst. Von da an sah man sie immer zu dritt. Sverre, Marianne und Jon-Jon waren wie ein Kleeblatt, fast wie eine heilige Dreifaltigkeit, und genauso lernte ich sie kennen, als ich vier Jahre später aus Ål in Hallingdal kam, um mich an der Universität von Oslo zu immatrikulieren.

Ich gehörte erst seit wenigen Monaten zur Szene, als Marianne sich unverhofft in Sverres Arme warf. Ein wenig Liebe hin und her war damals nicht ungewöhnlich, und ideologisch stand dem nichts im Wege, eher im Gegenteil. Aber Marianne kehrte nie zu Jon-Jon zurück. Von da an war er ein einsamer Wolf, und obwohl er so etwas wie Oslos Erzhippie war, fiel er schnell aus der Szene heraus. Eifersucht, Hass und Liebeskummer waren unvereinbar mit dem lockeren Stil der Blumenkinder. Auch ich wurde um die Zeit zum Abtrünnigen. Bei Marianne und Sverre wurzelte die Hippieschwärmerei tiefer, und sie hielt länger vor.

Vor allem in der ersten Zeit nach seiner Trennung von Marianne traf ich Jon-Jon einige Male unter vier Augen. Auch er hatte nun ein Studium aufgenommen, aber ich glaube nicht, dass er je irgendwelche Prüfungen ablegte. Er trieb sich als Student an der ganzen Universität herum, eine Art Freigeist zwischen den Fakultäten. Einmal gab er mir eine zerlesene Ausgabe von Gurdjieffs »Meetings with Remarkable Men«, ein andermal J. D. Salingers »The Catcher in the Rye«.

Ein einziges Mal besuchte mich Jon-Jon im Studentenheim in Kringsjå. Wie wir dort landeten oder aus welchem Grund ich ihn mit zu mir genommen habe, weiß ich nicht mehr. Aber hier lernte er Pelle kennen, das habe ich nicht vergessen.

Als wir mein Zimmer betraten, spürte ich am leichten Kribbeln im linken Arm, dass Pelle ihm vorgestellt werden wollte. Ich holte ihn von der Fensterbank, streifte ihn mir über den Arm, und Pelle redete in seiner typischen Art drauflos. Es war bei dieser Gelegenheit, dass er sich als Jakop vorstellte, weil Jon-Jon schon mich als Pelle kannte. Er sagte:

»Ich bin Jakop. Und du?«

Es war, als hätte Pelle schon mit diesen ersten Worten ein Licht in Jon-Jon angezündet, vielleicht deshalb, weil er, Jon-Jon, die Einsamkeit ähnlich gut kannte wie ich. So habe ich es mir später überlegt. Er war jedenfalls vom ersten Moment an auf Pelles Wellenlänge. Ich glaube, sie sprachen über eine Stunde miteinander, auch dann noch, als es mir längst reichte. Sie waren nicht zu bremsen. Ich fand, sie hätten mich wenigstens mit ins Gespräch ziehen können, aber weder Pelle noch Jon-Jon ließen mich zum Zuge kommen, sie interessierten sich nur füreinander. Ich weiß noch, ich ärgerte mich nicht schlecht über die Redseligkeit der beiden und fand, dass sie es gewaltig übertrieben.

Für mich war es eine kleine Sensation gewesen, dass Jon-Jon zu mir zu Besuch kam. Wir hatten zudem eine Flasche Schnaps, die wir trinken wollten, doch nun hatte Pelle Jon-Jons ganze Aufmerksamkeit an sich gerissen. Als ich es nicht mehr aushielt, riss ich ihn mir im Bruchteil einer Sekunde vom Arm, und er war schlagartig stumm wie ein Fisch. Jon-Jon fand das wahnsinnig komisch, aber er bat mich zum Glück nicht, mir Pelle wieder über den Arm zu streifen. Stattdessen machten wir uns über den Schnaps her.

Sicher bin ich mir nicht, aber es ist möglich, dass ich ihn damals zum letzten Mal gesehen habe.

Marianne und Sverre begegneten Jon-Jon zum letzten Mal auf einem berühmten Schalttagskostümfest in Oslo, am 29. Februar 1976. Es fand in einer riesigen Villa im Dr. Holms vei ganz oben am Holmenkollen statt. Um genauer zu sein: Es war die letzte Begegnung, die irgendwer mit dem sagenumwobenen Hippieguru hatte, ehe ich siebenunddreißig Jahre später an seiner Beerdigung teilnahm und erfuhr, dass er in dieser ganzen Zeit als Fischer und Lebenskünstler in einem kleinen Dorf auf den Lofoten gelebt hatte.

Ich war bei diesem Fest nicht dabei. Ich war ganz einfach nicht eingeladen worden. Aber es kam immer noch vor, dass ich Leuten aus der Szene begegnete, und ich erinnere mich an gleich mehrere detaillierte Berichte darüber, was dort passiert war – und dazu an jede Menge Spekulationen und Gerüchte.

Jon-Jon war auf dem Fest im blauen Blazer mit Silberknöpfen und in einer weißen Hose mit Bügelfalte erschienen. Als ich Tage später davon hörte, war mir klar, dass er sich als Pelle verkleidet hatte. Ich fand das einerseits schmeichelhaft, andererseits tat es mir leid, nicht selbst dabei gewesen zu sein. Ich stellte mir vor, dass Jon-Jon, als er sich als Pelle verkleidet hatte, davon ausgegangen war, dass er mich auf dem Fest treffen würde. Wir hatten beide die Hippieszene verlassen, aber diese Feste oben auf dem Holmenkollen waren offener als das lockere Miteinander unten im Schlosspark, so widersprüchlich sich das anhören mag. Zu dieser Zeit lösten sich die Grenzen zwischen den Hippiefesten und den Partys der Reichen allmählich auf.

Sverre und Jon-Jon waren damals grundsätzlich nicht auf denselben Festen anzutreffen. Es war ein ungeschriebenes Gesetz, dass, wo der eine erschien, der andere sich nicht zeigen sollte oder durfte. Sverre ließ Marianne kaum je aus den Augen, und so hatte auch sie keinen Kontakt mehr zu ihrem Verflossenen.

Und nun erschien Jon-Jon als ungebetener Gast auf diesem Kostümfest. Er drängte sich auf. Er habe von Anfang an einen Plan gehabt, hieß es später.

Auf dem Fest ging es besonders hoch her, und das ganze fünfhundert Quadratmeter große Haus wurde mit einbezogen, auch die Schlafzimmer. Die Gastgeberin war die neunzehn Jahre alte Julia, die eine sturmfreie Bude hatte, weil ihre Eltern Urlaub in Florida machten.

Jon-Jon besaß eine ganz besonders charismatische, ja, beinahe magnetisch anziehende Persönlichkeit. Man wusste auf einem Fest immer, wo er sich befand. Nur diesmal fragte plötzlich jemand, wo er stecke – man fürchtete zu dem Zeitpunkt wohl noch immer, er und Sverre könnten aneinandergeraten. Und nun stellte sich heraus, dass ihn schon seit zwei Stunden niemand mehr gesehen hatte. Ein paar der Feiernden machten sich auf die Suche, und am Ende entdeckte ausgerechnet Sverre seinen Rivalen unter einem großen Mahagonischreibtisch in der geräumigen Bibliothek. Es war nicht leicht zu sehen, wie es um ihn stand, denn um Kopf und Schultern war Mariannes roter Chiffonschal drapiert.

Es wurde Alarm geschlagen. Was hatte er eingeworfen? Und wo war Marianne?

Schließlich packte Sverre Jon-Jon, und es stellte sich heraus, dass unter dem Schreibtisch nur der Blazer und die weiße Hose lagen, beides mit Lumpen und Lappen ausgestopft, die, wie sich später herausstellte, aus der Waschküche im Keller stammten.

Erst später in der Nacht tauchte Marianne wieder auf. Sie war nicht die Einzige, die in einem der Schlafzimmer ein Nickerchen gemacht hatte. Als sie endlich wieder nach unten kam, waren ihre Augenlider immer noch geschlossen, als hätte man sie ihr festgeklebt.

Was war mit ihr? Und auch hier: Was hatte sie eingeworfen? Ihre Wangen waren glühend heiß, und sie hatte wohl kaum nur geschlafen.

Es herrschte, wie schon angedeutet, kein Mangel an Theorien darüber, was während und nach der Party auf dem Holmenkollen mit Jon-Jon passiert war. Es war nicht untypisch für ihn, von einem Fest zu verschwinden, aber diesmal konnte sein Verschwindetrick als ganz besonderes Kunststück gelten. Denn auf welchem Weg war er verschwunden? Und war er einfach in Unterwäsche losgegangen? War er vielleicht zum Sterben in die Winternacht hinausgelaufen? War es möglich, dass man ihn, wenn erst der Frühling kam und der Schnee schmolz, irgendwo oben in Nordmarka fand? Oder hatte er sich umgezogen, ehe er sein Kostüm mit Lumpen und Lappen ausgestopft und unter dem Schreibtisch plaziert hatte? Er war mit leeren Händen auf dem Fest erschienen, aber konnte er nicht in irgendeinem Kleiderschrank einen Anzug gefunden haben? Am frühen Abend hatten mehrere der Feiernden einige Sekunden lang einen Gast in einer militärischen Uniform gesehen, genauer gesagt, in der eines einfachen Soldaten. Der Unbekannte war im Nu verschwunden gewesen, und später wollte sich niemand zu diesem Auftritt bekennen.

Und danach, in den Tagen und Wochen, die nun folgten: Wohin war Jon-Jon verschwunden? Hatte er Norwegen verlassen? Wo lebte er jetzt? In Australien? Oder Argentinien? Es wimmelte nur so von Gerüchten. Es ließ sich auch nicht ausschließen, dass er ermordet worden war. Aber wer hätte ein Motiv für eine solche Tat haben können?

Die Polizei traf am frühen Morgen ein, und niemand wollte verraten, wer die Bullen geholt hatte. Julia war es jedenfalls nicht gewesen. Da sie noch nicht volljährig war, musste die Polizei ihren Eltern von dem wilden Fest in der Schalttagsnacht erzählen. Die prachtvolle Villa war auch nicht ganz unversehrt geblieben.

Den ganzen nächsten Tag waren in der Waschküche Kriminaltechniker zugange. Aber sie fanden keine Spuren von Jon-Jon. Wenn man es also mit einer Flucht zu tun hatte, wovon am Ende auch die Polizei ausging, dann hatte Jon-Jon wohl nichts dem Zufall überlassen.

Danach hörte niemand mehr von Jon-Jon, er wurde nicht mehr gesehen, und irgendwann hieß es, er sei tot. Bis nicht weniger als siebenunddreißig Jahre später die Todesanzeige erschien. Ich hätte mich fast an meinem Kaffee verschluckt.

Von diesem Schalttagsfest im Jahr 1976 aus war Jon-Jon zurück auf die Lofoten gefahren und hatte in all den Jahren seither als Fischer und Gelegenheitsarbeiter sein Leben gefristet. Er hatte in der Hauptstadt nichts mehr zu suchen. Und wie ich bei der Beerdigung erfuhr: Zu Hause in Skruva benutzte er immer nur seinen Taufnamen Johannes.

Der Grund für all das war ein unendlich tiefer Liebeskummer.

Marianne war in jenem Jahr schwanger, das bekam ich noch eben mit, bevor der Kontakt zu den Gefährten aus der Hippieszene endgültig abbrach. Ich war nun ein vielversprechender Akademiker. Davon, dass Marianne dann eine Tochter zur Welt brachte, wusste ich absolut nichts. Aber als ich die Todesanzeige las, dachte ich: Dann hat Marianne damals also ein Mädchen erwartet. Auf diese Weise drehen sich unsere Leben manchmal im Kreis. Fäden, die verschwunden und vergessen sind, können viele Jahrzehnte danach wieder ins Lebensgewebe eingeflochten werden.

Marianne und Sverre bekamen danach keine weiteren Kinder mehr.

*

Ich legte die fünf Kilometer von Svolvær zur Lofotenkathedrale zu Fuß zurück. An der Europastraße führte ein Geh- und Radweg entlang. Ich hätte ein Taxi nehmen können, aber ich verspürte das Bedürfnis, mich gedanklich auf die kurze Phase meines Lebens einzustimmen, die durch Jon-Jon verkörpert wurde. Es war warm, aber so früh am Tag noch nicht unerträglich heiß, und es war strahlend schönes Wetter.

Ich war sehr gespannt, ob ich Marianne und Sverre begegnen würde. Ich hatte sie weder am Vorabend noch am Vormittag in Svolvær gesehen. Aber sie konnten ja am selben Tag über Bodø mit dem Flugzeug aus Oslo kommen. Ich versuchte, in die Autos zu schauen, die mich überholten, aber sie fuhren auf der geraden Strecke so schnell, dass ich nicht erkennen konnte, wer darin saß.

Ich erreichte eine kleine Anhöhe und sah einen anderen

einzelnen Mann in einem dunklen Anzug, er ging vielleicht fünfhundert Meter vor mir. Ein wenig später schaute ich mich um, und auch einen halben Kilometer hinter mir sah ich einen Mann in Schwarz. Das bedeutete, dass mich der Mann hinter mir die ganze Zeit im Blick hatte und der Mann vor mir sich nur umzudrehen brauchte, um zu sehen, dass ich hinter ihm herkam.

Ich weiß nicht, warum, aber angesichts der Tatsache, dass drei gleich schwarz gekleidete Männer zwischen Meer und hohen Bergen zu Jon-Jons Beerdigung in der Lofotenkathedrale unterwegs waren, überkam mich plötzlich eine tiefe Trauer. Wehmut habe ich schon häufig empfunden, aber hier und jetzt, als Figur in einem Bild, das eines Magritte würdig gewesen wäre, packte mich eine geradezu bodenlose Verzweiflung, und ich hatte große Angst, ich könnte zusammenbrechen.

Ich dachte: Ich weiß, dass ich fortmuss. Ich bin schon auf dem Weg. Ich muss fort aus dieser Welt. Fort aus der Zeit. Fort aus dem ganzen Universum.

Wenn man ein zivilisiertes Leben lebt, erblickt man sich im Laufe eines Tages viele Male im Spiegel, und selbst wenn es nur einmal pro Woche passierte, wäre es noch oft genug, um nicht jedes Mal zu registrieren, wie sich das Gesicht allmählich verändert. Ich selbst erinnere mich nur an wenige Male, wo ich mehr im Vorübergehen in einen Spiegel blickte und erschrocken sah, wie alt ich geworden war. Inzwischen sind es über sechzig Jahre.

Mir ging auf, dass mir die Menschenwelt umso mehr als Wunder erscheint, je näher ich dem Moment komme, in dem ich sie für immer verlassen muss.

So paradox es klingen mag: Vielleicht verspürte ich, gerade

weil ich auf dem Weg zur Kirche war, die trostlose Sehnsucht nach einer Religion, nach etwas, an das ich mich anlehnen könnte.

Ich fühlte mich verkrampft. Ich fühlte mich nicht erlöst.

Ich betrat die Lofotenkathedrale, als eben die Glocken zu läuten begannen. Es war nur Minuten vor Beginn der Trauerfeier. Es waren viele Menschen gekommen, aber in dem riesigen Kirchenschiff hatten alle unter der Kanzel links vom Mittelgang Platz gefunden. Vor dem Altar stand der mit gelben und blauen Blumen geschmückte weiße Sarg.

Ich entdeckte Marianne und Sverre in einer der Bankreihen. Sie saßen ganz rechts außen, und ich sah nicht zum ersten Mal, wie sie sich bei einer Trauerfeier aneinanderdrängten.

Der arme Jon-Jon, dachte ich. Wir armen alle.

Ich ging an Marianne und Sverre vorbei, und als sie mich sahen, erhoben sie sich und umarmten mich. »Pelle«, sagten sie nur. »Pelle.« Ich war sicher, dass sie mich schon bei Erik Lundins Beerdigung erkannt hatten und sich bei der Trauerfeier für Andrine nur noch bestätigt sahen. Sie hatten sich lediglich darauf verlassen, dass das Alter und die vergangene Zeit verhinderten, dass ich umgekehrt auch sie wiedererkannte.

Es war eine schlichte Trauerfeier, und wie ich bald erfuhr, hatte Jon-Jon das so gewollt. Es war auch kirchlich gesehen eine minimalistische Zeremonie. Ich hatte den Eindruck, dass der Pastor, was die Beerdigungsliturgie beziehungsweise deren fast vollständiges Fehlen betraf, weiter gegangen war, als die meisten Bischöfe es gestattet hätten.

Ich lauschte der Ansprache des Geistlichen und versank für einige Sekunden in Gedanken an das Wort *Dorsch*.

Die Dorschfischerei war ein wichtiger Teil von Jon-Jons Leben gewesen, aber er hatte vielleicht nie darüber nachgedacht, dass das Wort *Dorsch* zurückgeht auf die indogermanische Wurzel **ters-* für *dörren*. Denn *Dorsch*, von altnordisch *Þorskr*, ist seit undenklichen Zeiten gleichbedeutend mit *Dörr*fisch und überdies verwandt mit dem germanischen Wort für *Durst* sowie dem englischen *thirst* und dem norwegischen *tørst*. Oder auch dem irischen *tart* und dem Sanskritwort *trishna* für *Durst*, wie im »Lebensdurst« des Buddhismus, dem Quell von *duhka* oder Leid. Das Leiden hört auf, wenn der Lebensdurst gelöscht wird. Eine Voraussetzung dafür ist, dass die Unwissenheit der Menschen aufhört, denn sie verursacht den Lebensdurst. Erst wenn das geschieht, tritt das *Nirvana* ein, das »Löschen« des Lebensdurstes.

Buddha in Benares und Jon-Jon auf den Lofoten. Aber sie berührten einander sowohl im Schlosspark von Oslo als auch zu Hause in Skrova. Ich hätte es schön gefunden, wenn sie einander wirklich begegnet wären. Sie hätten eine Menge Gesprächsstoff gehabt.

Wenn der Trauergottesdienst auch schlicht gewesen war, so war doch das, was folgte, so eindrucksvoll, dass ich noch immer ergriffen bin. Der Sarg wurde von sechs schwarz gekleideten Menschen aus der Kirche getragen. Draußen wurde er in den Leichenwagen geschoben, der dann, gefolgt von einer riesigen Trauergemeinde, den steilen Hang hinunterfuhr. Der schwarze Wagen überquerte die Europastraße und fuhr danach langsam kreuz und quer über den riesigen Friedhof bis an dessen äußerstes Ende. Ein langer Trauerzug folgte dem

Leichenwagen, bis er einige Meter vor dem für Jon-Jon ausgehobenen Grab zum Stillstand kam. Ein weiterer Magritte, diesmal ganz in Schwarz.

Es war nur natürlich, dass Marianne, Sverre und ich zusammenstanden. Wir waren die Blätter eines Kleeblatts. Und, wenn ich es richtig sehe, die einzigen ehemaligen Hippies in der Trauergemeinde. Bekanntlich ist das, hat man einmal die Sechzig hinter sich gebracht, nicht immer leicht zu erkennen. Sverre trug einen Rubin als Ohrstecker, das war das einzige Indiz, das sich zu unserem bunten Leben in den Siebzigern zurückverfolgen ließ.

Nach der Grablegung, und ich glaube, auch die befand sich an der Grenze dessen, was ein Bischof akzeptieren könnte, denn es gab dabei keinerlei Verheißung einer Auferstehung – danach also zog der Geistliche einen Zettel hervor, um einen kurzen Gruß von Jon-Jon vorzulesen. Etwas Schriftliches wurde natürlich nicht verteilt, deshalb muss ich den letzten Gruß nach meiner Erinnerung wiedergeben:

Ich danke euch allen, die ihr mich zur Natur zurückbegleitet habt. Ihr habt mich in die wundersame Schmuckschatulle zurückgelegt, aus der wir alle herausgeholt wurden. Nachdem ich die Schmuckschatulle verlassen hatte, durfte ich diese Welt und ein wenig von ihrer Zeit kosten. Jetzt bin ich behutsam wieder hineingelegt worden.

In dem, was geschehen ist, liegt ein hoher Grad an Gerechtigkeit. Ich habe mein Leben auf Pump gelebt. Die ganze Zeit habe ich gewusst, dass meine Existenz ein Darlehen war, das irgendwann auf Heller und Pfennig zurückgezahlt werden müsste.

Aber ich befinde mich in guter Gesellschaft, denn wir sind alle gleichermaßen insolvent. Egal, was wir aus unserem Leben ma-

chen, niemals können wir uns von dieser Schuld freikaufen, wir tragen sie die ganze Zeit wie einen Schatten mit uns herum.

Ich bitte vor diesem Hintergrund um Verständnis dafür, dass nach meiner Beerdigung nicht zum Kaffee gebeten werden wird. Bei solchen Zusammenkünften werden oft viele beschönigende Worte gesprochen, und ich kann ja nicht mehr widersprechen.

Wie einige unter euch vielleicht noch wissen, hatte ich früher in meinem Leben verheißungsvolle Vorstellungen von anderen Welten, von einem Leben nach dem irdischen und von der Seelenwanderung. Ein Gegengift gegen solche Irrungen habe ich hier auf den Lofoten gefunden. Hier bin ich wieder zu mir gekommen. Ich glaube nicht mehr an weitere Welten und weitere Leben. Erspart mir deshalb heute verlogene Worte über solche Hoffnungen. Lasst die Furchen, die ich gegraben habe, in Schweigen und mit Würde überwuchern.

Aber lächelt. Don't worry! Und Friede auf Erden!

Das muss reichen.

Aus.

Viele von uns weinten jetzt ganz offen. Marianne brach zusammen, und für einen Moment konnte ich in ihr das junge Mädchen von damals sehen. Ich registrierte auch, dass Sverres Gesichtsmuskeln starr und verbissen wurden.

Die beiden hatten schon vorher ein Taxi bestellt. Vielleicht hatten sie gewusst, dass die Trauerfeierlichkeiten am Grab enden würden. Und vielleicht war ihnen das nur recht.

Ich fuhr mit ihnen nach Svolvær zurück, und wir konnten ein paar Worte über die alten Zeiten wechseln. Jon-Jon erwähnten wir kein einziges Mal, aber ich bat die beiden, Ylva zu grüßen. Das fand ich ganz natürlich, weil ich ihr ja erst vor wenigen Wochen auf Gotland begegnet war.

Sie sahen mich etwas seltsam an, als ich ihnen diesen Gruß auftrug. Sverre verzog noch immer keine Miene.

Danach ging ich ohne Umwege zurück ins Hotel, und hier sitze ich noch immer und schreibe diese an dich gerichteten Zeilen.

*

Ich habe eine längere Pause gemacht. Ich war unten in der Stadt, habe zwei Runden durch den Hafen und die engen Gassen gedreht und mich danach auf die Hotelterrasse gesetzt und frische Krabben mit Weißbrot, Mayonnaise und Zitrone verzehrt. Ich habe mir das bunte Gewimmel auf dem Marktplatz angesehen und festgestellt, dass die weißen Möwen hier die gleiche Art von Aufräumarbeiten leisten wie die schwarzen Dohlen in Visby.

Das nach Süden fahrende Schiff der Hurtigrute hatte zwischen 18.30 und 20.30 Uhr in Svolvær vor Anker gelegen, und für zwei Stunden hatte sich die Anzahl der Fußgänger in der Stadt mehr als verdoppelt. Als das Schiff dann weiter nach Stamsund und Bodø fuhr, senkte sich eine seltsame Ruhe über die Hauptstadt der Lofoten, allerdings nur für eine halbe Stunde, denn um 21.00 Uhr traf das nach Norden fahrende Schiff der Hurtigrute ein, und neue Touristengruppen wogten durch die Straßen.

Ich blieb auf der Hotelterrasse sitzen und amüsierte mich darüber, wie die Kurzzeitbesucher die Stadt einnahmen: weltgewandt und orientierungslos zugleich, könnte man sagen. Um 22.00 Uhr legte sich eine dauerhaft verklärte Ruhe über Svolvær; da fuhr das letzte Schiff des Tages weiter in Richtung Trollfjord und Stokmarknes. Die Verkäufer an den Marktbuden packten zusammen, die Läden machten Feierabend. Aber trotz der späten Stunde hatten wir noch immer Tageslicht, und die Sonne brannte. Die Sonne sollte in dieser Nacht nicht über Svolvær untergehen.

Ich sitze jetzt auf dem Balkon. Die Sonne steht im Nordwesten, aber wo sie hinscheint, ist es noch immer fast unerträglich heiß. Ich habe Whisky in eine Tasse gegossen und denke über alles nach, woran ich mich aus den siebziger Jahren erinnere. Aber meine Gedanken streifen auch spätere Zeiten. Ich denke an Grethe Cecilie und an dich. Und vor meinem inneren Auge sehe ich den kleinen Truls kopfüber in den Brunnen stürzen.

Der alte ewig junge Jon-Jon lebt nicht mehr. Seine Jugendliebe und sein bester Freund kamen erst zu Besuch, als alles vorüber war. Ich denke an Ylva und die Dohlen, Hugin und Munin, die alles sehen, und an den alten Professor Lundin, der jetzt mit Odin in eifrige Diskussionen über das Leben der Menschen auf der Erde und das prekäre Gleichgewicht der Kräfte zwischen Asen und Riesen, guten und bösen Kräften vertieft ist.

Es geht auf Mitternacht zu. Obwohl beide Schiffe der Hurtigrute vorüber sind, ist noch Leben in der Lofotenstadt, die jetzt in immer goldeneres Sonnenlicht getaucht liegt. Es ist warm, warm. Wir haben hier eine Hitzewelle wie auf Gotland, und dazu gibt es die Mitternachtssonne. Unten auf dem Marktplatz wimmelt es von Menschen in Blusen und Shorts. Ich sehe an ihnen etwas seltsam Puppenhaftes, sie scheinen mir mehr zu stolzieren als zu gehen. Sie wirken objekthaft, wie Figuren in einem Theaterstück. Es ist, als sollte gleich etwas geschehen.

Ich verspüre einen unwiderstehlichen Drang, auf den Marktplatz zurückzugehen, und plötzlich bin ich wieder dort, als eine von vielen dahinstolzierenden Gestalten.

Ich höre die Schiffssirene, drehe mich danach um und sehe zu meiner Bestürzung, dass noch ein Schiff der Hurtigrute anlegt; es ist die *M/S Polarbjørn*. Ich weiß, dass es kein Hurtigruten-Schiff dieses Namens gibt und dass um diese Zeit auch keines hier anlegt, natürlich nicht, kein Ort an der Küste wird von mehr als zwei Hurtigruten-Schiffen pro Tag angelaufen, von einem nach Norden und einem nach Süden. Aber das Schiff, das gerade anlegt, zeigt das Emblem der Hurtigrute am Schornstein, genau wie alle anderen Schiffe dieser Flotte.

Die Laufplanke wird ausgelegt, aber diesmal geht niemand an Land. Stattdessen begeben sich erste Menschen aus der Stadt an Bord. Alle, die sich in den Straßen aufgehalten haben, schließen sich nach und nach an, und während sie an Bord gehen, gestikulieren sie und sind in lebhafte Gespräche vertieft. Ich meine zu sehen, wie Marianne und Sverre das Schiff betreten; demnach hätten sie ihr Flugzeug verpasst. Aus der Masse der plappernden Puppen höre ich Wörter und Satzfetzen: »Niemand kann sagen, was der Urknall wirklich war« … »der Augenblick der Schöpfung« … »das Zeitalter der Trilobiten«. Ich höre jemanden von interessanten Eigenschaften der urindogermanischen Sprache von vor fünf-, sechstausend Jahren sprechen, dazu von einigen guten Beispielen für Erbwörter, die ebenso alt sind und sich im gesamten indogermanischen Sprachraum finden: *ich, du, zwei, voll, Herz, Wärme, Schwester.* Die aus dem Satzgefüge gerissenen Erbwörter scheinen zu einer höheren Einheit zu verschmelzen und sich zu einem sinnvollen Ganzen zusammenzufügen.

Ich habe Angst, verlassen zu werden. Bald werde ich allein

auf dem Marktplatz von Svolvær stehen. Die Stadt ist leer, weder in den Straßen noch an den Restauranttischen noch auf den Balkons der Häuser ist auch nur ein Mensch zu sehen. Ich habe keine Wahl, auch ich begebe mich an Bord, auf die *M/S Polarbjørn*, obwohl dieser Name ganz sicher in keinem Register verzeichnet ist und es sich also um ein apokryphes Schiff handeln muss.

Ich schaue mich um und sehe die Lofotenstadt so vollständig menschenleer daliegen, als hätte darin die Pest gewütet.

An Bord haben sich die Menschen auf dem Sonnendeck, im Café, im Speisesaal, in der Bibliothek, der Bar und dem großen Salon auf dem obersten Deck verteilt. Um mich herum wird überall geredet. Es wird über alle möglichen Themen gesprochen, ich registriere Unterhaltungen über ontologische, astrophysikalische und evolutionsbiologische Fragen. Aber es wird auch über ganz alltägliche Dinge geplaudert, manche spielen Karten oder lösen Kreuzworträtsel und Sudokus.

Ich mache mich weiterhin mit dem Schiff vertraut. Draußen auf dem Promenadendeck kommen zwei junge Damen auf mich zu, sie gehen Arm in Arm, und beide waren meine Schülerinnen, allerdings nicht im selben Jahr, weshalb es mir seltsam erscheint, sie in so inniger Eintracht zu sehen. Beide Mädchen tragen helle Sommerkleider, die eine ein gelbes, die andere ein blaues. So dicht beieinander haben sie etwas von einer doppelten Blüte, von einem Stiefmütterchen, das man ja auch Tag-und-Nacht-Blume nennt.

»Jakop!«, sagt die eine, als sie mich entdeckt. Sie heißt Anne.

»Pelle!«, sagt die andere. Sie heißt Britt und war in dem Jahr meine Schülerin, als ich Pelle als pädagogisches Hilfsmittel im Grammatikunterricht einsetzen wollte.

Beide haben funkelnd blaue Augen. Sie scheinen aus einer anderen Wirklichkeit zu kommen und einen übersinnlichen Blick mitgebracht zu haben.

»Was bringen Sie uns denn heute bei?«, fragt die eine mit ansteckendem Lächeln.

»Bitte etwas *Visionäres*!«, bettelt die andere.

Und ich erzähle, dass wir Ableitungen der indogermanischen Wurzel **weid-* für sehen im gesamten indogermanischen Sprachraum finden, so im griechischen *idea* oder *eidos* für Aussehen oder sichtbare Gestalt, wovon das Fremdwort *Idee* und Wörter wie *ideal* und *Idealismus* kommen, im Lateinischen dann *videre* für sehen und davon wiederum *Vision* und *visionär.*

»Quod erat demonstrandum!«, füge ich hinzu.

Die gern etwas Visionäres lernen wollte, schlägt die Hand vor den Mund und schnappt nach Luft. Aber ich lasse mich nicht beirren. Ich doziere weiter:

»Wenn man etwas gesehen hat, dann *weiß* man. Auch dieses Wort stammt von der indogermanischen Wurzel **weid-* für sehen ab, nun aber von der Perfektform, wie im Sanskrit *veda*, der Name der heiligen Schriften, *vide* auf Dänisch, *vite* auf Norwegisch, auf Deutsch *wissen*, davon *Wissenschaft*, auf Englisch *wisdom* für *Weisheit* und davon abgeleitet *wizard* für Zauberer und so weiter.«

Ich deute eine Verbeugung an und setze meinen Gang über das Promenadendeck fort. Hier im Freien würde sich ein dünner Spazierstock gut machen.

Hinter mir höre ich die eine junge Dame sagen: »Er hat den Verstand verloren.« Und die andere antwortet: »Vielleicht ist er in seiner eigenen Weisheit abgesoffen.«

Das Schiff legt ab, setzt rückwärts aus dem Hafen und fährt dann nach Südwesten an der Lofotenwand vorbei. Im Süden der Insel Moskenes ändert sich der Kurs; wir fahren jetzt nach Westen aufs offene Meer hinaus. Wir kreuzen die sagenumwobene Moskenesströmung, und sie rüttelt und schüttelt an unserem Schiff, Flaschen und Kaffeetassen klappern nervös wie auf einer Autofähre, dann geht es weiter nach Westen und ins Nordmeer, das gerade spiegelglatt ist, niemals hat es ein stilleres Meer gegeben. Wir fahren nicht in den Sonnenuntergang, denn im Westen geht keine Sonne unter, die Sonne steht auf der Steuerbordseite des Schiffes im Norden und setzt ihren dreihundertsechzig Grad umfassenden Trolltanz durch diesen grandiosen Sommertag fort.

Ich wandere über das vollbesetzte Schiff, will alles um mich sehen und registriere, dass die Passagiere immer noch eifrig Gespräche führen. Nach und nach erkenne ich einige von ihnen. Marianne und Sverre habe ich ja schon bemerkt, als sie an Bord gegangen sind. Jetzt sitzen sie im Aussichtssalon. Beide halten einen roten Drink in der Hand, und Marianne hat sich eine Margerite ins Haar gesteckt. Wir nicken einander zu, aber ich gehe weiter, will hinauf aufs Sonnendeck.

Hier entdecke ich auf Anhieb Jon-Jon. Er trägt den alten Afghanenmantel wie damals im Schlosspark und ist umgeben von vielen jungen Menschen in bunten, wehenden Gewändern. An einer Pfeife mit süßem Rauch nuckelnd, bemerkt er mich und winkt mir fröhlich zu. Es ist kein Winken, als hätten wir uns gestern noch gesehen, sondern eines von damals, vor langer, langer Zeit. Die Jahre sind vergangen, aber Zeit und Raum sind plötzlich keine absoluten Größen mehr, hier führen Korridore kreuz und quer nicht nur durch den Raum, sondern auch durch die Zeit. Mir fällt ein, was Jon-Jon damals in den Siebzigern darüber gesagt hat. Damals hatte er gerade Aldous Huxleys »The Doors of Perception« und Arthur Koestlers »The Roots of Coincidence« gelesen.

Es erscheint mir durchaus nicht als Widerspruch, dass ich noch vor wenigen Stunden auf Jon-Jons Beerdigung war. Die einen leben, die anderen sind tot, so ist es einfach, aber es gibt keine scharfe Grenze zwischen denen, die jetzt leben, und denen, die hinterm Horizont verschwunden sind. Generationen verschwinden nicht wie Berge, die ins Meer stürzen und Flutwellen auslösen können, die in Sekundenschnelle die Spuren dessen, was vorher war, auslöschen. Wir sterben einzeln, allein, oft zu Hause in unserem Schlafzimmer und in unseren eigenen Kissen, aber immer hinterlassen wir ein ganzes Netz von Erinnerungen, Geschichten und kleinen Erzählungen, die im Laufe der Zeit verschwinden, die aber lange neben und zwischen den Hinterbliebenen weiterleben.

Der wesentliche Unterschied ist nicht der zwischen Lebenden und Toten. Es gibt eine andere Trennlinie zwischen Menschen, die viel wichtiger ist. Die allermeisten Lebenden und Toten haben oder hatten jemanden, der ihnen angehörte, und in der Regel trifft beides ein wenig zu: Man hat Familie und Freunde und hat sie gehabt. Was mich selbst betrifft, so habe ich mich meist als Außenseiter und Außenstehender erlebt und tue es auch jetzt wieder. Auch an Bord der *M/S Polarbjørn* bin ich ein blinder Passagier. Ich bin kein Teil des sozialen Gewebes aus denen, die jetzt leben, und denen, die gelebt haben, jetzt aber nicht mehr leben. Und es war auch nur eine reflexartige Bewegung, die dazu führte, dass die junge Frau im Flugzeug meinen Arm gestreift hat.

Ich habe noch den süßen Duft von Jon-Jons Pfeifchen in der Nase und denke an dich, Agnes. Du hattest recht. Ich muss aufhören, mich an andere anzulehnen. Ich merke es ja selbst: Ich kann die Vorstellung, ein ungebetener Gast im Leben anderer Menschen zu sein, nicht mehr ertragen.

Ich gehe von einem Ende des Schiffes zum anderen, erst mehr oder weniger aufs Geratewohl, aber nach und nach immer systematischer.

In der Bar auf dem obersten Deck steht Professor Lundin und erzählt von Odin in Mythos und Kult:

»... und obwohl dieser Göttername auch außerhalb des Nordens belegt ist, gestatten uns die Quellen nicht, unseren Odin als etwas anderes zu betrachten als eine rein nordische Göttergestalt ... Wenn etwas eigenständig ist, kommt es rasch zu einer Verwässerung dessen, was daran einzigartig ist, wenn wir das Phänomen in ein Schema pressen wollen, wie es etwa der französische Philologe Georges Dumézil getan hat ...«

In der Bibliothek sitzt Andrine Siggerud in ihrer Taxiuniform und liest einer kleinen Zuhörerschar aus dem heiteren Buch »Erzählungen von der Rückbank« vor. Das Publikum lächelt und lacht, man findet sich in vielen der geschilderten Situationen wieder und amüsiert sich köstlich.

Ich gehe nach unten, ins Café auf dem fünften Deck, und finde die Kusinen Lundin im vertraulichen Gespräch. Ylva schaut kurz zu mir auf und winkt mit zwei Fingern, dann dreht sie sich wieder zu den Kusinen um und macht dort weiter, wo sie aufgehört hat. »Der Orgasmus natürlich!«, höre ich sie ausrufen.

Aber ich bin der Kusinen bald überdrüssig und schaue kurz in den kleinen Konferenzraum. Er ist brechend voll. Aber weder hier noch anderswo auf dem Schiff werden die Menschen zur grauen Masse. Im Gegenteil, jeder Einzelne erstrahlt geradezu in seiner Persönlichkeit und Individualität. Es tut fast in den Augen weh. Mir geht jetzt auf, dass die allermeisten Menschen, die ich hier sehe, auch auf Beerdigungen waren, die ich besucht habe. Das muss der Grund sein, warum mir so viele zunicken, wenn ich vorübergehe. Aber ich sehe auch Personen, die ich bisher nur von zweidimensionalen Bildern auf Totenzetteln kannte.

Vorne auf dem Podium des Konferenzraums steht Runar Friele und hält einen PowerPoint-Vortrag. Es geht dabei um Hollywoodfilme und -musicals aus den fünfziger Jahren. Runar schwärmt von Doris Day als Sängerin und Schauspielerin. Es klingt, als hätte er sie persönlich gekannt. Er spricht über den Star von damals wie über eine enge Freundin. Doris nennt er sie.

Ich werde nervös von dem vielen Gerede. Ich wandere wieder auf dem Schiff umher. Es gibt inzwischen etwas, wonach ich suche. Mir kommt der Gedanke, dass das Schiff, auf dem ich mich befinde, die Unendlichkeit selbst ist. Alles, was ich suche, finde ich hier.

Auf allen Decks wimmelt es von Menschen. Ich treffe etliche, die ich zuletzt gesehen habe, als ich noch in Ål in Hallingdal wohnte. In der Bar auf dem achten Deck sitzt Mutter mit einigen anderen Damen und strickt; alle sind aus Hallingdal. Mutter wundert sich nicht im Geringsten über meinen Anblick. Sie winkt mir nur freundlich zu. Dass wir weit von Ål entfernt zusammen diese Schiffsreise unternehmen, scheint sie für normal zu halten.

Auf dem Promenadendeck steht Vater und hat, wie andere Männer, eine Angelrute über die Reling gelegt. Er bemerkt mich nicht, und ich spreche ihn nicht an. Es gibt Grenzen.

Ich überlege: Wenn sich die gesamte Menschheit an Bord dieses Schiffes befindet, oder jedenfalls der Teil der Menschheit, der mir im Leben begegnet ist – dann musst eigentlich auch du hier sein. Ich bin jetzt fest entschlossen, nach dir zu suchen, und versuche, logisch zu denken. Ich glaube nicht, dass du dich unter die Menge mischen würdest. Vielleicht stehst du ganz vorn am Bug und siehst in die Richtung, in die das Schiff fährt.

Ich weiß, dass sich das Promenadendeck an allen Kabinen entlangzieht und zu einer schmalen Luke vor den beiden Reederkabinen vorn am Bug führt. Dorthin gehe ich, und dort finde ich dich. Du bist nicht überrascht, als ich neben dich trete. Ich fühle mich erwartet und willkommen.

Das Meer ist noch immer spiegelglatt, fast tot, und die Sonne hält die Sommernacht noch immer fest im Griff, das ist ihr Privileg. Noch ist die Luft warm, sehr warm.

Du legst eine Hand auf meinen nackten Unterarm, aber ich spüre nichts. Du erhöhst den Druck, aber auch das spüre ich nicht.

»Agnes«, sage ich. Oder vielleicht denke ich es auch nur.

Du schaust mich an und lächelst. Und genau da merken wir, dass das Schiff das Wasser nicht mehr berührt. Es schwebt jetzt in der Luft. Aber es fährt noch immer gen Westen.

»Agnes«, sage ich wieder. »Glaubst du, wir können von diesem Schiff auf Todesfahrt entkommen und den Weg zurück ins Leben finden?«

AGNES

SPÄTER AM VORMITTAG werde ich davon geweckt, dass jemand an die Tür meines Hotelzimmers klopft, das eigentlich eine Suite mit zwei Zimmern und einer kleinen Küche ist.

Hatte ich geträumt? Oder hatte ich bis tief in die Nacht hinein am Laptop gesessen und geschrieben, ehe ich mich irgendwann ins Bett schleppte?

Ich schaue hinüber zu der leeren Whiskyflasche vor einem der schmalen, von der Decke bis zum Boden reichenden Fenster und sehe die hohen, zerklüfteten Berge in der Ferne. Ich glaube, irgendwo im Hinterkopf zu spüren, dass die Flasche leer ist.

Ich sehe zudem Pelle, so gut gelaunt wie immer. Der kleine Schelm sitzt behaglich gegen das Fenster gelehnt neben der Whiskyflasche, fast wie ein Zwillingsbruder – ein Zwillingsbruder der Flasche, meine ich.

Es steckt mir noch in den Knochen, dass ich auf dem Totenschiff draußen auf dem offenen Meer unterwegs war. Am Ende stand ich mit dir am Bug der *M/S Polarbjørn*. Ich drehte mich zu dir um und wollte wissen, ob wir deiner Meinung nach noch eine Chance hätten, die trostlose Reise, auf die wir geraten waren, abzubrechen.

Ich höre, dass vor der Tür mein Name genannt wird, und die Stimme, die ich höre, ist deine. Befinde ich mich noch an Bord des apokryphen Schiffs der Hurtigrute? Dann habe ich offenbar eine königliche Kabine bekommen.

Ich steige aus dem Bett, ziehe den hoteleigenen Morgenrock an, taumele durchs Zimmer und öffne die Tür zum Flur. Und da stehst du vor mir, Agnes. In Svolvær auf den Lofoten! Es ist mir unbegreiflich, wie das möglich sein soll.

Zuletzt habe ich dich vor einigen Monaten im Auto auf der Fahrt von Arendal nach Oslo gesehen, und seither hatten wir keinen Kontakt zueinander. Aber ich habe die ganze Zeit an dich gedacht, denn damals, beim Kaffee im Marché, hatte ich dir vorgeschlagen, ich könnte dir darüber schreiben, warum ich bei der Beisetzung deiner Schwester aufgetaucht war. Es dir auf der Fahrt zurück nach Oslo zu erklären wäre mir gar zu peinlich gewesen. Ich hatte Angst, es könnte mich zu sehr aufwühlen, schließlich ging es in Wahrheit um mein ganzes Leben. Es kam alles viel zu plötzlich. Ich brauchte mehr Distanz, mehr Zeit. Und da war noch etwas: Wenn ich am Steuer saß, konnte ich das Reden nicht Pelle überlassen.

Du siehst, wie überrascht ich bin, und sicher bemerkst du auch meinen Kater. Das Allererste, was du sagst, ist, dass du Pelle sprechen möchtest. Und mitten hinein in meine Verwirrung erklärst du mir noch dazu, dass diese Begegnung natürlich kein Zufall sei.

Als Marianne und Sverre mich in Svolvær abgesetzt hatten, rief Marianne schon vom Taxi aus die Familie an und erzählte, dass sie bei der Beerdigung eines alten Freundes aus den frühen siebziger Jahren Pelle getroffen hätten und er – oder Jakop, wie er eigentlich hieß – noch zwei Tage in Svolvær bleiben und an etwas schreiben wolle, wie er gesagt habe.

Truls hat dann sofort bei dir angerufen. Er wusste, dass du zufällig auf den Lofoten warst, du hättest höchstens schon wieder auf der Rückreise nach Oslo sein können. Aber er erreichte dich in Stamsund, eine gute Autostunde im Süden von Svolvær. Du wolltest gerade an Bord des nach Süden fahrenden Hurtigruten-Schiffes gehen, und das, *das* ist der einzige wirklich große Zufall in dieser Geschichte. Wobei: Wie groß dieser Zufall genau ist, wie wahrscheinlich es ist, auf den Lofoten ausgerechnet dann auf Freunde und Bekannte zu stoßen, wenn die Mitternachtssonne am höchsten steht, das ist natürlich immer noch die Frage. Ich selbst konnte unsere Begegnung nur als Fingerzeig des Schicksals auffassen.

Es war, wie du später sagtest, innerhalb der Familie ein offenes Geheimnis, dass du mich gern wiedersehen würdest. Ylva hatte es einige Wochen zuvor in Visby ja ebenfalls erwähnt. Aber warum warst du überhaupt auf den Lofoten? Und in Stamsund? Das wolltest du mir erst nicht verraten.

Aber du warst da. Du hast mich angeschaut, aber dann sehr schnell klargestellt, dass du Pelle treffen wolltest, nicht mich.

Ich muss zugeben, dass diese Auskunft mich ein bisschen verletzte. Dennoch kam sie nicht vollkommen unerwartet. Ich hatte dir ja versprechen müssen, dass du Pelle wiedersehen würdest. In Arendal hattest du dich nicht in mich verliebt, sondern in Pelle, meinen besten Freund, der von diesem Augenblick an auch mein Rivale war.

Du bist auf ihn zugestürzt, hast ihn hochgehoben, die leere Flasche hast du nicht weiter kommentiert. Du hast ihn mir gegeben, und ich habe ihn über den Arm gestreift wie eh und je. Er fing umstandslos an zu reden. Es war, wie eine Schleuse zu öffnen.

Ich sollte vielleicht anmerken, dass ich so verkatert war, dass mir das Reden Mühe machte. In diesem Zusammenhang fiel mir ein, dass das buddhistische Wort für Leiden, das Sanskritwort *duhkha*, eigentlich ein Rad oder eine Nabe bezeichnet, das oder die sich nur mühsam bewegt, und genauso kam ich mir vor. Ich kam nur schwer in die Gänge.

Es war deshalb eine Erleichterung, dass ich Pelle das Wort überlassen konnte. Was für ein Glück, einen so beredten Stellvertreter zu haben! Pelle ist nie verkatert. Er hatte auch diesmal keinen Tropfen getrunken und sprach kristallklar und stocknüchtern. Er sagte:

»Schön, dich wiederzusehen, Agnes!«

Du hast über diese Anrede gelächelt. Du hast gestrahlt.

»Danke, gleichfalls!«, hast du geantwortet.

Und dann kam Pelle zur Sache. Ganz ohne Hemmungen nahm er den Faden von Arendal wieder auf und war durch nichts mehr zu bremsen.

»Bei unserer letzten Begegnung hast du gesagt, du seist nicht verheiratet. Aber wie steht's mit deinem Liebesleben? Hast du einen Freund oder Liebhaber?«

Du hast den Kopf geschüttelt und für einen kurzen Moment traurig ausgesehen. So kam es mir jedenfalls vor. Aber du hast die Frage nicht beantwortet.

»Aber du warst früher mal verheiratet?«

Wieder hast du den Kopf geschüttelt.

»Vielleicht bin ich das ja noch immer ...«, hast du gesagt.

Mein Handgelenk begann zu zittern.

»Heißt das, ihr habt euch nicht scheiden lassen? Ihr seid einfach so auseinandergegangen?«

Aber du hast zum dritten Mal den Kopf geschüttelt, und ich meinte zu sehen, wie schmerzlich das Ganze für dich war. Die Fragen, die auf dich hereinprasselten, ließen sich offenbar nicht beantworten.

»Agnes ...«, sagte Pelle, und ausnahmsweise fand ich, dass er recht hatte, als er fortfuhr: »... erzähl mir deine Geschichte!«

Wir setzten uns auf die Bettkante, du rechts von mir und Pelle auf meinem linken Arm. Du hast Pelle in die Augen gesehen und erzählt.

Wir erfuhren, dass du viele Jahre lang mit Marc verheiratet warst, der in der letzten Zeit, die ihr zusammen hattet, als Archäologe in der Stadt Sóller auf Mallorca arbeitete. Du selbst warst als Psychotherapeutin in Oslo tätig und hast die Urlaube, Wochenenden und Feiertage auf Mallorca verbracht, wenn nicht Marc nach Oslo kam.

Am 11. Mai vor einigen Jahren hast du Marc bei dem Fest *Es Firó de Sóller*, auch *Moros i Cristians* genannt, in der Menschenmenge aus den Augen verloren. Das Fest erinnert an den Sieg der christlichen Mallorquiner über die Seeräuber aus Nordafrika, die muslimischen Mauren im Jahre 1561. Sämtliche Bewohner der Stadt waren auf den Beinen, und Kinder wie Erwachsene trugen mallorquinische Tracht. Viele Männer hatten sich das Gesicht mit Ruß geschwärzt, trugen weite Pluderhosen und waren mit Schwertern und Musketen bewaffnet. Sie waren die Piraten. Viele Menschen schwenkten Bierdosen und große Plastikgläser voll Sangria, schon am frühen Vormittag knallten die Chinaböller, und gelegentlich war auch das tiefe »Bumm!« größerer Feuerwerkskörper zu hören. Von morgens bis abends fuhr man mit der Straßenbahn zwischen Sóller und Port de Sóller, dem Hafenviertel, hin und her oder ging zu Fuß an den Schienen entlang. Die eigentliche Schlacht zwischen *Moros* und *Cristians* sollte gegen Mittag nachgestellt werden …

Mehr brauche ich hier nicht zu erzählen. Doch dann: In dem Gewimmel und Gedränge war Marc plötzlich verschwunden. Du hast stundenlang nach ihm gesucht, aber seit damals hast du ihn nie wiedergesehen.

Pelle blieb ganz ruhig und ließ deine Geschichte auf sich wirken. Er benahm sich vorbildlich, das muss man ihm lassen. Du hast lange erzählt, und er machte nicht einen Versuch, dich zu unterbrechen. Erst danach begann er, Fragen zu stellen.

»Ihr hattet doch sicher Handys? Hast du nicht versucht, ihn anzurufen?«

»Aber natürlich! Weißt du, es passiert mir noch immer, dass ich seine Nummer wähle.«

Ich spürte, wie sich mein Handgelenk anspannte.

»Hast du ihn vermisst gemeldet? Oder war an dem Tag keine Polizei aufzutreiben? Konnte dir niemand bei der Suche helfen?«

An der Stelle hast du übertrieben gelacht, Agnes. Oder vielleicht sollte ich richtiger schreiben, theatralisch.

»Doch, natürlich«, hast du gesagt. »In der Stadt hat es von Polizisten nur so gewimmelt, und ich bin von einem zum anderen gelaufen. Sie haben mich für verrückt gehalten. Ich spreche ziemlich fließend Katalanisch, aber sie hielten mich für eine durchgeknallte Touristin.«

»Wieso das denn?«

»Es waren einfach so viele Leute da. Versuch, dir vorzustellen, dass jemand am Nationalfeiertag in Oslo einen Begleiter aus den Augen verliert. Oder am Ostersonntag auf dem Petersplatz in Rom …«

»Und weiter? Irgendwann war das Fest ja zu Ende!«

»Er ist nicht wieder aufgetaucht. Wir wohnten in einer kleinen Wohnung oben in der Stadt, aber er kam nicht nach Hause. An diesem Abend nicht und auch nicht in der Nacht darauf. Es waren unerträgliche Stunden, jede einzige Minute war es, aber er kam nicht nach Hause. Marc kam nie wieder zurück.«

Ich fand, Pelle hätte sich auch jetzt ein wenig zurückhalten können, aber das tat er genau nicht. Stattdessen begann er reichlich rücksichtslos und unnötig schnell, Vermutungen anzustellen.

»Vielleicht hatte er von Anfang an vor, sich im Gedränge davonzumachen, und lebt jetzt unter einem neuen Namen in Australien oder Lateinamerika. Du sagst, ihr hättet in den letzten Jahren nicht zusammengewohnt – könnte er eine andere gehabt haben und mit ihr durchgebrannt sein?«

Du hast ihn nur noch angestarrt. Du hast Herrn Skrindo angestarrt, und ich glaube, du warst zum ersten Mal ein bisschen sauer auf ihn. Ich war es jedenfalls.

An sich ist Pelle ja ein lieber Kerl. Das Problem ist nur, dass er manchmal unverschämt direkt sein kann. Er sagt Dinge, die andere zwar denken, aber für sich behalten. Um es ganz offen zu sagen: Ich habe mich bisweilen gefragt, ob er an einer leichten Form von Asperger leidet.

Als du ihm nicht geantwortet hast, hat er sein Verhör fortgesetzt.

»Hat es denn keine polizeilichen Ermittlungen gegeben?«

Du hast genickt. »Aber die Polizei hat die Sache erst viele Tage nach dem Fest ernst zu nehmen begonnen. Für sie war es normal, dass jemand das *Es Firó* auf mehrere Tage ausdehnte, und Marc wäre nicht der Einzige gewesen, der nicht geradewegs nach Hause und in sein eigenes Bett ging.«

»Frech«, sagte Pelle.

Frech? Er hatte gut reden!

Aber er war noch nicht fertig. »Bullenpack!«, sagte er.

Ich nehme an, er wollte der Frau, mit der er sich unterhielt, nach dem Mund reden. Die selbst sagte:

»Marc war in der Stadt bekannt. Die Polizei wusste, wer er war. Er kam aus Palma, hatte aber in Sóller einige wichtige

Ausgrabungen gemacht. Mallorca ist seit vielen Jahrtausenden bewohnt: von Phöniziern, Römern, Vandalen, Mauren …«

Nun schien Pelle ein Licht aufzugehen. Ich spürte einen so heftigen Ruck im Handgelenk, dass es mir noch Stunden danach wehtat.

»Hatte er irgendwelche Feinde?«, fragte Pelle.

Da hast du bitter gelacht, Agnes. Du hast die Augen niedergeschlagen und dabei zwanzig Jahre jünger ausgesehen.

»Konnte irgendwer ihn entführt haben?«

Jetzt hast du Pelle in die Augen geschaut und ihm laut und deutlich geantwortet.

»Ja!«, hast du gesagt.

»Aber hätte jemand ein Motiv dafür gehabt?«

»Als Leiter einer archäologischen Ausgrabung war Marc für etwas verantwortlich, was mit allerlei wirtschaftlichen Interessen kollidieren konnte, mit Bauprojekten zum Beispiel. Der Fund einer alten Haarnadel kann ausreichen, um den Bau eines Hotelkomplexes zu stoppen. Marc hat manchmal über diese Dinge mit mir gesprochen. Natürlich könnte jemand die Gelegenheit genutzt haben, ihn verschwinden zu lassen oder zu entführen …«

Du musstest tief Luft holen, bevor du weiterreden konntest.

»… oder ihn zu erschießen. Bei den vielen Böllern an dem Tag wäre das leicht möglich gewesen. Oder später, unten in Port de Sóller, als die Schlacht nachgestellt wurde. Aber wie gesagt, es wurde nie eine Spur von ihm gefunden. Sein Verschwinden wurde niemals aufgeklärt.«

»Aber wurde wenigstens ermittelt?«

»Das schon, sogar in großem Stil. Aber irgendwann wurden die Ermittlungen eingestellt. Ich hatte den Verdacht, dass die Ermittler zum selben Schluss gekommen waren wie du. Sie dachten wohl, Marc hätte sich freiwillig abgesetzt. Es gibt dafür ja durchaus Präzedenzfälle. Aber Marc und ich lebten seit vielen Jahren zusammen und hingen sehr aneinander.«

Ich spürte eine seltsame Schlaffheit im linken Handgelenk und deutete sie so, dass Pelle aufrichtiges Mitgefühl mit dir empfand.

Er fragte: »Wie denkst du heute darüber?«

Man sah dir an, dass du vorsichtig abwägend antworten wolltest. »Ich kann nicht wissen, ob Marc noch am Leben ist oder nicht. Also kann ich auch nicht wissen, ob ich mit ihm verheiratet *war* oder ob ich es immer noch *bin*. Aber ich habe beschlossen, dass ich mich an keinen anderen Mann mehr binden will. Vielleicht wird Marc irgendwo gefangen gehalten. Ich kann niemals sicher sein, ob er nicht doch noch zurückkommt.«

Du bist aufgestanden, hast dich vor eins der Fenster gestellt und auf die scharf gezeichneten Berggipfel im Norden und Nordwesten geschaut. Aus irgendeinem Grund hast du der Whiskyflasche einen Tritt versetzt, aber so leicht, dass sie nur ins Wackeln kam und nicht umkippte. Ich bin mir nicht einmal sicher, ob dir klar war, was dein linker Fuß berührt hatte, jedenfalls ging dein Blick nicht nach unten. In Gedanken warst du weit weg.

Ich hatte Pelle nicht vom Arm gezogen, aber er war offenbar sehr betroffen und blieb stumm.

Dann hast du dich wieder auf die Bettkante gesetzt. Und jetzt ergriff Pelle wieder das Wort, wobei ich fand, er hätte sich weniger geschwollen ausdrücken können.

»Schön, Gnädigste«, sagte er. »Dann gehen wir also davon aus, dass du noch immer verheiratet bist. Einverstanden.«

Du hast schon wieder gelächelt. Du hast Pelle nur angesehen, ihn mit Blicken gemessen und warst sichtlich gespannt, worauf er hinauswollte.

»Neben dir sitzt ein ehrlicher Mann, der ebenfalls allein lebt«, fuhr Pelle fort. »Er heißt Jakop und will dich nicht vor den Pastor oder den Standesbeamten zerren. Er bietet dir nur gute Kameradschaft für die kurze Zeit an, in der ihr noch auf dieser Erde wandelt. Und sollte der Archäologe wieder auftauchen wie ein Springteufelchen oder der Mensch aus der Asche der Titanen, dann können Gnädigste ganz sicher sein, dass er Taktgefühl genug besitzen wird, sich umgehend zu entfernen und nie wieder blicken zu lassen.«

Ich hätte mir Pelle fast vom Arm gerissen, denn seine Art, sich auszudrücken, fand ich nicht mehr nur geschwollen, sondern darüber hinaus hochnotpeinlich. Andererseits rührte mich seine Besorgnis um mein Wohlergehen. Er wusste, dass ich kein junger Mann mehr war, und wollte offensichtlich mein Bestes.

Deine Reaktion war in dieser Situation die einzig Vernünftige, das denke ich nun schon einen ganzen langen Tag: Du hast den Ball einfach zurückgespielt. Du hast in meine Richtung genickt und, an Pelle gewandt, gesagt:

»Aber *er* war ja auch verheiratet. Wie war denn *die* Geschichte?«

Ich wundere mich immer noch, dass du eine solche Frage stellen konntest, Agnes, ich meine, derart direkt. Aber natürlich, du hast nicht mich gefragt, sondern Pelle, und das war etwas vollkommen anderes. Er war dir gegenüber ja mindestens ebenso offen gewesen. Wie hättet ihr euch so gut verstehen können, wenn ihr euch in dem Punkt nicht ähnlich gewesen wärt?

Pelle schaute zu dir auf. Ich spürte, wie mein Handgelenk zitterte, aber ich hatte keine Ahnung, wie seine Antwort ausfallen würde. Ich war nur erleichtert, dass ich sie nicht selbst geben musste. Er sagte:

»Klassisches Dreiecksverhältnis, Gnädigste. Sie hieß Reidun und konnte ihre Finger nicht bei sich behalten.«

»Sie konnte ihre Finger nicht bei sich behalten?«

»In den ersten zwei Jahren ihrer Ehe habe ich meistens in einer Schublade gelegen, zusammen mit seinen Zigarrenkisten.«

»Seinen Zigarrenkisten? Ich verstehe nicht …«

Mein Handgelenk verkrampfte sich.

»Ist auch nicht so wichtig.«

»Aha.«

»Jedenfalls habe ich mit diesen Zigarrenkisten weit hinten in einer Schublade in einem großen Kleiderschrank gesteckt, und nur, wenn Reidun nicht zu Hause war, hat er mich herausgeholt und ein bisschen mit mir geredet. Selten war das, sehr selten. Es waren laaaange zwei Jahre.«

Du hast gelächelt, Agnes.

»Das kann ich verstehen. Aber hast du nicht gesagt, die Dame hätte ihre Finger nicht bei sich behalten können?«

»Das habe ich gesagt, ja. Es war *sein* Schrank, die Schubladen waren *seine* persönlichen Schubladen, und ein bisschen Privatsphäre muss man auch in einer Ehe erwarten können, insbesondere was den Kleiderschrank betrifft. Seine Verflossene war dieser Meinung nicht, und nur deshalb hat sie mich und die Zigarrenkisten eines Tages entdeckt. Dabei waren wir zusätzlich unter einer Schicht Herrenunterwäsche versteckt. Deshalb sage ich, dass sie ihre Finger nicht bei sich behalten konnte.«

»Und wie hat sie auf diesen Fund reagiert?«

»Sie war außer sich. Als der Herr hier an deiner Seite von der Arbeit nach Hause kam, stand sie schon im Flur. Sie hatte mich am Schlafittchen gepackt, machte ein wütendes Gesicht und hielt mich ihm empört entgegen. Jakop sollte sich schon schuldig fühlen, dass es mich überhaupt gab.«

»Und wie hat er reagiert?«

»Hatte er denn irgendeine Wahl? Er hat mich energisch über den Arm gestreift und gehofft, dass ich ihn aus dieser peinlichen Lage herausquassle. In der Wohnung wohnten von einem Augenblick auf den anderen nicht mehr nur zwei, sondern drei.«

Dein Gesicht war ein einziges strahlendes Lächeln. Es war nicht schwer zu sehen, wie begeistert du von ihm warst.

»Und wie ging es dann weiter?«, hast du gefragt. »Konntest du sie beruhigen?«

»Nicht im Geringsten, Gnädigste. Ich habe mir ehrlich alle Mühe gegeben, aber diese Person war außer sich vor Wut. Ich machte ihr großzügige Komplimente, erzählte ihr etwas über ihre schönen Augen, die angeblich wie zwei Edelsteine funkelten, was sage ich, wie die Sterne am Himmel, aber es half alles nichts. Was ihr vor allem zuwider war, war meine Stimme. Sie meinte, Jakop verstellte sich, um wie ich zu reden, dabei hatte ich diese Stimme schon immer. Irgendwann ging die Dame dann zum Sturmangriff über und riss mich vom Arm des Mannes, der mich festhielt. Sie drohte, mich in die Mülltonne zu werfen.«

Die Sache mit der Drohung hat dich getroffen, Agnes, jedenfalls hast du die Hand vor den Mund geschlagen und leise gestöhnt.

Pelle nickte mir zu und fuhr fort:

»Aber der edle Ritter an deiner Seite bat um mein Leben. Er sagte, ich hätte schon seit seiner Kindheit bei ihm gewohnt, und am Ende durfte er mich wenigstens in den Schrank zurücklegen. Er musste nur feierlich versprechen, mich nicht wieder herauszunehmen.«

Mein Arm war jetzt müde, ich war ja auch nicht besonders gut in Form. Ich zog mir Herrn Skrindo vom Arm und legte ihn vorsichtig aufs Bett.

Du hast dann von einem bemerkenswerten Puppentheater gesprochen, dass ich dir geboten hätte. Nein, »einzigartig« hast du, glaube ich, gesagt. Ich habe nicht verstanden, was du meinst.

Du meintest zudem, Reidun müsse ja wohl ein schwaches Selbstbewusstsein gehabt haben, wenn sie sich von einer Handpuppe dermaßen aus der Fassung bringen ließ.

Da stimmte ich dir zu. Reidun hatte auch ihre guten Eigenschaften, aber ein starkes Selbstbewusstsein zählte nicht dazu. Für dich als Psychotherapeutin lag das auf der Hand.

Und nun waren du und ich für kurze Zeit uns selbst überlassen. Ohne Pelle waren wir beide gleich verlegen.

Ich konnte nichts sagen. Aber ich dachte heftig nach. Es ist seltsam, dass wir manchmal nichts sagen, aber dennoch hervorragend denken können.

Ich dachte an die Aufzeichnungen in meinem Laptop, an den ganzen Bericht, den ich für dich geschrieben hatte – aber auch *über* dich, Agnes. Du hattest davon nur noch nichts gelesen.

War es nicht seltsam, dass wir zusammen auf den Lofoten waren und nebeneinander in einem Hotelzimmer auf der Bettkante saßen? Du und ich!

Andere Möbel als das große Bett gab es nicht in diesem Zimmer. Nur im angrenzenden zweiten Raum gab es eine Sitzgruppe mit einem Sofa, das zu einem weiteren Bett aufgeklappt werden konnte.

Am Ende warst du es, die das Schweigen gebrochen hat. Du bist aufgestanden und hast ausgerufen: »Pelle ist einfach unbezahlbar!« Dann hast du mich zum zweiten Mal daran erinnert, dass er es war, den du hattest wiedersehen wollen, und dass du auch acht Jahre nach Marcs Verschwinden noch mit jeder Faser deines Herzens hoffst, dass er wiederkommt.

Du warst aufgestanden und wieder zu einem der Fenster gegangen. Mir den Rücken zukehrend, hast du erzählt, was dich auf die Lofoten geführt hatte.

Als Truls dich am Vorabend anrief, hast du dich in Stamsund aufgehalten, um das »Figurteater i Nordland« zu besuchen. Du warst beeindruckt, dass es in einem kleinen Fischerdorf auf den Lofoten ein so hervorragendes Puppentheater gab.

Mir fiel ein, dass du auch bei unserer Begegnung in Arendal etwas über ein Puppentheater gesagt hattest. Über dieses Puppentheater hattest du während deiner Studienzeit den Meeresforscher kennengelernt. Gemeinsam hattet ihr »Pinocchio – das studentische Puppentheater« gegründet.

Du sagtest, du hättest eventuell Pläne mit Pelle, aber dir sei natürlich klar, dass ich dann auch einbezogen werden müsse. Worum genau es sich handelte, konntest du mir auf die Schnelle nicht erklären. Das brauche Zeit, hast du gesagt. Es müsse nur jetzt und hier entschieden werden, und eben darum seist du über Nacht in Stamsund geblieben, um dich gleich am Morgen in ein Taxi nach Svolvær zu setzen.

Danach hast du dich wieder zu mir umgedreht.

»Und *du* könntest eine Dusche vertragen«, hast du gesagt,

und ich war mir sicher, es sollte die Strafe für die leere Whiskyflasche sein.

Aber zugleich hast du zum anderen Raum hinübergenickt und gefragt: »Kann ich bis morgen hierbleiben? In der ganzen Stadt ist kein freies Hotelzimmer aufzutreiben.«

Ich weiß nicht mehr, ob ich Ja gesagt oder nur genickt habe. Aber ich ging unter die Dusche, und du wolltest inzwischen hinunter auf den Marktplatz und dir eine Tasse Kaffee und ein Brötchen besorgen. Es klang so, als wärst du schon eingezogen.

Was du nicht gesagt hast, war, dass deine »Pläne« für Pelle davon abhingen, wie gut du und ich uns an diesem Tag verstehen würden. Ich war mir dessen nur sicher und hatte das Gefühl, als müsste ich zu einer Art Prüfung antreten. *Ich*, nicht etwa Pelle. Er hatte bereits bestanden.

Schon unter der Dusche merkte ich, wie das Lampenfieber kam, und überlegte mir, dass nächtliche Ausschweifungen und Lampenfieber wahrscheinlich eine schlechte Kombination waren.

Auf dem Gymnasium von Hallingdal wie an der Universität von Oslo hatte ich bei Prüfungen immer gute Noten erhalten, was niemanden wunderte, denn ich war ein eifriger Schüler, ein *Primus*, wie man auf Latein sagt, *der Erste* im Unterricht. Die Prüfungen an der Schule des Lebens habe ich dann nicht immer bestanden.

Wir beschlossen, auf einem Spaziergang weiterzureden, weil wir beide fanden, im Gehen sei leichter zu reden als im Sitzen. Ich fügte nur hinzu, dass das für Pelle noch nie gegolten habe. Ihm sei das Sitzen auf meinem Arm bewegt genug.

Wir nahmen den asphaltierten Rad- und Gehweg entlang

der E 10. Ich wollte dir die Lofotenkathedrale zeigen und hatte dich zum Mittagessen nach Kabelvåg eingeladen.

Heute waren hier keine schwarz gekleideten Männer unterwegs, und das machte einen Unterschied. Es ist etwas anderes, neben jemandem herzugehen, den man kennt, als einer von drei schwarz gekleideten, einander vollkommen fremden Männern zu sein, die einen halben Kilometer voneinander entfernt unter Bergen hergehen, von denen sie jederzeit erdrückt werden könnten.

Ich empfand es als Segen, mit dir zusammen zu gehen, Agnes. Du hattest darauf bestanden, dass Pelle mitkommen sollte. Er steckte in meinem schwarzen Rucksack, und du hast mich mehrmals darum gebeten, mit ihm sprechen zu dürfen, meistens, wenn das Gespräch zwischen uns ins Stocken geriet. Es war nicht zu übersehen, dass die Chemie zwischen Pelle und dir besser stimmte als zwischen uns beiden. Sogar ich bemerkte das.

Pelle war immer auf der Sonnenseite des Lebens, während ich mich meistens auf der Schattenseite aufgehalten habe. Trotzdem habe ich auch etwas von der Sonnenseite mitbekommen. Ich hatte ja Pelle.

So ungefähr das Erste, worüber wir sprachen, während die Autos an uns vorüberjagten, waren Marianne und Sverre, die am Vortag die Beerdigung ihres Jugendfreundes besucht hatten.

»Der auch ein Freund von dir war?«, hast du gefragt.

Das konnte ich bestätigen. Aber damit warst du noch nicht zufrieden.

»Wirklich jetzt? Du hast ihn gekannt?«

»Ja, ja«, beharrte ich. »Wir kannten uns alle vier, Marianne, Sverre, Jon-Jon und ich.«

Ich erzählte, dass Jon-Jon hier aus der Gegend gewesen war, und kaum hatte ich es gesagt, kamen wir an einem Schild vorbei, das zu einem Schiffsanleger zeigte. Von dort ging eine Fähre hinüber nach Skruva. Ich sagte, Jon-Jon sei aus einem Fischerdorf dort drüben gewesen.

Schon seit dein Vetter fast dreißig Jahre zuvor in die Familie Lundin eingetreten war, wusstest du, dass Marianne und Sverre einmal Hippies gewesen und lange nicht von der Szene losgekommen waren. Jetzt erzählte ich dir ein wenig von meinen Eindrücken während der wenigen Monate meines Gastspiels im selben Milieu.

Von Jon-Jon hattest du zum ersten Mal gehört, als Truls dich am Vorabend angerufen hatte. Dennoch konntest du mich jetzt über ein paar Dinge aufklären, die deinem Vetter in den vergangenen Tagen zu Ohren gekommen waren.

Einige Tage nach der Todesanzeige in *Aftenposten* hatte Ylva ihr Elternhaus in Berg besucht. Zu dem Zeitpunkt war nur Marianne zu Hause, und auf einer alten Kommode lagen neben einer neuen Todesanzeige einige vergilbte Zeitungsausschnitte vom Ende der sechziger Jahre. Eins davon war ein Bild von Marianne und Jon-Jon in ihrer gemeinsamen Hippiezeit.

Ylva warf nur einen einzigen Blick auf dieses Foto, dann drehte sie sich zu ihrer Mutter um und sagte: »Das ist mein biologischer Vater!« Dann griff sie zu der Todesanzeige, schlug die Hand vor den Mund und rief: »Und jetzt lebt er nicht mehr?«

Marianne machte keinen Versuch, etwas abzustreiten. Danach saßen die beiden lange im Garten, und als Sverre nach Hause kam, fiel Ylva ihm weinend um den Hals.

Alles, was ich hier erzähle, weißt du natürlich genauso gut wie ich, denn es war das, worüber wir auf unserem langen Spaziergang entlang der Europastraße sprachen. Ich erwähne es trotzdem, damit mein Bericht einen Sinn ergibt, falls er eines Tages auch von anderen als dir gelesen werden sollte – wobei ich immer noch nicht endgültig entschieden habe, ob ich ihn dir überhaupt zu lesen gebe. Was ich auch noch nicht erwähnt habe, ist, dass es sich inzwischen fast um ein Buch über meine zweifelhaften Heldentaten handelt. Seit zwei Tagen überlege ich mir schon, ob ich es vielleicht ebenso sehr für mich selbst schreibe wie für dich.

Wie du weißt, sprachen wir auch über vieles, was ich hier auslasse. Und ein paarmal haben wir uns tatsächlich an den Straßenrand gesetzt, damit du mit Pelle reden konntest. Einmal hast du mit deinem schallenden Lachen eine ganze Möwenschar aufgeschreckt.

Ich zeigte dir die Lofotenkathedrale, dann überquerten wir die Straße und gingen zu Jon-Jons Grab im hintersten Teil des Friedhofs. Auf dem Holzkreuz stand nur »Johannes Skrova«, darunter das Geburtsdatum und der Todestag. Die Blumen waren noch frisch.

Ich erzählte dir von Jon-Jons letztem Gruß, den der Geistliche bei der Grablegung vorgelesen hatte. Ich meine, dieser Gruß habe dir Eindruck gemacht.

Ich zog Pelle aus dem Rucksack und setzte ihn vor das Kreuz auf den Boden, weil ich fand, dass er dabei sein müsse. Ich erzählte dir von Jon-Jons einziger Begegnung mit Pelle und ihrer langen Unterhaltung, damals, als Jon-Jon Gurdjieff, Koestler und Huxley las und noch nicht auf die Lofoten zurückgekehrt war, wo er endlich wieder festen Boden unter den Füßen fand.

Du wolltest aber noch ein weiteres Mal mit Pelle sprechen, und ich wurde noch ein bisschen eifersüchtiger als zuvor.

Wir saßen zwischen Grabsteinen im Gras, und ich musste daran denken, dass auch Jon-Jon, Sverre und Marianne einmal zu dritt gewesen waren, genau wie wir in diesem Augenblick mehr als vierzig Jahre später. Sverre verriet seinen besten Freund und nahm ihm seine große Liebe. Aber auch Marianne hatte einen Verrat begangen.

Ich hätte das alles niemals selbst zur Sprache bringen können, schon gar nicht an Jon-Jons Grab. Es war Pelle, der von Scham und Schuldgefühlen zu reden begann. Er nutzte es aus, dass er dich so offensichtlich mehr interessierte als ich. Genau darum, eben weil du mit ihm gesprochen hast, warst du sehr offen, um nicht zu sagen rücksichtslos, nicht gegenüber Pelle natürlich, sondern gegenüber mir.

Aber erst versuchte Pelle, uns wieder zu verkuppeln, diesmal in einem Ibsen'schen Versuch, uns als zwei Schiffbrüchige zueinanderzuführen – es war herzzerreißend, aber du hast ihn abblitzen lassen. Es sei nett gewesen, Jakop wiederzusehen, hörte ich dich sagen, aber deine Zuneigung gelte nun einmal in erster Linie ihm. So hast du es ausgedrückt, wenn auch mit einem kurzen freundlichen Lachen, genau so. Du hast mir keine falschen Hoffnungen gemacht. Und das war anständig von dir.

Es komme vor, dass ein Schauspieler eine Rolle spiele, die großartiger sei als er selbst, hast du Pelle erklärt. In einem Kunstwerk könne es um vieles mehr gehen als das Thema, das es vordergründig behandle, und jedes Kunstwerk könne seinen Schöpfer übertreffen, obwohl auch dem in solchen Fällen selbstverständlich Lob gebühre.

An dem Punkt eures angeregten Gesprächs hast du Pelle

ausnahmsweise aus den Augen gelassen und für einen Moment mich angeschaut. Dabei hast du mir die Hand aufs rechte Knie gelegt, und es war fast, als säßen zwei Blumenkinder im Gras vor Jon-Jons Grab. Ich musste aber auch an Arendal denken, an meine Hand auf dem Schalthebel und deine, die du für eine Sekunde daraufgelegt hattest. So etwas zu vergessen fällt mir schwer.

Wir steckten Pelle zurück in meinen Rucksack, gingen über den Friedhof zur Straße und über eine Anhöhe nach Kabelvåg, wo wir zu Mittag essen wollten. Du hattest in der vergangenen Nacht nur wenig geschlafen, weil du dich noch nicht daran gewöhnt hattest, dass es rund um die Uhr hell war. Ich selbst hatte eher zu tief geschlafen, aber wir waren uns einig, das etwas späte Mittagessen zugleich als Abendessen zu nehmen. Wir hatten im Hotel schon darum gebeten, das Sofa für dich zurechtzumachen.

Wir waren noch unterwegs, als ich auf die Frage zu sprechen kam, die mir in den vergangenen Jahren so viel zu schaffen gemacht hatte. Ich fragte dich, wenn auch nicht so direkt, wie Pelle es getan hätte, warum du mich im Restaurant Bakkekro zurückgehalten hattest. Pelle konnte nicht der Grund gewesen sein, denn ihn hast du zu dem Zeitpunkt noch nicht gekannt.

Du hast vielsagend gelächelt, und ich habe nicht verstanden, warum. Ich *konnte* nicht verstehen, warum. Aber dann hast du es mir erklärt.

Du hast erzählt, meine ungeheure Fähigkeit, ein anderer zu sein als ich selbst, ja, in gewisser Weise sogar *mehr* als ich selbst, habe dich schon damals verblüfft. Ich hätte mich dermaßen in meine Rolle als Grethe Cecilies kultivierter Freund hineingesteigert, dass man den Eindruck haben musste, ich staunte selbst am meisten darüber. Es sei gewesen, als ob ich wie im Traum spräche, in einer Art Verzückung, fast wie jemand, der in Zungen redet. Die Art, wie ich Pelle die Freiheit ließ, eine eigenständige Person zu sein, sei dir darum nur konsequent erschienen. Und nur weil du mehr davon hättest sehen und hören wollen, hättest du mich auf der Rückfahrt von Arendal noch einmal auf die Wanderung mit Grethe Cecilie angesprochen. Du wolltest mich wieder in der Rolle sehen, in der ich dir bei der Beerdigung so gut gefallen hatte. Es waren meine Auftritte als Grethe Cecilies Wanderkamerad und dann als Pelle, die dich dazu brachten, mit mir im Auto nach Oslo zu fahren.

Wir redeten lange darüber. Du sagtest, du hättest mich im Bakkekro festgehalten, weil du mich kennenlernen wolltest, mich genauer beobachten, wie du es ein wenig respektlos ausgedrückt hast. Denn auch als Psychotherapeutin hattest du ein gewisses Interesse an mir. Die Rückfahrt aus Arendal wolltest du nutzen, um mehr über Pelle und mich zu erfahren. Zusammen bildeten wir für dich einen ungeheuer interessanten »Komplex«. Das war das Wort, das du benutzt hast: Komplex.

Und dann war da noch die zweite Frage: Auch auf Andreas' Beerdigung hast du mich davor gerettet, das Gesicht zu verlieren, und auch zu dem Zeitpunkt hast du Pelle noch nicht gekannt. Dennoch hast du behauptet, du und ich seien zusammen zur Trauerfeier gekommen. Warum?

Auch da hast du gelächelt. Du seist mir zu Hilfe gekommen, weil dir klar gewesen sei, dass ich mich in eine ausweglose Situation manövriert hatte. Was die Behauptung anging, ich sei als dein Begleiter auf der Trauerfeier gewesen, musstest du dich nach deiner Rückkehr nach Oslo allerdings einer kleinen inquisitorischen Telefonrunde stellen.

»Ein jeglich Ding hat seine Zeit«, hast du das Buch Prediger zitiert, und das sei nun die Zeit des Dementis gewesen.

Eine Telefonrunde, dachte ich. So einfach war das also.

Mir erschien es etwas zu billig.

Wir gingen das letzte Stück Weg nach Kabelvåg hinunter. Ich hatte einen schlechten Tag und fand noch immer, dass ich mich ungelenk ausdrückte, aber auch du warst müde, jedenfalls hast du das behauptet, obwohl du inzwischen so lebhaft und so offen mit mir geredet hast wie sonst mit Pelle.

In Gedanken versuchte ich, mir klarzumachen, was genau es war, das du mir hattest mitteilen wollen. Genau genommen doch dies, dass ich nur ein Schatten des hinreißenden Mannes sei, der mit Grethe Cecilie durch Aurlandsdalen gegangen war und sich später so verständnisvoll über sie und ihre Doktorarbeit ausgelassen hatte. Und es stimmte ja: Als ich selbst war ich verkrampft und gehemmt und allenfalls ein matter Abglanz meiner Handpuppe.

Ich war nur die Voraussetzung für Pelles überbordende Lebendigkeit und Spontaneität. Meine Verdienste um Herrn Skrindo entsprachen dem des schwarzen Erdreichs für einen Rosenstrauch. Ohne Erdreich keine Rosen, aber das war auch alles.

Während ich dies hier schreibe, fällt mir ein, dass ich weiter oben schon einmal Rosen erwähnt habe. In meiner Zeit als Blumenkind kam es vor, dass ich auf einen Rosenstrauch im Schlosspark zeigte und aus den Upanishaden zitierte: »*Tat tvam asi!* – Das bist du!«

Ich habe immer darauf bestanden, dass Pelle und ich zwei verschiedene Personen sind, und ich habe immer sorgfältig auf Pelles Autonomie geachtet. Aber nach der *Advaita*-Philosophie könnte ich mir Pelle mit Fug und Recht über den Arm streifen, mit einem Finger auf ihn zeigen und behaupten, er sei ich. In seinem tiefsten Wesen ist Pelle wirklich ich, und ich bin Pelle, so, wie wir alle diese Welt sind, in der wir leben, atmen und sind. Es mag schwer zu verstehen sein, aber es ergibt sich zwangsläufig aus dem Prinzip des *Advaita* oder »Nicht-Zwei« der Vedanta-Philosophie. Dass Pelle nicht ich ist und dass ich nicht Pelle bin, beruht nur auf einer Illusion, einem Blendwerk, auf *maya*.

Ich frage mich, ob es mir je gelingen wird, dich davon zu überzeugen. Ich werde es bestimmt einmal versuchen, aber ich bezweifle, dass es mir gelingt.

Du siehst nur die Rose, nicht den Grund, aus dem die Rose wächst. Du siehst die Puppe auf dem Arm des Puppenspielers, aber du hast keine Augen für den Puppenspieler selbst.

Wir setzten uns in das gemütliche Straßencafé unten auf dem großen Marktplatz von Kabelvåg. Wir bestellten Essen und Wein, und du hast mir deine Pelle betreffenden Pläne verraten. Also hatte ich an diesem Nachmittag ein inoffizielles Examen bestanden – das war immerhin etwas.

Dein Leben lang beschäftigst du dich schon mit dem Puppentheater. Auch in therapeutischen Zusammenhängen setzt du Puppen ein. Und jetzt wolltest du Pelle – und mich natürlich – zu einem Puppentheater-Festival in die Slowakei mitnehmen. Du warst aus Stamsund gekommen, um mit Pelle und mir darüber zu sprechen, und nun eilte es allmählich. Wenn aus der Sache etwas werden soll, müssen wir schon übermorgen von Oslo nach Bratislava fliegen.

Du hast gefragt, ob ich Deutsch spreche. Ich hatte einige

Glas Weißwein getrunken und hob beschwingt die Hand: »*Aber natürlich, geliebte Frau!*« Das waren meine Worte. Auf Deutsch. Und ich glaube, es hat dir gefallen, dass ich doch noch in die Gänge kam.

Du wolltest wissen, wie es bei Pelle aussehe. Ob er auch auf Deutsch zurechtkomme.

Ich habe gelacht. Ich weiß nicht, wann ich zuletzt so herzlich gelacht habe. Ich sagte, Pelle spreche viel besser Deutsch als ich. »Er braucht nicht mal nachzudenken«, sagte ich. »Er schüttelt die Konjunktive nur so aus dem Ärmel.«

Meine gute Laune hat dich angesteckt, und ich habe dir anvertraut, dass ich gern Deutsch spreche, es aber zu vermeiden versuche, wenn ich Pelle auf dem Arm sitzen habe. Denn Pelle fällt mir dann einfach ins Wort und ruft gereizt dazwischen, wenn ich mich an einem Dativ oder Konjunktiv vorbeimogeln will.

Wir nahmen ein Taxi zurück nach Svolvær und waren beide guter Stimmung. Mir hatte sich der Weißwein wie Balsam über die Wunden gelegt, die der Whisky vom Abend zuvor geschlagen hatte. Du hast mich auch nicht wieder gebeten, Pelle aus dem Rucksack zu holen.

Im Hotel bist du dann sofort schlafen gegangen. Du schläfst jetzt schon seit vielen Stunden, und ich sitze über den Laptop gebeugt, um meinen Bericht zu Ende zu bringen.

Danach ist die Reihe an dir, Agnes. Wenn du diese Zeilen liest, weißt du, wer ich bin. Ich habe soeben beschlossen, dass du morgen früh, wenn du aufwachst, alles lesen darfst. Das Letzte, was ich vor dem Schlafengehen noch vorhabe, ist, dir dies hier auf dein iPad zu schicken.

Wenn du alles gelesen hast und immer noch meinst, dass ich es schaffen kann, dann komme ich übermorgen gern mit dir in die Slowakei. Auch Pelle freut sich auf die Reise, und wie! Ich finde, er hat wirklich Glück. Von einer Losbude auf dem Dorf in Hol nach Bratislava, das ist eine ziemliche Reise für eine Handpuppe.

Pelle beteuert, dass er versuchen wird, sich so gut wie möglich zu benehmen. Aber wie du weißt, kann ich bei ihm für nichts garantieren. Wenn es nicht so wäre, hättest du dich in den Burschen aber auch nicht so nachdrücklich verliebt.

Du bist begeistert von Pelle, nicht von mir. Aber damit habe ich mich abgefunden. Du musst kein schlechtes Gewissen haben. Ich werde euch allen beiden zujubeln!

Literaturnachweis

Die Strophe aus »Haugtussa« auf Seite 31 wurde von der Übersetzerin für dieses Buch übersetzt.

Für das Zitat aus der »Völuspá« auf Seite 35 wurde eine alte Übersetzung von Karl Simrock herangezogen und so bearbeitet, dass sie dem nachfolgenden gelehrten Disput als Vorlage dienen kann.